MAX OBAN

BLUTROTER WEIN

atb aufbau taschenbuch

MAX OBAN, geboren in Oberösterreich, studierte in Wien und Karlsruhe. Er arbeitete für einen internationalen Konzern in Deutschland, den USA und Teheran, bevor er sich seiner Tätigkeit als Schriftsteller widmete. Max Oban ist erfolgreicher Autor zahlreicher Romane, unter anderem der Paul-Peck-Krimireihe. Er lebt in Salzburg und in der Wachau.

Tiberio Tanner, Genießer und Chef der (Einmann-)Detektei Diskretion & Fazit (Discrezione e Risultato), heißt mit einem gehaltvollen Lagrein Riserva den Frühling in Südtirol willkommen. »Rubinrote Farbe und fruchtige Beerenaromen«, steht auf der Flasche, und die Rückseite des Etiketts überrascht mit dem Hinweis: »Gratulation zum Gewinn! Ein Rebstock gehört Ihnen. Folgen Sie den GPS-Daten.« Am nächsten Tag macht sich Tanner auf die Suche nach seinem Weinstock. Dort aber liegt eine Leiche. Ein junger Mann. Erschossen. Sofort erwacht Tanners Instinkt als Ermittler, auch wenn die örtliche Polizei das gar nicht gerne sieht. Erst als ein weiterer Mord passiert, durchschaut Tanner die tödlichen Zusammenhänge. Und er stellt dem Mörder eine Falle.

MAX
OBAN

BLUTROTER WEIN

EIN KRIMI AUS SÜDTIROL

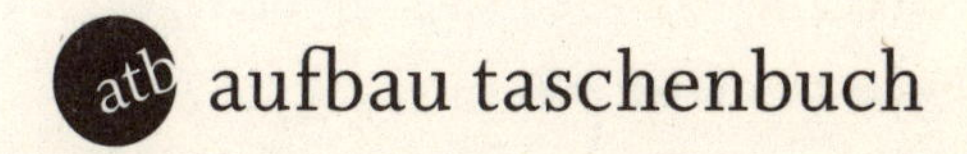

Dieser Roman beruht nicht auf Tatsachen. Namen, Personen und Handlungen sind frei erfunden. Irgendwelche Ähnlichkeiten mit tatsächlichen Begebenheiten, Orten oder Personen, seien sie lebend oder tot, sind rein zufällig.

Zum besseren Verständnis und um Missdeutungen auszuschließen, wird der Leser darauf hingewiesen, dass der Autor die Meinungen und Sichtweisen seines Protagonisten Tiberio Tanner in wesentlichen Punkten teilt.

ISBN 978-3-7466-3776-1

Aufbau Taschenbuch ist eine Marke der
Aufbau Verlag GmbH & Co. KG

1. Auflage 2021

Umschlaggestaltung www.buerosued.de, München
unter Verwendung eines Motivs von mauritius images / Jareck / Alamy
Satz LVD GmbH, Berlin
Druck und Binden CPI books GmbH, Leck, Germany
Printed in Germany

www.aufbau-verlag.de

»Gruess Gott beinander!«, hat der Fuchs gsagt,
wie er im Hennenstall gwesen ist.
„Salute a tutti!“ – disse la volpe entrando nel pollaio.

*

Man soll nicht mehr trinken,
als man mit Gewalt hinunterbringt.
Non si deve bere oltre le proprie forze.

*

Alles wissen macht Kopfweh.
Saper tutto fa dolere il corpo.

(Südtiroler Weisheiten & Begebenheiten)

PERSONEN

Auckenthaler August, Dr. med., Oberarzt (Primar) am Krankenhaus Meran

Chessler Maurizio, 63, Freund Tiberios und (Noch-)Commissario Capo in der Questura Bozen

Delago Anton (Toni), 27, intellektuell gehandicapt, aus der Bergregion hoch über dem Eisacktaler Talboden

Delago Kassian, 65, dem Alkohol zugewandter Landwirt in den Sarntaler Bergen

Delago Luis, 30, Journalist beim Magazin Libera Politica. Von Anfang an sehr tot

De Santis Nero, neuer Chef in der Questura, selbstbewusst, dumm und arrogant

Dilitz Greta, etwas sperrige Freundin Strickners

Gamper Sara, 45 und rothaarig, Ehefrau des HNO-Arztes

Gamper Sebastian, Dr. med., 50, HNO-Arzt in Kaltern

Gerrer Ferdinand, 55, stolzer Bauer am Ausläufer des Rittner Horns

Graderer Lutz, Commissario, Polizia di Stato Bozen

Greifenstein Gabriel und Giuseppe, gräfliche Weingutbesitzer in Untersirmian

Krohnauer Carlotta, betrogene Ehefrau aus Bozen

Krohnauer Riccardo, betrügender Ehemann aus Bozen

Morras Lana, Blondine und tüchtige Sprechstundenhilfe

Noggler Rafael, Chefredakteur und Herausgeber der Zeitung Libera Politica

Paula, 46, Apothekerin, verständnisvolle, hübsche und freche Partnerin Tanners

Riffesser Emily, 29, Psychotherapeutin, hübsch und gescheit

Rubatscher Jacopo, seriöser Procuratore di Banca Nazionale del Lavoro

Senoner Ambros, Politiker der italienischen Rechtspopulisten

Strickner Nino, Journalist und Kollege Luis Delagos

Tanner Tiberio, 56, Genussmensch und Leiter der Detektei Diskretion & Fazit mit Bürositz Bozen. Privatanschrift: Altenburg, Fraktion der Gemeinde Kaltern

Terlizzi Luca, 13. Er hat etwas beobachtet, das er besser nicht gesehen hätte

Terlizzi Vigilio, Vater Lucas, genauso reicher wie skrupelloser Unternehmer

Weitere Personen: Ehrbare Bauern, Mitarbeiter der Questura Bozen, obskure Verdächtige aus ganz Südtirol, diverse Langweiler und Snobs

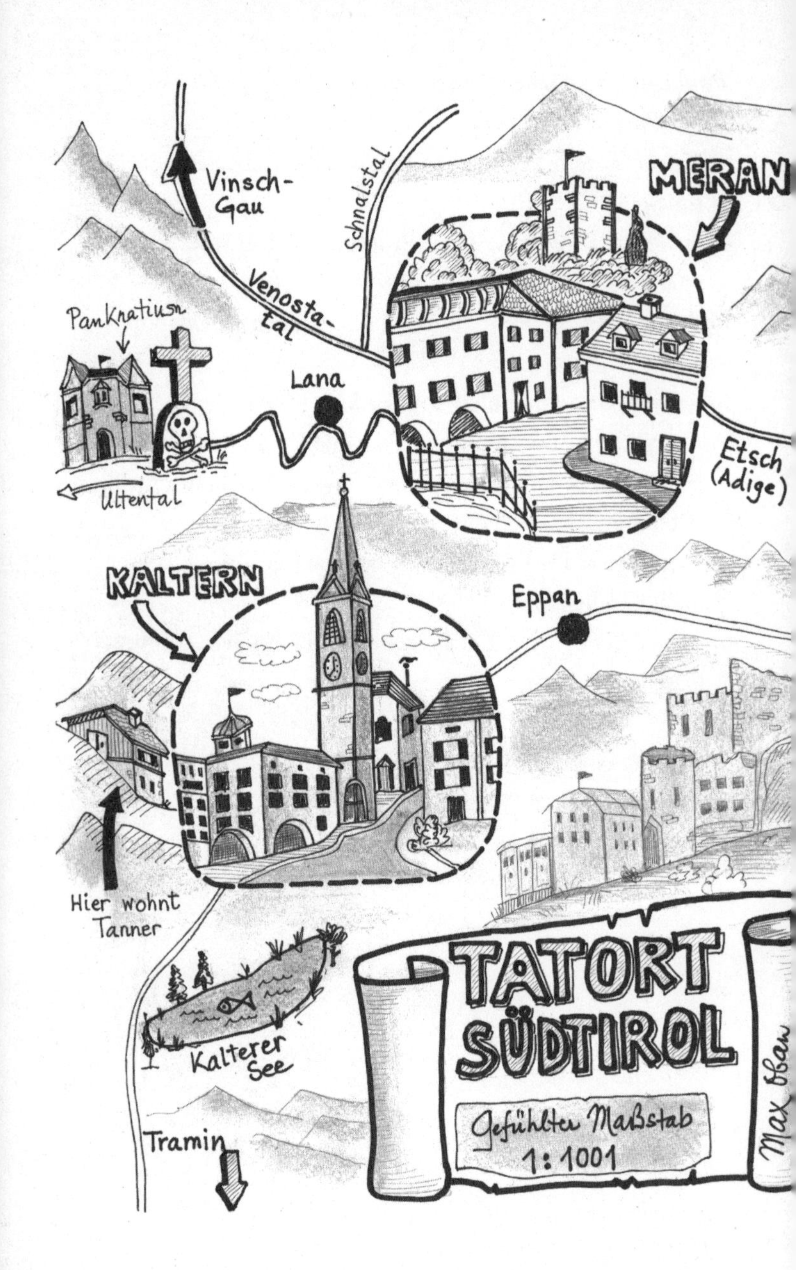
Vinsch-
Gau
Schnalstal
MERAN
Venosta-
tal
Pankratiusn
Lana
Etsch
(Adige)
Ultental
KALTERN
Eppan
Hier wohnt
Tanner
TATORT
SÜDTIROL
Kalterer
See
Gefühlter Maßstab
1 : 1001
Tramin

Tödlicher Rebstock
Sterzing
Zillertaler Alpen
Eisack
Rienz
Bruneck
Höhle
Brixen
Klausen
Eisack
Kastelruth
BOZEN
Tanners Büro
Schlern
Seiser Alm
Rosen-Garten
Die drei Zinnen
Etsch
Neumarkt

EINS

Die Terrasse lag wie eine Aussichtsplattform in der Sonne. Nach Osten öffnete sich der Blick auf das weite Tal des Überetsch, das im Westen von der Mendelwand geschützt war, einige Hundert Meter unterhalb des Kalterer Sees, umringt von ausgedehnten Weingärten, die den Berg hinaufkletterten. Am oberen Ende des Sees konnte er die Häuser des Ortes St. Josef ausmachen, hingestreut wie kleine, weiße Legosteine, und daneben die ersten Badegäste, die sich am sogenannten Lido im Wasser tummelten.

Tanner erinnerte sich, dass es die Aussicht auf das Südtiroler Unterland und den Kalterer See war, die ihn bereits beim ersten Besuch überzeugt hatten, das Haus zu kaufen, in dem er sich gerade wohlzufühlen begann. Sein Grundstück war nicht viel größer als das Gebäude, doch von Gartenarbeit hatte er ohnehin nie viel gehalten. Deutlich interessanter war die Nähe seines neuen Heims zum Gasthaus Altenburger Hof, der ihn schon einige Male mit seinen opulenten Knödelvariationen und dem frischen Krautsalat vor dem Hungertod gerettet hatte.

Den Vormittag über war er gemeinsam mit dem Möbelschreiner aus Bozen beschäftigt gewesen, drei Bücherregale zu montieren, zwei im Wohnzimmer und eines im Flur. Während der nächsten Tage wartete die Aufgabe auf ihn, die vollbepackten Kartons aus dem Keller nach oben zu schleppen und die Bücher in die Regale einzuordnen. Nach welchem System dies geschehen sollte, hatte er noch nicht entschieden. Jedes Buch besaß ein Eigenleben und stand in einer vielfältigen Beziehung zu anderen Bänden, die seinen Standort in den Regalen festlegte. Die klassische Lösung bestand darin, die Bücher nach Themengebieten einzureihen. Kriminalromane draußen im Flur, die Bücher zur Geschichte an einem Ehrenplatz im Wohnzimmer. Oder besser alphabetisch nach Autorennamen? Überlegenswert wäre auch eine Anordnung nach dem Erscheinungsdatum. Antiquarische Bücher ganz links und Neuerscheinungen im Wandschrank gegenüber. »Design-orientiert muss es sein. Nach der Farbe der Buchumschläge und passend zum Teppich und zu den Möbeln.« So lautete Paulas Vorschlag. Tanner nahm das nicht ernst. Sie sollte froh sein, dass im Haus endlich Sauberkeit und Ordnung einkehrte, nachdem sie seit Monaten seinen Wohnsitz als Campingplatz verunglimpft hatte.

Nach längerem Nachdenken und einigen Probe-Platzierungen entschied er sich, die 32-bändige Encyclopedia Britannica repräsentativ in Augenhöhe anzuordnen. Vor einigen Jahren war vom Verlag angekündigt worden, die gedruckte Ausgabe auslaufen zu lassen, worauf sich Tanner entschied, die letzte Auflage des Lexikons zu einem Sonderpreis zu erwerben. Zwei beeindruckende Meter braune Bände mit Goldschnitt. Sie sollten den Ehrenplatz in der Mitte des Regals erhalten.

Tanner war nicht erstaunt, als ihn eine Hungerattacke überfiel. Er hatte seit mehr als vier Stunden nichts gegessen. Zeit für eine Marende. Oder besser, gleich ein rechtschaffenes Mittagessen.

Das Klingeln des Handys riss ihn aus seinen Gedanken. Es war Paula.

»Wie geht es dir und wie geht es deinen Regalen? Oder sind die Bücher noch im Keller?«

»Das hat sich alles etwas verzögert«, sagte er. »Ich war gerade mit der Logistik beschäftigt. Tausend Bände in mehrere Regale einzuordnen erfordert eine akribische Planung. Eine Heidenarbeit.«

»Ich bin stolz auf dich.«

»Zu Recht. Bald herrscht Ordnung im Wohnzimmer, und somit kannst du mein Haus nicht mehr als Campingplatz beleidigen.«

»Ich komme dich besuchen. Vielleicht helfe ich dir bei der Logistik, wie du es nennst.«

»Lässt du deine Apotheke allein?«

»Es ist heute wenig los, also kann ich mir erlauben, das Geschäft meiner Mitarbeiterin zu überlassen.«

»Wann kommst du?«

»Ich sitze im Auto und bin in zwanzig Minuten bei dir.«

»Halt!« Er erinnerte sich an den Kühlschrank, der abgesehen von einer Flasche Weißwein leer war. »Nimm etwas zum Essen mit. Ich habe Hunger.«

»Ich auch«, sagte sie und legte auf.

Langsam ging er auf die Terrasse zurück und lehnte sich an die Balustrade. Vereinzelt zeigten sich ein paar Wolken über dem Mendelpass, die sich vom Roen bis nach Norden zur Furglauer Scharte zogen. Irgendwo da oben verlief die Sprachgrenze zwischen Südtirol und dem Trentino.

Tanner war kein Bergfex, dennoch war er froh, aus Turin wieder in das Überetsch zurückzukehren. Während der Zeit bei Fiat war er jahrelang auf der ganzen Welt unterwegs gewesen. Jetzt begann er, sich wieder in seiner alten Heimat wohlzufühlen. Zu Hause bleiben statt unterwegs sein. Statt See you, Hello und Tschüss wieder Griaß di und pfiat di. Das würde sein Motto sein, seit er wieder hier in Kaltern und Umgebung lebte. Tanners Elternhaus, in dem er aufgewachsen war, hatte dem Bau einer Ferienwohnanlage weichen müssen, daher hatte er vor einem Jahr das alte Steinhaus in Altenburg gekauft.

Zehn Minuten später betrat Paula gut gelaunt den Raum. Mit einem fröhlichen »Eccolo!« stellte sie den Einkaufskorb auf den Küchentisch. »Grüner Tee, frischer Obstsalat und für jeden ein hartes Ei.«

»Um Gottes willen«, sagte er. »Du hast erschreckend gesund eingekauft.«

»Ein Mann in deinem Alter braucht Vitamine.«

Während er ihr beim Auspacken half, schüttelte er den Kopf. »Ich habe gelesen, dass im Obst kaum Vitamine drin sind.«

»Quatsch. Der Mensch muss fünfmal täglich Obst oder Gemüse zu sich nehmen. Wegen der Antioxydantien.«

»So etwas brauche ich nicht.«

Es wurde dennoch ein zufriedenstellendes Mahl. Unter dem Gemüse fand sich ein großes Stück Speck, ein Vinschger Paarl und einige Fladen Schüttelbrot im Korb.

Während er den Wein aus dem Kühlschrank holte, sah er

auf die Uhr. Halb zwölf. »Der Wein-Toni hat recht. Kein Rotwein vor zwölf Uhr.«

»Welchen Wein kredenzt du mir?«

Er hob die Flasche und las laut vor: »Sauvignon Blanc Klassik DOC 2018, helles Strohgelb, exotische Früchte in der Nase, etwas Stachelbeere am Gaumen, fruchtbetonter Abgang. Freu dich darauf.«

Sie lächelte und hob ihr Weinglas in seine Richtung. Sie stießen miteinander an und nahmen beide einen Schluck.

»Man schaut einer Dame beim Anstoßen in die Augen, wenn man um ihre Gunst wirbt«, sagte sie. »Außerdem hätte dich mein Vater darauf aufmerksam gemacht, dass der Wein mindestens eine halbe Stunde vor dem Trinken dekantiert gehört. Auch Weißwein will atmen.«

»Dein Vater kann mich auf nichts mehr aufmerksam machen …«

»Gott hab ihn selig.« Paula warf einen kurzen Blick zur Decke. »Er hätte dich als Wein-Banausen verurteilt.«

»Erstens werbe ich nicht um deine Gunst, und zweitens bleibt zum Dekantieren keine Zeit, wenn du so überraschend vor der Tür stehst. Und wenn man durstig ist.«

»Einmal Banause – immer Banause. Der Wein ist übrigens herrlich.«

»Wie der Wein, so die Leut«, sagte er, hob die Flasche und betrachtete das kleine Etikett auf der Rückseite. Überrascht pfiff er durch die Zähne.

»Hör zu«, sagte er. »Gratulation zum Gewinn! Ein Rebstock gehört Ihnen. Folgen Sie den GPS-Daten.«

»Das ist ein dreister Marketing-Gag.«

»Ein Rebstock ergibt eine ganze Flasche Wein«, entgegnete er. »Das ist fast ein halbes Prozent meines Jahreskonsums. So etwas kann man nicht ausschlagen.«

»Steht sonst noch etwas auf der Flasche?«

Er hielt die Flasche ins Licht der Stehlampe und fixierte sie über den Rand der Brille.

»Weingut Castel Cantina. Vigilio Terlizzi, Missian. Im Kleingedruckten kann ich noch zwei achtstellige Nummern entziffern.«

»Gib mir die Flasche und lass deine IT-affine Liebste ran.« Sie schrieb die Nummern auf einen Zettel und angelte sich ihr Tablet vom Tisch. »N 46.485033 gibt die nördliche Breite an, auf der sich dein Rebstock befindet. Jetzt noch die östliche Länge ...«

»Das sind mir zu viele Details. Wo liegt eigentlich Missian?«

»Im Herzen des Überetsch. Vor einem Jahr haben wir dort die Drei-Burgen-Wanderung gemacht. Boymont, Hocheppan, und beim dritten Schloss haben dich die Kräfte verlassen. Wir saßen in einem sonnigen Weingarten und haben einen wunderbaren Blauburgunder getrunken. Erinnerst du dich?«

»Meine Kräfte lassen mich nie im Stich. Wo Missian liegt, weiß ich immer noch nicht. An den Blauburgunder kann ich mich erinnern.«

»Nördliche Breite, östliche Länge«, murmelte Paula mehr für sich. Sie tippte auf einige Tasten und schlug auf ENTER. »Hier!« Sie hielt ihm das Tablet vor die Nase.

»Missian am Fuße des Gantkofels ist eine Fraktion der

Gemeinde Eppan. Ein Stück weiter westlich beim roten Punkt befindet sich dein Weinstock. Alles klar?«

»Ja. Verrät dein GPS auch, welche Trauben der Weinstock trägt?«

Paula trank ihr Glas aus und sah ihn prüfend an. »Willst du wirklich da hinfahren?«

»Morgen. Ich habe in der Nähe zu tun. Wegen meines neuen Falles.«

»Du langweilst dich, und das ist nicht gut für einen Mann. Früher hast du dich öfters mit Maurizio getroffen.«

»Aber nicht aus Langeweile. Außerdem … Maurizio ist alt geworden.«

»Ich will dir nicht zu nahe treten, mein Schatz, aber er ist nur sieben Jahre älter als du.«

»Manchmal denke ich mir, dass er krank ist. Maurizio trinkt und raucht zu viel.«

Sie nickte. »Ich habe ihn vor ein paar Tagen am Kornplatz getroffen. Er ist so dick, dass er kaum noch laufen kann.«

»Er hat berufliche Sorgen, glaube ich. Sein Vizequestore ist ein Tscheggl.«

»Es ist gut, dass du einen neuen Auftrag hast.«

»Ich genieße die Muße. Von Langeweile kann keine Rede sein.«

Sie hielt ihm das leere Glas hin. »Schenk mir noch ein Glas ein. Ohne Auftrag kannst du dir einen so teuren Wein ohnehin nicht mehr lange leisten. Worum geht es in deinem neuen Fall?«

»Gestern war eine potenzielle Klientin bei mir im Büro.«

»Was ist sie noch? Außer potenziell.«

»Sie heißt Carlotta mit Vornamen, hat eine tolle Figur und ist die hübscheste betrogene Ehefrau in Bozen.«

»Lehn den Auftrag ab.«

»Die Überwachung eines treulosen Gatten …« Tanner seufzte. »Der Traum eines jeden Detektivs. Die Frau hat Verdacht geschöpft, weil ihr Mann seit Kurzem Überstunden macht und komisch riecht, wenn er spätabends nach Hause kommt. Außerdem achtet er plötzlich auf seine Figur und wechselt häufiger als sonst seine Unterwäsche.«

»Und was ist dein Beitrag bei diesem Ehedrama?«

»Die hübsche Carlotta will sich scheiden lassen und braucht Beweise. Für die Untreue ihres Ehemannes. Sie hat mir eine Fotografie von ihm gegeben.«

»Und … wie sieht er aus?«

»So wie viele Männer. Zuverlässig, unschuldig und harmlos.«

*

Am nächsten Morgen fuhr Tanner die engen Kurven ins Tal und wunderte sich, wie vertraut ihm die Landschaft um Altenburg bereits geworden war. Der dunkle Wald, der sich den Mendelhang entlangzog, und weiter auf die Strada del Vino, die ihn in einer Viertelstunde gemütlicher Fahrt durch die ersten Ortsteile der Gemeinde Eppan führte. Er liebte diese Strecke, die ein paar Minuten länger war als die parallel verlaufende Schnellstraße, aber idyllische Panoramablicke über das Überetsch bis nach Bozen und zu den Dolomiten versprach.

Das f-Moll von Donizettis siebtem Streichquartett drückte seine Stimmung etwas, als er unkonzentriert eine Kreuzung erreichte, an der sich die Straße teilte. Während der westliche Strang zum Mendelpass hinaufführte, folgte er der Weinstraße Richtung Sankt Pauls. Er verließ sich öfters auf sein GPS-Gerät, wenn ihn ein Fall in unbekannte Regionen entführte, noch nie hatte er es aber eingesetzt, um einen einsamen Rebstock aufzusuchen. An einer autobahnähnlichen Kreuzung nahm er die Abzweigung Richtung Norden, dort, wo der Missianer Weg zur Mendel hinaufstieg, unten lückenlos mit Obstbäumen und Weingärten besetzt, gefolgt von Kastanien und dicht wachsenden Buchen- und Eichenwäldern.

Im Schritttempo rollte er über den leicht abschüssigen Dorfplatz und parkte den Wagen vor der Volksschule, die sich weithin sichtbar auf dem mit Weinreben bepflanzten Hügel erhob. Zwischen der Kirche und dem Pfarrhaus, das hier, wie ein kleines Schild verriet, Widum hieß, ließ er sich auf eine Bank nieder. Hinter ihm ragten die Mauern einer Ruine über das vielfältige Buschwerk, auf der anderen Seite sah man weit über das Etschtal hinweg bis zu einem auffallend geformten Berg mit zwei Spitzen. Das musste der Schlern sein. Ein Stück talabwärts war ein schlossähnliches Gebäude zu erkennen. Tanner erinnerte sich an die Drei-Burgen-Wanderung, von der Paula gesprochen hatte. Hier soll er sich schon einmal aufgehalten haben. Daran konnte er sich nicht erinnern.

Er hatte noch nie darüber nachgedacht, warum alte Kirchen eine solche Faszination auf ihn auswirkten. Möglicherweise spielte das historische Bauwerk dabei eine größere Rolle als Religion und Gottesglaube. Er betrat die Dämmerung der Kirche, die menschenleer war. Eine Kerze brannte am Altar. Am auffälligsten war jedoch die Stille. Einer Art Anschlagtafel neben der Eingangstür entnahm er die Information, dass die Kirche der heiligen Apollonia geweiht war. Als Nebenpatron war der heilige Zeno aufgeführt. Tanner nahm sich vor, Paula zu fragen, was die Aufgabe eines Nebenpatrons war. Einige Augenblicke blieb er hinter der letzten Bankreihe stehen, von wo ein roter Teppich bis zum in Gold gehaltenen Barockaltar führte. Der rote Teppich war also keine Erfindung Hollywoods.

Das Gespräch kam ihm in den Sinn, das er gestern Abend mit Paula geführt hatte, in dem sie beschlossen, sich mehr mit der Geschichte und der Kultur des Landes vertraut zu machen. »Das ist ein weites Feld«, hatte Paula gesagt, und so verabredeten sie, sich die Sache aufzuteilen. Paula gewann die Verantwortlichkeit für die anspruchslosen Bereiche Kunst und Architektur sowie die Kulturgeschichte des Landes zwischen Sterzing und Salurn. Aufgrund seiner eher genießerischen Kompetenzen akzeptierte Tanner schließlich den deutlich komplexeren Teil der regionalen Küche sowie die Verantwortlichkeit für den Südtiroler Wein. Er beschloss, diese Aufgabe sehr ernst zu nehmen.

Das Klingeln seines Handys riss ihn aus seinen Gedanken. Es war Paula. Mit hallenden Schritten rannte er aus der Kirche.

»Hast du deinen Rebstock schon in Besitz genommen?«

»Das hat sich alles etwas verzögert«, sagte er. »Ich musste

gerade über die Kultur des Landes nachdenken. Und über dich.«

»Ändere sofort die Reihenfolge«, sagte sie. »Wo bist du gerade?«

»In Missian. Direkt hinter mir am Berg thront eine protzige Burg.«

»Das ist Obereppan. Die Grafen von Eppan waren die größten Feinde der Tiroler Grafen.«

»Muss aber ziemlich lange her sein. Jetzt ist es nur noch eine Ruine.«

»Die Trümmer stammen aus dem 12. Jahrhundert.«

»Du hast wieder deine archäologische Kompetenz unter Beweis gestellt.«

»Du weißt, Archäologie ist mein Hobby.« Tanner konnte förmlich hören, dass sie grinste. »Je älter du wirst, desto interessanter bist du für mich.«

»Ich wünsche dir noch einen schönen Tag in deiner Apotheke«, sagte er und drückte auf den Aus-Knopf.

Tanner warf einen Blick hinauf zu dem Felskegel, auf dem die Burg thronte, als wäre sie die Krone des gesamten Landes. Er wusste, dass Südtirol seit dem Mittelalter von einer Unmenge von Adelssitzen überzogen war, in denen früher mächtige und einflussreiche Herren wohnten. Heute lebten deren Nachkommen immer noch in ihren luxuriösen Ansitzen und Burgen, hatten aber über die Jahrhunderte an Macht und meist auch an Reichtum eingebüßt. Er kannte eine Reihe von Südtiroler Adligen, die ihre Schlösser den Touristen öffneten und sich als Museumsführer verdingten, als Hoteliers oder im günstigsten Fall als Winzer.

Zwanzig Minuten später folgte er zu Fuß dem Pfeil seines Navigationsgerätes, das ihn einen schmalen Wiesenpfad bergauf lenkte. Hier musste es irgendwo sein. Genauigkeit zwei Meter, entnahm er dem Display des GPS-Empfängers. Ob das ausreichte, um einen einzelnen Rebstock zu finden?

Der grasbewachsene Weg wurde steiler und war an manchen Stellen kaum mehr zu erkennen. Tanner musste ständig über Steine klettern, bis er die Grenze des Weingartens erreichte, in dem sich die hölzernen Gerüste wie mit dem Lineal gezeichnet in unzählige Reihen den Hang hinaufzogen. Pergelsystem hieß diese Art des Anbaus, hatte ihm ein Winzer aus Kaltern erklärt.

Deine Kondition ist verbesserungsbedürftig, sagte er sich, als er schnaufend den Rand des Weingartens erreichte. Noch einmal warf er einen prüfenden Blick auf das Navigationsgerät. Einer der Weinstöcke stand etwas abseits von den anderen. War das sein Rebstock? Doch das war nicht das Einzige, das seine Aufmerksamkeit auf sich zog. Das Ungewöhnliche war die Leiche, die am Fuß des Rebstocks lag.

*

Warum war er sich sofort sicher, dass der Mann tot war? War es die Tatsache, dass er etwas verdreht auf dem Rücken lag, den Kopf weit nach hinten geneigt, so dass er mit Sicherheit Probleme beim Luftholen hätte, wenn er noch am Leben wäre? Oder war es die Stellung des linken Beines, das eigenartig abgewinkelt war und wie krampfhaft zur Seite zeigte?

Der Anblick der verkrümmten Leiche ließ Tanner vor Schreck erstarren. Langsam ging er näher und bückte sich zu dem Toten hinunter. In diesem Moment erhob sich mit Geschrei und lautem Flügelschlagen ein Schwarm Vögel in die Luft. Mit einer Hand stützte sich Tanner am Boden ab und bot seine ganze Willenskraft auf, die schreckliche Szenerie zu betrachten. Plötzlich hatte er das Gefühl, als ob seine Professionalität, die ihn in solchen Momenten wie eine Rüstung schützte, von ihm abgefallen war.

Die dunkle Hose des Mannes wies zahlreiche Flecken auf, seine braunen Schuhe passten nicht zur Farbe des Anzugs. Das gestreifte Hemd war ihm aus der Hose gerutscht und bis auf die Brust aufgeknöpft. Vorsichtig berührte Tanner die Schulter des Mannes. Keine Reaktion. Er beugte sich nach vorne und betrachtete das Gesicht. Kein junger Bursche mehr. Dreißig Jahre, vielleicht auch ein paar Jahre älter. Und eindeutig tot. Tanner sah ein kleines, rundes Loch genau zwischen den Augenbrauen. Wie ein drittes Auge. Ein Schuss aus geringer Entfernung. Mein Gott … eine regelrechte Hinrichtung. Er untersuchte den Hinterkopf, fand aber keine Austrittswunde.

Am rechten Handgelenk, das zahlreiche Hautabschürfungen zeigte, trug der Tote ein schwarzes Metallarmband in Form einer Schlange, die sich in den Schwanz biss. Tanner beugte sich zur Seite und entdeckte eine Platzwunde am Kopf des Mannes, aus der kein Blut ausgetreten war. Wie lange mochte er tot sein? Aus einem Nasenloch kroch eine Ameise. Tanner wischte sie weg. Als er sich aufrichtete, wurde ihm schwarz vor Augen.

Er lehnte sich an einen der Bäume, die auf der anderen Seite des Weges standen, und betrachtete die Szenerie. Wie kam die Leiche in den Weinberg? Hatte jemand den Mann hierhergelockt und erschossen? Er glaubte das nicht. Vermutlich wurde der Mann an einer anderen Stelle getötet und die Leiche hier aus dem Auto geworfen. Die Obduktion würde zeigen, wie lange der Mann schon tot war. Wenige Stunden wahrscheinlich. Der Weg, der von der Straße hier hinaufführte, war hart und steinig und hinterließ keine Fußabdrücke. Also auch keine Reifenspuren. Größere Steine und Unebenheiten machten es für einen normalen Wagen unmöglich, den Weg zu befahren. Möglicherweise ein Traktor. Oder ein vierradgetriebener Geländewagen mit großer Bodenfreiheit.

Was sollte er jetzt tun? Einen kurzen Moment spielte er mit dem Gedanken, die Flucht zu ergreifen, ohne die Polizei zu verständigen. Nein! Ein Detektiv hat sich der Realität zu stellen. Noch einmal ging er in die Knie, wickelte sich sein Taschentuch um die Finger, schlug das Jackett zurück und studierte das eingenähte Etikett. Der Anzug stammte von einer Allerweltsfirma. Billige Konfektionsware, die man in allen Fußgängerzonen Europas kaufen kann. Die Innentaschen der Jacke waren genauso leer wie die Hosentaschen. Nichts. Kein Ausweis, kein Telefon und keine Geldtasche. Das Einzige, das er aus einer der Innentaschen des Sakkos zutage förderte, war ein zerknittertes und leicht unscharfes Schwarz-Weiß-Foto, das den Eingang zu einer Höhle zeigte. Sträucher und Bäume waren darauf zu erkennen, die das dunkle Loch des Einganges umwucherten. Auf der Rückseite entdeckte er einen halb verwitterten Stempel: Fotostudio Soyer, Meran. Tanner steckte die Fotografie ein.

In seinem Notizbuch fand er den Namen des Winzers, dem er den glücklichen Gewinn des Rebstocks zu verdanken hatte. Des todbringenden Rebstocks. Weingut Castel Cantina. Besitzer Vigilio Terlizzi. Keine Adresse. Wahrscheinlich war das eines der Häuser unten im Tal, die man von hier oben sehen konnte, dort, wo sich die schmale Straße den Berg hinaufwand. Das Gebäude im Vordergrund sah wie ein heruntergekommener Ansitz aus. Sollte er Terlizzi aufsuchen und sich als der neue Eigentümer des Rebstocks mit der Leiche vorstellen? Er entschied sich dagegen, holte sein Handy aus der Tasche und rief Maurizio an, der sofort ans Telefon ging.

»Hier liegt ein Toter.«

Lautes Schnaufen am anderen Ende der Leitung. »Wo liegt ein Toter?«

»Ich kann dir die GPS-Daten der Leiche durchgeben. Auf zwei Meter genau.«

»Du machst Scherze.«

»Mir ist nicht zum Scherzen zumute. Hast du was zum Schreiben? Ich diktiere dir die Koordinaten.«

»Ich verständige meine Leute. Bleib, wo du bist.«

»Kannst du herkommen?«

»Ich bin schon unterwegs. Wahrscheinlich bin ich vor den anderen bei dir.«

Als Nächstes kam weder Maurizio noch die Carabinieri, sondern ein großer, stämmiger Mann mit einem Stock in der Hand, der weit ausschreitend aus dem Tal heraufstapfte. Die hünenhafte Gestalt erinnerte ihn an die Sage vom Wilden Mann auf dem Ritten, die ihm seine Mutter immer vorgelesen hatte. Genauso hatte Tanner sich in seiner Phantasie die Figur des Wilden Mannes vorgestellt. Wirre, dunkle Haare hingen ihm ins Gesicht, ein ungepflegter Bart bedeckte Kinn und Wangen.

»Was tun Sie auf meinem Grundstück?«, rief der Mann von Weitem und schwenkte seinen Stock.

Tanner wartete, bis der Mann näher gekommen war, und begrüßte ihn mit den Worten: »Ich bewache eine Leiche.«

Ein Ruck ging durch die riesige Gestalt. Er konnte offenbar nicht glauben, was er sah. Zuerst blieb er wie angewurzelt stehen, dann beugte er sich langsam nach vorne und beäugte die Leiche. Mit seinem Holzstock zeigte er auf den Toten und sah Tanner an. »Haben Sie ihn getötet?«

»Nicht herumtrampeln«, sagte Tanner. »Sonst zerstören Sie mögliche Spuren. Und nein, ich habe ihn nicht getötet.«

»Und was tun Sie dann hier?« Wieder deutete der Hüne auf die Leiche. »Haben Sie etwas mit dem Toten zu tun?« Er bückte sich und streckte die Hand aus, als wollte er den leblosen Körper berühren.

»Hände weg!«, rief Tanner.

»Sie haben mir gar nichts zu sagen.« Der Fremde zog seine Hand zurück. »Wer ist der Mann?«

»Ich weiß es nicht«, sagte Tanner. »Er hat keine Papiere bei sich. Ich habe bereits die Polizei verständigt.« Wie um es zu beweisen, zeigte er dem Mann sein Handy.

»Hat der Bursche Selbstmord begangen? Ausgerechnet auf meinem Grund und Boden.«

»Ich habe keine Waffe gesehen. Außerdem …« Tanner grinste. »… der Rebstock, bei dem die Leiche liegt, gehört mir.«

Überrascht sah ihn der Hüne an. »Mein Name ist Vigilio Terlizzi. Mir gehört die gesamte Gegend hier.«

Tanner griff in die Tasche und hielt dem Mann das Etikett hin, das er von der Weinflasche abgelöst hatte. »Und ich bin der glückliche Gewinner.«

Terlizzi sah zuerst auf das wellige Stück Papier, dann wandte er sich kopfschüttelnd Tanner zu. »Das mit dem Etikett und dem Rebstock war eine dumme Idee meiner Frau. Ich habe nie damit gerechnet, dass sich jemand meldet. Wollen Sie tatsächlich den Weinstock haben?«

Tanner sah auf die Leiche. »Ich glaube nicht, dass ich den Wein aus diesen Trauben noch trinken möchte.«

»Das ist sicher ein verdammter Asylant oder so ein linker Chaot, von denen man jeden Tag in der Zeitung liest.«

»Ein Asylant? So sieht der Mann nicht aus.«

»Dunkle Hautfarbe. Sehen Sie das nicht?«

»Das ist Schmutz. Er ist genauso ein Weißer wie Sie und ich.«

»So weit ist das hier in unserem Land gekommen.« Die Stimme Terlizzis war laut geworden. »Ich weiß, wovon ich rede. Entweder ein Wirtschaftsflüchtling, der über das Mittelmeer kam, oder ein linker Krimineller.«

Leise hörte man die Sirene eines Polizeiwagens. Tanner drehte sich um. Terlizzi redete einfach weiter. »Ich habe das alles kommen gesehen. Gott sei Dank haben wir jetzt verantwortungsvolle Politiker in der Regierung. Auch bei uns in Südtirol. Wir leben in gefährlichen Zeiten. Für mich besteht kein Zweifel, dass …«

Tanner ging den ersten beiden Uniformierten entgegen, die den Hang heraufhetzten und direkt zu dem Rebstock trampelten, um sich die Leiche anzusehen.

»Wer sind Sie?«, fragte Tanner den Mann, der sich, die Hände in die Hüften gestemmt, vor ihn hingestellt hatte.

»Die Fragen stellen wir.« Der Carabiniero sah Tanner scharf an und wandte sich dann einer in vornehmes Tuch gekleideten Frau zu, die gerade mit einem großen Aktenkoffer angeschnauft kam. Offenbar die Ärztin.

Ein weiterer Polizeibeamter, der in einem klein karierten, schlecht geschnittenen Anzug steckte, blieb vor Tanner stehen. »Wer sind Sie, woher kommen Sie und was haben Sie hier zu suchen?« Bevor Tanner antworten konnte, schob er nach: »Commissario Graderer, Polizia di Stato Bozen.«

Graderers Äußeres war von einer imponierenden Knollennase geprägt, ergänzt durch ein fliehendes Kinn und eine schwammige Unschärfe in seinen verträumten Augen.

»Haben Sie den Mann erschossen?«, fragte der Polizist, während er aufmerksam Tanners Ausweis studierte. »Sie sind also Privatdetektiv.« Er hob den Blick und sah Tanner ins Gesicht. »Ein Schnüffler … das hat uns gerade noch gefehlt. Seit wann sind Sie hier, und haben Sie was angerührt?«

»Eine halbe Stunde und nichts angerührt. Nur Ihre Leute

trampeln gerade ziemlich unbedarft um die Leiche herum. Spuren zerstören, nennt man das in der Fachsprache.«

»Davon verstehen Sie nichts, also halten Sie sich bitte mit Ihrer unqualifizierten Meinung zurück. Und rühren Sie sich nicht vom Fleck.« Graderer entzog ihm den Blick und wandte sich dem danebenstehenden Terlizzi zu.

In diesem Moment stapfte Maurizio Chessler den Hügel herauf und wischte sich mit dem Taschentusch zuerst über die Stirn, dann hinten um den Nacken. Als Graderer ihn sah, nahm er ruckartig Haltung an. »Capo«, flüsterte er, und es klang mehr ehrfurchtsvoll als überrascht.

»Guten Tag, Lutz«, sagte Maurizio und deutete auf Tanner. »Das ist mein Freund Tiberio, Inhaber einer bedeutenden Detektei in Bozen und Freund der Polizia. Alles klar?«

»Alles klar«, sagte Graderer in beleidigtem Ton. Er zückte ein Notizbuch und dreht sich wieder Terlizzi zu.

Tanner deutete auf den Rebstock, neben dem jetzt die Ärztin am Boden kniete und mit einer Taschenlampe dem Toten in den Mund leuchtete.

»Mein Weinstock ist entehrt«, flüsterte Tanner.

In der nächsten Stunde wurde der Hang immer belebter. Unten an der Straße waren zwei weitere Autos angekommen. Männer in weißen Kunststoffanzügen luden schwere Koffer aus und schleppten sie den Hang herauf. An einem der Einsatzfahrzeuge rotierte immer noch das Blaulicht.

Tanner beobachtete einige Uniformierte, die den Weinberg und den angrenzenden Wald durchkämmten. Ein rotes Kunststoffband schlängelte sich durch die Bäume und Rebstöcke und markierte ein großes, abgesperrtes Gebiet, das fast den gesamten Hügel umfasste. Der Fotograf lief hektisch um die Leiche herum und machte Aufnahmen.

Laute und schnippische Worte fielen im Hintergrund. Die Stimmung wirkte angespannt. Tanner beobachtete die Männer, die feixend auf Graderer deuteten. Dann wurde ihm klar, dass der Commissario von den Carabinieri nicht ernst genommen wurde.

Auch Maurizio war das aufgefallen. Er sah zu Tanner, der wie entschuldigend die Schultern hob. »Wenn sich der eigene Commissario bei den Carabinieri nicht durchsetzen kann, ist er ein Arschloch. Das ist bei Graderer der Fall. Ich wollte ihn schon vor einem Jahr nach Trient versetzen. Zur Überwachung der Parklätze.«

Die Ärztin hatte ihre Tasche zusammengepackt und trat näher. »Ich war in einem Restaurant in der Nähe, als der Anruf kam«, sagte sie.

»Das tut mir leid.« Maurizio sah auf die Uhr. »Für das Dessert reicht die Zeit vielleicht noch.«

Sie machte einen Seitenblick auf die Leiche und lächelte säuerlich. »Appetit vergangen. Wir können übrigens von einem Steckschuss ausgehen.«

»War er sofort tot?«

»Nicht unbedingt. Mehr kann ich noch nicht sagen.«

»Der Tatort …«

»Ist wahrscheinlich nicht hier am Weinberg. Der arme Kerl wurde irgendwo erschossen und hierhergebracht.«

»Woher wollen Sie das wissen?«

»Der skeptische Capo.« Sie lächelte. »Jedenfalls bin ich sicher, dass die Leiche nach ihrem Tod bewegt wurde. Wie lange der Mann tot ist, kann ich nicht genau sagen. Die Leichenflecke deuten darauf hin, dass der Tote einige Stunden auf dem Rücken gelegen hat. Der Bericht kommt spätestens übermorgen.«

»Das musst du dem ungeduldigen Staatsanwalt sagen.« Die Frau gab Maurizio die Hand, nickte Tanner zu und ging zu ihrem Wagen.

»Dottoressa Zanchetti«, sagte Maurizio und sah der Frau nach. »Sie ist aus Lucca. Eine famose Frau.«

Tanner nickte. »Ich hatte schon einmal mit ihr zu tun.«

Vom Hang aus beobachteten sie zwei Carabinieri, die unten an der Straße vor einem Haus standen und mit einer Frau redeten. Wie auf einen Befehl drehten alle die Köpfe und sahen herauf. Drei Häuser konnte man von hier oben sehen, und Tanner nahm sich vor, mit den Leuten, die darin wohnten, zu reden.

»Sehen wir uns morgen?«, fragte Maurizio, nachdem sie sich einige Schritte von der Leiche entfernt hatten.

»Ich weiß es nicht. Ich muss das alles erst einmal verdauen.«

Maurizio blieb stehen und blickte Tanner ins Gesicht. »Du siehst müde aus. Geh nach Hause.«

»Nach Hause«, wiederholte Tanner.

»Leg dich ins Bett. Ich rufe dich morgen an.«

ZWEI

Es war noch früh am Tag. Tanner saß in der Sonne und beobachtete das kleinstädtische Treiben auf dem Marktplatz. Die Touristen waren noch nicht nach Kaltern angereist oder saßen bei ihrem Frühstück in den Hotels. Die Straßenreinigung war zweimal vor der Pfarrkirche und um die barocke Mariensäule herumgekurvt, die Angestellten der Geschäfte und Cafés fegten vor ihren Eingangstüren oder stellten Tische und Sonnenschirme auf. Mütter begleiteten die Kinder in die Schule.

Der Morgen roch frisch, und ein Windstoß fegte über den Platz und wirbelte Tanners Haare durcheinander. Neben ihm saßen zwei Männer und lasen in der weit ausgebreiteten »Alto Adige«, so dass man ihre Gesichter nicht sehen konnte. Ein frühes Touristenpaar zog zwei quengelige Kinder hinter sich her. Wahrscheinlich auf dem Weg in eines der Museen oder eine von den Kindern heiß ersehnten barocken Kirchen.

Laubencafé, Caldaro sulla strada del vino stand auf der ersten Seite der kleinformatigen Getränkekarte, in die er einen kurzen Blick warf und bei dem jungen Mädchen einen Caffè Doppio und einen Bauerntoast bestellte, der seinem Speckbrot am nächsten kam.

Er stellte fest, dass schon einige Tage vergangen waren, seit er das letzte Mal hier am Dorfplatz war. Neben dem Brunnen erhob sich glatt glänzend ein Maibaum, oben begrenzt mit einem dünnen, grünen Kranz sowie der weiß-roten Fahne Südtirols.

Unkonzentriert blätterte er sich durch die »Dolomiten«, das Tagblatt der Südtiroler, wo er auf Seite vier einen Bericht mit der Überschrift »Der Tote im Weinberg« fand. Die Polizei steht vor einem Rätsel, las er. Nicht nur der Täter, sondern auch das Mordopfer sei unbekannt. Unter dem Artikel war ein unscharfes Foto des Toten abgebildet.

Nach gut einer halben Stunde watschelte Maurizio Chessler quer über den Marktplatz und ließ sich stöhnend gegenüber Tanner auf den filigranen Stuhl fallen. »Schon in der Früh ist es schweißtreibend und schwül. Wie geht's dir heute, lieber Freund? Hast du den Leichenschock überwunden? Tut mir übrigens leid …« Er sah auf die Uhr. »Von Bozen bis Sankt Pauls ging es gut. Dann kam eine Baustelle, und ich stand im Stau. Deshalb bin ich etwas spät dran.«

Ohne einen Blick in die Karte zu werfen, bestellte er eine Buchweizentorte und ein Glas Weißburgunder. »Und ein Vinschger Paarl«, schob er nach.

Maurizio hob wie entschuldigend die Schultern und lächelte Tanner an. »Ich kannte mal eine Frau hier in Kaltern, da war ich beinahe täglich im Laubencafé. Deshalb kenne ich die Karte auswendig.« Er lehnte sich zurück und sah einer hübschen Mutter nach, die einen Kinderwagen vorbeischob. »Ich habe übrigens nur eine gute Stunde Zeit. Meiner Sekretärin habe ich gesagt, ich müsse auf die Bank.«

Das junge Mädchen näherte sich auf leisen Sohlen und stellte das Weinglas vor Maurizio auf den Tisch und einen zweiten Caffè für Tanner.

»Und nach Kaltern steht Bozen und Meran auf dem Programm.« Eine laute Frauenstimme aus dem Hintergrund. Tanner drehte sich um und sah, dass am Nebentisch zwei gut gekleidete, ältere Frauen Platz genommen hatten. »Hinterher fahren wir nach Verona, leider nur zwei Tage, da wir rechtzeitig in Venedig sein müssen, wo wir unser Kreuzfahrtschiff nach Mallorca besteigen. Venedig grüßt Malle … Ist das nicht ein herrliches Motto?«

Tanner lief ein eisiger Schauer über den Rücken.

Maurizio lächelte die vor ihm stehende Buchweizentorte an, packte entschlossen die Gabel, rückte den Stuhl etwas nach vorn und ließ mit einem wohligen Stöhnen seinen Kugelbauch der Tischplatte entgegensacken. »Buchweizen produziert im Körper weniger Zucker als weißes Mehl. Soweit es geht, vermeide ich Zucker. Der Arzt hat bei mir vor einigen Tagen einen bereits ziemlich ausgewachsenen Diabetes diagnostiziert.« Er lehnte sich zurück, nahm die Brille ab und legte sie neben das Weinglas. »Wusstest du, dass Kohlenhydrate, Vernatsch und Grappa nur ein anderes Wort für Zucker darstellen?«

Maurizios Jacke war über dem Bauch zugeknöpft, und man musste Angst haben, ob der Knopf die Spannung aushalten würde.

»Wer ist der Tote, der bei meinem Weinstock in Missian lag? Gibt es in der Questura schon Erkenntnisse?«

Maurizio schüttelte den Kopf, winkte der Kellnerin und zeigte ihr den leeren Tortenteller, was sie mit einem erhobenen Daumen quittierte.

»Noch keine Spur. Wir warten auf eine Abgängigkeitsanzeige. In der gesamten Region Südtirol wird derzeit nur eine Person vermisst, und das ist eine sechzigjährige Frau aus Trient.«

»Ein dreißigjähriger Mann muss doch Verwandte haben. Oder Freunde. Bevor die Carabinieri kamen, habe ich übrigens kurz mit dem Besitzer des Weinbergs gesprochen.«

»Ich habe ihn gesehen. Wie hieß er noch mal?«

Tanner blätterte in seinem Notizbuch. »Terlizzi. Vorname Vigilio. Er verdächtigt einen Asylanten, hat aber keine Beweise für seine Behauptung. Gibt es schon Ergebnisse von der hübschen Dottoressa?«

Maurizio richtete seine Schweinsäuglein auf Tanner. »Nichts. Die Dame lässt sich Zeit. Sicher ist nur, dass sich das Projektil im Kopf befindet. Ich habe mir das von einem unserer Fachleute erklären lassen. Steckschüsse im Kopf kommen heutzutage relativ selten vor, deshalb vermuten meine Leute eine 7,65 × 21er Luger-Patrone. Die gehörte früher unter anderem zur Standardausrüstung der italienischen Armee. Meine Mitarbeiter glauben übrigens, dass der Mann nicht im Weinberg getötet wurde.«

Tanner nickte. »Bei dem geringen Abstand zu den Häusern wäre das Risiko eines Schusses auch zu groß.«

»Kein Geld, kein Ausweis, kein Handy«, sagte Maurizio, mehr zu sich selbst.

Tanner griff in die Innentasche seiner Jacke. »Nur eine Fotografie hatte der Tote eingesteckt.«

Maurizio pfiff durch die Zähne. Während er das Foto betrachtete, bildeten sich tiefe Falten auf seiner Stirn. »Das ist illegal.«

»Was ist illegal?«

»Dass du die Fotografie an dich genommen hast. Das ist ein wichtiges Beweisstück, das du der Polizei vorenthalten hast. Was hast du zu deiner Entschuldigung vorzubringen?«

»Ich griff in die Innentasche des Toten. Das Bild muss an meinen Fingern kleben geblieben sein.«

»Ein Höhleneingang«, sagte Maurizio. »Irgendwo in den Bergen.«

»Weißt du, wo das aufgenommen wurde? Du hast doch dein ganzes Leben hier in der Gegend verbracht.«

Maurizio schüttelte den Kopf, so dass seine fetten Hamsterbacken und das Doppelkinn leicht zu zittern begannen.

»Schau dir die Rückseite an.«

»Der Stempel ist schlecht zu entziffern. Fotostudio Soyer, Meran. Oder so ähnlich.«

»Ich werde morgen hinfahren. Mal sehen, ob es den Laden noch gibt. Das ist übrigens meine Fotografie.« Tanner streckte fordernd seine Hand über den Tisch.

»Von mir aus.« Maurizio seufzte. »Wer weiß, wie lange ich meinen Job noch habe.«

»Das hast du schon einmal angedeutet. Was ist los?«

Maurizio drehte sich um, ob auch keiner mithörte. »Tiberio, ich ahne nichts Gutes. Da läuft was gegen mich. Aus Rom gibt es bereits Gerüchte, dass ich abgelöst werden soll. Sogar der Vizequestore ist kühl zu mir. Seit einigen Tagen schon.«

»Das kann doch nicht sein. Du bist jetzt zwanzig Jahre Commissario Capo in Bozen und hast dir große Verdienste erworben. Da kann doch nicht irgendein Dahergelaufener kommen und …«

Maurizio hob die Hand und stoppte Tanners Redefluss. »Zwanzig Jahre Capo sein ist keine Ehre. Zumal meine Beförderung zum Vizequestore schon lange überfällig wäre.« Er beendete den Satz mit einer wegwerfenden Handbewegung.

»Welche Gerüchte sind das, die aus Rom kommen?«

»Nichts Konkretes … Ablöse, Frühpension, was weiß ich. Jedenfalls nichts Ehrenhaftes.«

Tanner versuchte ein verständnisvolles Lächeln. »Denk daran, was mir bei Fiat passiert ist. Frühpension ist nicht das Schlechteste.«

Maurizio erhob sich und streckte Tanner die Hand hin. »Ich muss zurück.«

Tanner beobachtete ihn, wie er leicht nach vorne gebeugt über den Platz schlich. Wie ein alter Mann.

*

Es ging auf Mittag zu, das Laubencafé hatte sich bis auf den letzten Platz gefüllt. Was sollte er jetzt als Nächstes unternehmen? Ein Detektiv muss von Zeit zu Zeit strategische Entscheidungen treffen, sagte Tanner sich, winkte die junge Kellnerin herbei und bestellte noch einen Bauerntoast. Und ein Glas Sauvignon blanc.

Er genoss gerade den ersten Schluck des gut gekühlten, trockenen Weißweins, als sein Handy klingelte.

»Hier ist Carlotta Krohnauer, guten Tag, Herr Tanner.«

Seine Klientin. Die betrogene Ehefrau. Mit einem Ruck setzte er sich aufrecht hin und blätterte in seinem Notizbuch. »Guten Tag, Frau Krohnauer. Ich wollte Sie gerade anrufen.«

»Erzählen Sie keine Märchen und hören Sie zu. Riccardo … mein Mann … er wird sich in genau einer Stunde mit seiner Geliebten treffen.«

»Woher wissen Sie das?«

»Simone, meine Freundin, ist mit Riccardos Sekretärin befreundet. Und die hat soeben ein Telefonat mitgehört, in dem er sich mit dieser Schlampe verabredet hat.«

»Eine Freundin, die mit der Sekretärin befreundet ist. Das nenne ich ein engmaschiges Netzwerk. Sie arbeiten mit allen Tricks.«

»Frauen müssen zusammenhalten.«

»Wie heißt sie? Die Schlampe meine ich.«

»Na wie schon? Abigail natürlich. Abigail Ferrari.«

In der Zwischenzeit hatte er die richtige Seite in seinem Notizbuch gefunden. »Ich erinnere mich«, sagte er mit fester Stimme. »Ihr Mann Riccardo arbeitet in der Stadtverwaltung Bozen, die sich am Angela-Nikoletti-Platz befindet. Richtig?«

»Da ich es Ihnen erzählt habe, muss es richtig sein. In einer Stunde, um Punkt vierzehn Uhr, verlässt Riccardo sein Büro und fährt irgendwohin, wo er sich mit diesem Trompl zu seinem wöchentlichen Schäferstündchen trifft.«

»Irgendwohin?« Um Gottes willen, dachte Tanner. »Wo könnte das sein?«

»Folgen Sie ihm. Dann wissen Sie es.«

»Fährt er mit dem Auto?«

»Kann er nicht.« Sie lachte laut. »Den Wagen habe ich. Entweder trifft er sich in Bozen mit ihr, oder er fährt mit dem Zug.«

»Mit dem Zug«, wiederholte Tanner. »Vielleicht nach Paris?«

Wieder lachte sie. »Seine erotische Reichweite liegt bei maximal hundert Minuten Fahrzeit. In dieser Beziehung können Sie sich auf meinen Instinkt und die langjährige Erfahrung einer Frau verlassen.«

»Natürlich«, sagte er.

»Und merken Sie sich. Ich brauche Beweise.«

»Ich merke mir das«, sagte Tanner und versprach, spätestens morgen die Erfolgsmeldung bei der Frau abzuliefern.

Ein Blick auf die Uhr bestätigte ihm, dass er noch genügend Zeit hatte, seine Ausrüstung zu komplettieren. Observieren und Beweise sicherstellen lautete sein Auftrag, und dafür musste er sich sachgerecht ausstaffieren. Er fuhr zu sich nach Altenburg und holte seinen Fotoapparat samt professionellem Teleobjektiv. Entschlossen befestigte er das GPS-Gerät auf der Windschutzscheibe.

Frauen müssen zusammenhalten, hatte seine Klientin Carlotta gesagt. Der Satz ging ihm nicht aus dem Kopf, während er auf der SS 42 Richtung Norden fuhr. Halten auch Männer zusammen? Er hatte da seine Zweifel. Frauen wissen nicht, was sie wollen, aber sie sind fest entschlossen, es zu bekommen. Tanner hatte keine Ahnung, von wem dieser Spruch stammte. Aber er dürfte von einem Mann sein.

Er kannte die zwanzigminütige Strecke gut, die ihn zuerst über die Etsch und kurz danach über den Eisack führte.

Es regnete, als er aus der Parkgarage ins Freie kam. Mit aufgespanntem Schirm spazierte er auf dem weitläufigen, asphaltierten Platz auf und ab, wobei er das mehrstöckige Gebäude mit der bläulich schimmernden Glasfassade, in dem er den Arbeitsplatz Riccardo Krohnauers wusste, nicht aus den Augen ließ.

Vor der gegenüberliegenden Berufsschule stand eine lärmende Schülerschar, die meisten mit einem Handy am Ohr.

In diesem Moment verließ Riccardo das Gebäude und überquerte in einer schrägen Diagonale mit quirligen Schritten den Platz. Riccardo liebte Mitternachtsblau. Anzug, Schuhe und sogar die Aktentasche, die der Mann, leicht im Takt seiner Schritte hin und her schwenkend, in der rechten Hand trug, waren in Dunkelblau gehalten. Er marschierte die lange Front des Verwaltungsgebäudes entlang und verschwand links um die Ecke. Tanner eilte ihm nach und sah gerade noch, wie Riccardo in einem Taxi sitzend quer über den Platz fuhr. Tanner überlegte nicht lange und bestieg das dahinter stehende Taxi.

»Gestern war Gomorrha mit Marco D'Amore im Fernsehen«, sagte der Fahrer, »da gab es auch so eine Verfolgungsjagd im Taxi. Und dann fanden sie eine Leiche.«

»Das hier ist kein Krimi«, sagte Tanner. »Ich möchte nur von dem Fahrgast vor uns nicht entdeckt werden.«

Es herrschte viel Verkehr in der Innenstadt. Sie fuhren über die Rombrücke und durchquerten die Stadtviertel, in denen während der faschistischen Zeit Tausende Arbeiter aus dem Veneto und anderen italienischen Regionen angesiedelt und in Sozialwohnungen untergebracht wurden.

»Fahren Sie schneller«, sagte Tanner.

Auf der Triester Straße überholten sie zwei Lastwagen, bogen nach rechts in die Viale Druso ab, auf der sie den Talferbach überquerten und schließlich den Bahnhof erreichten. In aller Eile bezahlte er das Taxi, während Riccardo bereits im Bahnhofsgebäude verschwunden war.

»Halt!«, rief der Taxifahrer und stoppte Tanner, der schon im Laufschritt Richtung Eingang unterwegs war. »Ihr Schirm!«

Er hatte Glück. Riccardo kam gerade mit einer Zeitung unter dem Arm aus dem Kiosk und stieg in den am Nebengleis wartenden Zug, der sich wenige Minuten später in Bewegung setzte. Wohin fuhr der Zug? Tanner hatte nicht die leiseste Ahnung. Er fand einen Platz in dem Großraumwagen der zweiten Klasse, schräg gegenüber von Riccardo, von dem er die untere Hälfte des mitternachtsblauen Anzugs gut im Blick hatte. Den oberen Teil verdeckte eine tonnenförmige Frau in einem zeltartig geschnittenen, violetten Sommermantel, die mindestens zwei Plätze gut ausfüllte.

Bis jetzt hatte alles geklappt, beruhigte Tanner sich und deponierte den Schirm im Gepäcknetz über ihm. Den Riemen des Fotoapparats wickelte er sich vorsichtshalber um den Hals. Die dicke Frau gegenüber umklammerte mit beiden Händen ein dick belegtes Speckbrot, das verführerisch roch. Sie lächelte Tanner so freundlich an, dass er schon überlegte, sie um ein Stück zu bitten, verwarf den Gedanken aber. Stattdessen begann er, sich argumentativ auf das bevorstehende Treffen mit dem Zugschaffner vorzubereiten, der sich ihm drohend, mit Umhängetasche und einem schwarzen Gerät in der Hand, näherte.

»Ihr Biglietto, bitte!«

»Ich habe keins.«

»Warum haben Sie kein Biglietto?«

»Ich steige immer erst im letzten Moment in den Zug ein.«

»Wohin wollen Sie?«

»Das kommt darauf an, wohin dieser Zug fährt.«

»Und wo werden Sie aussteigen?«

»Das entscheide ich spontan.«

»Wie heißt das Theaterstück, das wir gerade spielen?«, fragte der Schaffner und sah auf die übrigen Fahrgäste, die um Tanner herumsaßen, wie um sie in die Diskussion einzubinden. Sie alle musterten Tanner feindselig, nur die Frau mit dem Speckbrot fand es lustig. Schließlich kaufte Tanner eine sehr teure Fahrkarte bis Rom, lächelte den um ihn Sitzenden zu, die ihn nach wie vor neugierig anstarrten, lehnte sich zurück und stellte sich schlafend.

Nach einer halben Stunde öffnete er die Augen, als der Mann neben ihm laut mit seinem Mobiltelefon zu reden begann. Tanner war schon häufiger aufgefallen, dass man in Versuchung gerät, in sein Handy lauter zu sprechen als mit einem nebenan sitzenden Menschen. Alle im Waggon hörten aufmerksam zu, was der Mann seinem unbekannten Gesprächspartner mitzuteilen hatte. »Ich werde gleich weg sein«, sagte er. »Auf der Strecke nach Bologna sind lauter

Funklöcher, aber ich bin zu unserem Meeting pünktlich da. Und das Memo habe ich vorbereitet.« Tanner stellte sich vor, wie der Mann von einem auf Höhe Verona hinterhältig lauernden Funkloch verschluckt wird und plötzlich verschwindet. Wie in einer der Schwarzloch-Theorien von Stephen Hawking.

In Verona stellten sich, halb hinter dem Zeltvorhang des gegenüber befindlichen Sommermantels verborgen, die mitternachtsblauen Anzugbeine auf ihre Füße, dann erschien Riccardo und verließ den Zug. Tanner lief hinterher. Bis ihn die dicke Dame mit einem schrillen Schrei stoppte: »Sie haben ihren Schirm vergessen!«

In eiligem Schritt verließ Riccardo das Bahnhofsgelände. Tanner folgte in sicherem Abstand. Er hatte Verona schon einige Male besucht, sich aber noch nie am Bahnhof aufgehalten. Ganz schön clever, der Mann, dachte er. Trifft sich mit seiner außerehelichen Freundin nicht in der Heimatstadt Bozen, sondern eineinhalb Zugstunden entfernt in Verona, wo ihn keiner kennt. Oder auch nicht so clever, schließlich war ihm seine Frau auf den Ehebruch draufgekommen. Er musste lächeln. L'adulterio nennen das die Italiener. Tanner erinnerte sich an das angebliche Elternhaus Julias, in dem sie ihren Romeo empfangen hat. Irgendwo in der Nähe der Piazza delle Erbe. Nur den Liebesbalkon hat man nachträglich für die Touristen dazu gebaut. Romeo und Julia … Vielleicht trafen sich Abigail und Riccardo aus Bozen deshalb hier in Verona.

Riccardo war zielstrebig unterwegs. Er weiß genau, wohin er will, dachte Tanner. Sie überquerten einige Baustellen und stark befahrene Straßen, bis Riccardo schließlich nach rechts in eine breitere Querstraße abbog, die, so entnahm er dem Schild an der Hausmauer, den Namen Via delle Coste trug. Während Tanner hinter dem Mann herging, gelang es ihm, unbemerkt einige Fotos zu schießen.

Überraschend bog Riccardo in eine schmale Seitenstraße ab. Tanner rannte los und sah gerade noch, wie der Mann in einem Haus verschwand. Ein unscheinbares, etwas heruntergekommenes Einfamilienhaus, von dem die ehemals blaue Farbe bereits großflächig abblätterte. Hinter einem der Fenster im ersten Stock wurde der Vorhang etwas zurückgezogen, und für einen Augenblick konnte er einen blonden Haarschopf ausmachen. War das Abigail, die Riccardo erwartete? Tanner fixierte das Fenster längere Zeit, doch es gab nichts mehr zu sehen. Er überlegte, wie der erotische Ablauf aussehen könnte, wenn nach langem, sehnsüchtigem Warten endlich der Geliebte am Ort des Geschehens eintrifft. In so einem Fall bekommt stets das Schlafzimmer eine deutlich wichtigere Rolle zugeteilt als beispielsweise die Küche. Und Schlafräume wiesen in der Regel nach hinten raus. Dorthin, wo der ruhige Garten lag und die Vögel zwitscherten.

Tanner war froh, dass es nicht mehr regnete, als er um das Grundstück herumschlich, das an dieser Seite von einer mannshohen Lorbeerhecke umschlossen war. Erleichtert stellte er fest, dass sich hinter den Büschen kein Maschendrahtzaun oder Gitter befand. Nach einigem Suchen entdeckte er eine geeignete Stelle, an der er das immergrüne

Buschwerk auseinanderdrücken und durchschlüpfen konnte. Erfolgreich betrat der Detektiv den Point of Observation. Nur im unteren Teil seiner Hose machte es irgendwo ratsch, und überraschend frische Luft strömte an Tanners Bein. Doch nichts konnte ihn von der Erfüllung seiner Pflicht abhalten.

Die beiden Fenster im ersten Stock hatten gartenseitig keine Vorhänge. Tanner war sicher, im Halbdunkel des Zimmers eine Bewegung wahrzunehmen. Befand sich Riccardo in diesem Zimmer? Gemeinsam mit seiner geliebten Abigail? In Tanners Phantasie war klar, dass in dem Raum ein breites Bett stand, in dem gerade ehebrecherische Affären ihren unsittlichen Verlauf nahmen. Jetzt wäre eine Leiter praktisch gewesen. Dann könnte er mit dem Teleobjektiv seine Auftraggeberin zufriedenstellen.

Sein Blick fiel auf den alten Olivenbaum, der nicht weit vom Haus entfernt seine knorrigen Äste in die Luft streckte. Von da oben müsste man einen bequemen Einblick in das Zimmer haben. Er taxierte den Baumstamm, sprang und umklammerte den untersten Ast. Jetzt kam Tanner zugute, dass er im Reckturnen seit je her als außergewöhnliche Begabung galt und bis heute alle Aufschwünge beherrschte, die Zug um Zug nach oben führten. Er schätzte die Höhe des Fensters im ersten Stockwerk ab und entschied, noch zwei weitere Äste nach oben zu klettern. Von dort müsste er ungehinderten Einblick in das Zimmer haben. Unter Einsatz eines letzten Kraftaufwandes saß er schließlich wie ein Reiter auf dem Ast, der rissig und nass war. Vorsichtig, um die Balance nicht zu verlieren, schob er sich Stück für Stück nach vorne.

Der Wind pfiff durch die kahlen Äste, und langsam wurde es ungemütlich kalt in der Höhe. Ein bisschen Wärme entstand in seinem Inneren, als er feststellte, dass er nun freien Einblick in das Zimmer hatte. Den Mittelpunkt des Raums bildete das vermutete, geräumige Bett, auf dem das Paar in ihrem Liebesspiel schon relativ weit fortgeschritten war. Jedenfalls saß sie rittlings auf ihm, und Tanner war, als ob das lustvolle Stöhnen der Frau trotz des geschlossenen Fensters bis an sein Ohr drang. Aufgeregt griff er in die Umhängetasche, in dem sich der Fotoapparat mit dem langen Teleobjektiv befand. Nach dem dritten Foto verlor er den Halt. Ein leiser Schreckensschrei entwischte ihm, er segelte durch die Luft, versuchte krampfhaft, sich irgendwo festzuklammern, was ihm jedoch nur ungenügend gelang, da seine Hand an den feuchten Ästen abrutschte.

Beinahe ungebremst fiel er auf seinen verlängerten Rücken. Überrascht starrte er nach oben und ärgerte sich über den stechenden Schmerz in der rechten Hüfte. Seine Sorge galt dem Fotoapparat, der mit dem Lederband an einem der Äste baumelte.

Stöhnend erhob er sich zuerst auf alle viere und freute sich, dass er ohne Hilfe aufrecht stehen konnte. Gott sei Dank nichts gebrochen. Nur eine Prellung, vermutete er nach den ersten Schritten. Oder eine Verstauchung.

Eine Stunde später saß Tanner auf der Rückfahrt nach Bozen wieder in der Bahn. Mit heftigen Rückenschmerzen. Kurz nachdem der Zug Verona verlassen hatte, betrat der Schaffner das Abteil. Es war derselbe Beamte wie auf der

Hinfahrt. Er pflanzte sich vor Tanner auf, zog die Augenbrauen in die Höhe, sagte aber kein Wort.

»Ich habe ein Biglietto«, sagte Tanner beflissen, »ich bin mir im Klaren, wohin dieser Zug fährt, und ich weiß, wo ich aussteigen muss.«

»Ich bin stolz auf Sie«, erwiderte der Schaffner und entwertete Tanners Fahrschein.

Am Abend bat er Paula, seinen Rücken zu begutachten. Das hätte er nicht tun sollen. In entwürdigender Bauchlage lag er mit heruntergezogener Unterhose auf dem Bett und musste ertragen, wie Paula grinsend an ihm herumdokterte. »Dein Hintern ist noch interessanter geworden. Ich bin zwar nur eine Apothekerin, aber ich weiß, dass die Ärzte das eine Contusio nennen.«

»Und wie nennen es normale Menschen?«

»Prellung. Das Gewebe ist gequetscht. War dieses Abenteuer unbedingt notwendig?«

»Als Detektiv muss ich stets einen hohen Einsatz fahren.«

»Die Farbe deines Oberschenkels ist imponierend. Im Moment strahlt er in tiefem Rot, etwa wie der Speck, den du so gerne isst. Ab morgen wird dein Rücken die gesamte Farbskala durchlaufen. Von Blau über Grün zu Gelb. Ich werde dich auf dem Laufenden halten.«

»Was ich in deinen Worten vermisse, ist Mitleid.«

»Du hast mein volles Mitleid«, sagte sie und bekam einen Lachanfall.

DREI

Es war halb neun, als Tanner erwachte. Ältere Menschen brauchen weniger Schlaf, sagte Paula immer und sprach von seniler Bettflucht. Zumindest in diesem Punkt fühlte sich Tanner sehr unsenil. Langsam öffnete er die Augen, legte sich in Habtachtstellung hin und sah der weißblauen Helligkeit zu, wie sie langsam durch die Vorhänge in sein Schlafzimmer drang und die unsichere Welt der Träume vertrieb.

Stöhnend kroch er aus dem Bett und trottete mit schwankenden Schritten zum Fenster. Ein weiterer schöner Tag kündigte sich an. Nur sein Rücken schmerzte. Am Abend würde er von Paula den aktuellen Bericht erhalten, in welcher Farbnuance sein Bluterguss leuchtete.

Er nahm das Schwarz-Weiß-Foto aus seinem Notizbuch und entzifferte zum x-ten Mal den Stempel auf der Rückseite. Fotostudio Soyer, Meran.

Dem Telefonbuch entnahm er neben der Information, dass Herr Soyer den Vornamen Jakob führte, die Adresse des Fotogeschäfts: Alpinistraße 36.

Im Auto fragte er sich, warum er wegen der Fotografie nach Meran fuhr. Pure Neugierde. Er beschloss, dies als ausreichende Begründung gelten zu lassen. Vielleicht half ihm das Foto, die Identität des Toten festzustellen. Schließlich hatte er das Bild bei sich getragen.

Im Auto kamen die Rückenschmerzen wieder zurück,

insbesondere wenn er mit der rechten Fußspitze auf das Bremspedal stieg.

Tanner mochte Meran, jedenfalls sobald man die nichtssagenden Vororte hinter sich gelassen hatte. Meran war kleiner und überschaubarer als Bozen, und er hatte zu der Stadt rasch Kontakt gefunden. Eigentlich war es umgekehrt: Die Stadt hatte sich ihm geöffnet. Eine Beziehung und den Zugang zu einer Stadt zu finden, entzog sich der Logik und war vergleichbar mit dem Vorgang, die Sympathie eines Menschen zu gewinnen. So etwas konnte man nicht erzwingen. Entweder es funktionierte, oder, wenn sich der Ort aus geheimnisvollen Gründen vor einem verschloss, es ging daneben. Tanner hatte vor Kurzem das Buch eines amerikanischen Architekten gelesen, in dem dieser das Eintreffen in einer Stadt beschrieb. Wann habe ich das Gefühl, in einer Stadt angekommen zu sein? Wann hatte ich das Gefühl, in Meran angekommen zu sein? Tanner konnte sich gut an seine erste Fahrt hierher erinnern. Die Eindrücke, während er der Promenade an der Passer folgte, gaben ihm damals wie heute das Gefühl: Jetzt bin ich angekommen.

Aus alter Gewohnheit stellte er sein Auto am Parkplatz des Thermenhotels ab, was nicht ganz legal, aber preiswert war. Einige Augenblicke verharrte er am Geländer der Passer-Terrassen und sah auf den Fluss, der wenig Wasser führte. Er marschierte nach Norden. Mitten auf der Theaterbrücke erinnerte ihn ein Hungergefühl, dass er noch nicht gefrühstückt hatte. Dies holte er im Café König nach. Über die Meraner Torte, die er sich zum Abschluss des Frühstücks leistete, beschloss er, Paula gegenüber Stillschweigen zu bewahren.

Einige Augenblicke in der Sonne sitzen, sagte er sich. Zumal beim Sitzen der Muskelschmerz am Rücken ein wenig nachließ. Von der Stadtpfarrkirche Sankt Nikolaus schlug es zehn Uhr. Um diese Zeit hatte er bei Fiat schon zwei Stunden in seinem Büro gesessen und begonnen, die diversen Besprechungen in seinem Terminkalender abzuarbeiten. Tanners Gedanken wanderten zurück in seine ehemalige Firma in Turin und an das Ende seiner beruflichen Tätigkeit. Nach dreißig Jahren im Management, zuletzt als Mitglied der Geschäftsleitung, war es im Zuge der Fusion des Fiat-Konzerns mit Chrysler auch zu Anpassungen im Personalbereich gekommen. Er erinnerte sich, dass ihn der Chef in sein Büro beorderte und sagte: »Nehmen Sie Platz.« Während sein Boss vor ihm unruhig auf und ab marschierte, bekam Tanner das Gefühl, nur noch Befehlsempfänger zu sein. Fünf Minuten später war sein Vertrag einseitig aufgelöst, und er stand mit sechsundfünfzig und einer mageren Abfindung auf der Straße.

Ohne lange zu überlegen, beschloss er damals, Zeit und Geld in eine neue Karriere zu investieren. Er verbrachte einige Zeit als Lehrling bei einem Mailänder Detektivbüro und erwarb in einer mehrmonatigen Ausbildung die Arbeitsberechtigung als sogenannter Berufsdetektiv, ausgestattet mit Kompetenz und Faktenwissen in Kriminologie, Rechtskunde und Personenschutz, amtlich examiniert und mit einer von der Behörde ausgestellten Legitimation. Mit Lichtbild. Nur das Geschäft verlief von Anfang an nicht sehr erfolgreich. Er vertrieb diese lähmenden Gedanken, unterstützt von einem Glas erfrischendem Chardonnay.

Während er die Freiheitsstraße entlanghumpelte, kramte er sein Notizbuch hervor. Fotostudio Soyer. Alpinistraße 36.

Am Ende der Straße erreichte er das neu erbaute Centro Commerciale Merano, an dem über der Eingangstür die Aufschrift »Shopping. Food. Feel Good« prangte. Tanner bog nach rechts ab, erreichte fünf Minuten später die Alpinistraße, wo er feststellte, dass sich im Haus mit der Nummer 36 kein Fotogeschäft befand. Auf diesen Umstand wies das kleine, handgeschriebene Schild CLARA MESSNER – ESOTERIK & MORE hin.

Mit Interesse studierte Tanner das Schaufenster, in dem sich Gegenstände befanden, die er weder kannte noch sich erklären konnte, warum man diese kaufen sollte.

Die Türklingel spielte eine unmelodische Sequenz, als er in die Dämmerung des Ladens eintrat. Es roch nach Räucherstäbchen. Grau-transparente Nebelwolken hingen über den Regalen. Eine Vitrine, die ihm im Weg stand, war mit glitzernden Kleinodien gefüllt, Mineralien in allen Formen und Farben, roh, geschliffen und poliert. Besonders ins Auge fiel ihm ein Granitstein um zweihundert Euro, der jenen Steinbrocken ähnelte, die er als Bub stets in der Hosentasche mit sich herumgetragen hatte.

»Suchen Sie sich in Ruhe etwas aus. Gerade bei diesen schönen und nützlichen Dingen muss man sich Zeit lassen.«

Ein dunkler Frauentyp stand vor ihm, lange schwarze Haare, die wie eine Perücke aussahen, und geschwungene, buschige Augenbrauen. In der Dämmerung des Geschäfts konnte Tanner nicht erkennen, ob die weiße Gesichtsfarbe auf Blässe oder Schminke zurückzuführen war. Die Frau war zur Gänze schwarz gekleidet und sah wie eine Figur aus der früheren Fernsehserie Addams Family aus.

»Das ist doch die Nummer 36?« Wie um die Ernsthaftigkeit seiner Frage beweisen zu müssen, blätterte er in seinem Notizbüchlein.

»So ist es, mein Herr«, sagte die Frau mit rauchiger Stimme und überkreuzte die Beine. »Aus Ihrer Frage entnehme ich, dass ich Sie nicht für Esoterik begeistern kann.«

»Das weiß ich nicht. Ich suche ein Fotogeschäft. Genauer gesagt, einen Herrn Jakob Soyer.«

»Den Fotoladen gibt es schon lange nicht mehr.«

»Soyers Geschäft steht in meinem Telefonbuch.«

»Überprüfen Sie gelegentlich, wie alt Ihr Telefonbuch ist. Die Zeit, so sagen wir Esoteriker, ist eine menschliche Erfindung, wobei es Zeitvampire gibt, die unsere Zeit in ihren Klauen festhalten, so dass wir uns nicht befreien können.« Sie lächelte. »Nur Telefonbücher altern rasch und verlieren den Sinn und die Wahrheit.«

Immer wenn Tanner verwirrt war, fiel ihm keine kluge Antwort ein. Er bedankte sich artig und trat den Rückzug an, als sie ihm nachrief: »Halt!«

So rasch es seine Rückenschmerzen zuließen, drehte er sich um.

»Suchen Sie ein Fotogeschäft oder Herrn Soyer persönlich? In beiden Fällen könnte ich Ihnen helfen.«

»Herrn Soyer persönlich.«

»Er lebt im Altersheim. Seine Tochter hat mich angerufen und mir Grüße von ihm ausgerichtet.«

»Hat die Tochter auch gesagt, in welchem Altersheim er sich aufhält?«

»In einem Seniorenheim nahe des Parco di Maia. Das ist südlich der Passer. In der Schafferstraße … glaube ich jedenfalls.«

Sie drehte sich um und stöckelte davon.

Mit jedem Schritt wurden die Schmerzen in seinem Rücken schlimmer, so dass er beim Gehen ein Hinken nicht mehr kaschieren konnte, was er vor all den vorübergehenden Menschen als entwürdigend empfand. Keiner lachte laut, aber viele schmunzelten.

Nachdem Tanner auf der Otto-Huber-Straße die Passer überquert hatte, hielt er sich links und hatte nach wenigen Minuten den Parkplatz erreicht. Mit einem erleichternden Seufzen ließ er sich auf den Sitz seines Autos fallen.

Das Seniorenheim befand sich tatsächlich in der Schafferstraße. Das weiß getünchte Gebäude stammte aus der Zeit der Jahrhundertwende, hatte zahlreiche Erker und Türmchen und beim Eingang ein pompöses Schild:

PRO SENECTUTE –
SOZIALE GENOSSENSCHAFT mbH – Villa Carolina.

Über einen gläsernen Wintergarten betrat er das Haus. Während er in die endlosen Gänge des Altersheims eintauchte, in denen es nach desinfizierter Sauberkeit roch, fühlte sich Tanner wie ein Mitglied der privilegierten Minderheit gesunder Männer. Gesunder Männer mit Rückenschmerzen allerdings.

Ein alter Mann schlurfte ihm entgegen, gehalten von einem Rollator, der wie der Einkaufswagen aus einem Supermarkt aussah. Der Mann hatte den Kopf gesenkt und beobachtete während des Gehens seine Füße. An einem Tisch saßen sich zwei weißhaarige Frauen gegenüber, die Lichtjahre voneinander entfernt zu sein schienen. Sie sahen sich nicht an, sondern starrten unbeweglich auf das Tischtuch vor ihnen, während die eine ständig mit ihren dünnen Fingern das Wasserglas drehte.

Nach einigen Irrwegen stieß er auf einen Informationsschalter, hinter dem eine grauhaarige Frau in erhöhter Sitzposition saß, die ihn lächelnd betrachtete.

»Möchten Sie sich anmelden bei uns oder jemanden besuchen?« Dann beugte sie sich zu ihm hinunter. »Oder kann ich Ihnen sonst irgendwie helfen?«

»Ich suche einen Herrn Soyer. Vorname Jakob.«

»Sind Sie ein Verwandter?«

»Ich bin ein guter Bekannter.«

Das Lächeln wich aus ihrem Gesicht und machte einer feierlichen Trauermine Platz. »Das tut mir leid. Mit größtem Bedauern muss ich Sie davon in Kenntnis setzen, dass unser lieber Jakob vor zwei Tagen dahingegangen ist. Er befand sich im neunzigsten Lebensjahr. Die Beerdigung ist übermorgen um zehn Uhr.«

Tanner wusste nicht recht, was er sagen sollte. Er wechselte erst mal das Standbein.

»Der verstorbene Herr soll eine Tochter haben«, sagte er, was die grauhaarige Dame mit einem eifrigen Nicken quittierte.

»Hat er auch. Sie heißt Veronika und lebt in Wien. Wir erwarten sie morgen. Kennen Sie Wien? Eine wunderbare Stadt. Sie wissen schon, Kaiserin Sissi und so … wir lieben sie alle. Sissi mochte Wien nicht. Sie hielt sich lieber im Schloss Trauttmansdorff in Meran auf.«

»Ich kenne Wien und die Kaiserin.« Mit einem freundlichen Nicken verabschiedete Tanner sich.

»Gibt's was zu essen?«, fragte Tanner, als er müde bei Paula in die Küche humpelte.

»Küche geschlossen.«

»Das widerspricht den Menschenrechten.«

Nachdem er sich erfolgreich geweigert hatte, sein verletztes Hinterteil zu zeigen, damit sie die aktuelle Blaufärbung der geprellten Stelle überprüfen konnte, ging er hungrig ins Bett.

Unruhig lag er eine Stunde später neben Paula im Bett und konnte nicht sagen, ob es die Rückenschmerzen oder die bedrückenden Erinnerungen an die Leiche am Rebstock waren, die ihn nicht schlafen ließen. Ihm war heiß, und er strampelte die Decke weg. Paulas regelmäßiger Atem verriet ihm, dass sie fest schlummerte. Im Halbschlaf erinnerte er sich an die Geschichte von der Trud, die ihm seine Mutter oft erzählt hatte. Die Trud ist es, sagte er sich, die ihn nicht schlafen ließ und diese Qualen verursachte. Aber seine Schmerzen betrafen den Rücken, und soweit er wusste, bevorzugte die Trud, sich auf die Brust des Schlafenden zu setzen. Vielleicht verschwand dieses dämonische Weib, wenn er das Bett verließ. Während er die Beine langsam über die Bettkante hob, wurde er vollends wach und schlich auf Zehenspitzen in die Küche. Es war halb drei Uhr. Er holte sich ein Glas Wasser, setzte sich an den Küchentisch und blätterte in seinem Notizbuch.

Plötzlich hörte er ein Geräusch, und Paula stand in der Tür. Sie ging barfuß zum Kühlschrank, holte sich ein Glas Milch und setzte sich zu ihm.

»Möglicherweise war es die Trud, die mich aus dem Bett gejagt hat«, sagte er leise.

»Nicht die Trud. Bettflucht nennt man das in Medizinerkreisen.«

»Ich erwarte, dass du dich auf meine Seite schlägst.«

Sie legte ihre Hand auf die seine. »Hast du Rückenschmerzen?«

Er versuchte ein Lächeln. »Halb so schlimm.« Dann beugte er sich über den Tisch und küsste sie. Zärtlich strich sie ihm über die Wange.

»Ich habe Hunger«, sagte er.

»Ich auch. Im Kühlschrank sind noch zwei Speckbrote, die ich vor dir versteckt habe.«

»Ich mag Versteckspiele nicht.«

Paula holte die Brote aus dem Kühlschrank und legte sie neben sein Notizbuch. »Hat dich der Tote nicht schlafen lassen?«

»Ich werde morgen noch einmal zu meinem Rebstock fahren und mit ein paar Leuten reden.«

»Du machst dir unnötige Arbeit. Überlass das Maurizio mit seinen Leuten.«

»Die Leiche lag auf meinem Grund und Boden«, sagte er. »Also ist es mein Fall.«

*

Tanner hatte den ganzen Tag im Büro verbracht, Unterlagen gelocht, eingeordnet und in seinem neuen IKEA-Regal verstaut. Außerdem hatte er eine Rechnung geschrieben. Letzteres tat er am liebsten.

Während er das Dokument schwungvoll mit seiner Unterschrift versah, musste Tanner lächeln. Er erinnerte sich an die Zeit vor ungefähr zwanzig Jahren, als in seiner Firma die ersten Computer installiert wurden. Statt IT hieß es damals noch EDV, und sie hatten im gesamten Fiat-Unternehmen das ambitionierte Projekt »Das papierlose Büro« gestartet. Gemeinsam mit den selbst ernannten Fachleuten aus der Zentrale schulten sie alle Mitarbeiter mit dem Ziel, durch Einsatz von Mails, dem Intranet und einer gewaltigen Datenbank die Papierflut für interne Nachrichten und sogenannte Aktenvermerke rigoros einzudämmen. Ein Jahr später hatte sich der Papierverbrauch im Büro um ein Drittel erhöht. Mails waren für die interne Kommunikation rasch zu einem beliebten Hobby geworden, insbesondere die Funktion »Antwort an alle«. Zusätzlich wurden jedoch sämtliche Mails nochmals ausgedruckt und zur Sicherheit in dicken Ordnern abgelegt.

Als er aus der Toilette zurückkam, fand er auf seinem Handy zwei Nachrichten von seiner Klientin Carlotta Krohnauer vor, in denen sie ungeduldig nach den Fotografien fragte, die die Untreue ihres Ehemannes beweisen sollen. Während Tanner die SMS las, liefen seine Gedanken zu den höchst erotischen Motiven der Fotos und seinem Sturz vom Baum. Augenblicklich spürte er wieder den stechenden Schmerz in seinem verlängerten Rücken.

Er drückte die Rückruftaste, und sie meldete sich sofort.

»Guten Tag, Frau Krohnauer. Ich hatte vor, Sie noch im Lauf des heutigen Tages zu informieren, dass die Beweisfotos exzellent geworden sind.«

»Was bedeutet in diesem Zusammenhang der Begriff exzellent?«

»Die Bilder sind scharf«, sagte er und bereute schon, sich missverständlich ausgedrückt zu haben.

»Scharf?« Mit quiekender Stimme zog sie den Ausdruck in die Länge. »Was meinen Sie damit?«

»Nicht verwackelt und nicht verschwommen. Scharf eben. Holen Sie sich die Bilder bei mir ab, treffen wir uns zu einer Übergabe, oder darf ich Ihnen die Fotos zumailen?«

»Sind Sie in Ihrem Büro?«

»Ja.«

»Ich absolviere gerade meine wöchentliche Shopping-Tour durch Bozen und kann in zehn Minuten bei Ihnen sein.«

Carlotta war fast pünktlich. Eine Viertelstunde später saß sie ihm in einer lachsroten, weit ausgeschnittenen Bluse, engen Jeans und High Heels gegenüber. Sie trug keinen Ehering, dafür ein halbes Dutzend dünner Armreifen, die bei jeder Bewegung nervtötend klimperten.

»Sie hinken«, sagtc sie. »Was ist passiert?«

»Kleiner Sportunfall. Kaum der Rede wert. Sie sehen gut aus heute.«

Stolz lächelnd warf sie den Kopf in den Nacken, strich sich die Haare zurück und schob sie hinter die Ohren. »Ich weiß, dass ich attraktiv bin. Umso weniger verstehe ich Riccardo, diesen Cretino, dass er mich mit diesem Weib betrügt. Sie haben sie gesehen. Ist die Frau wenigstens hübsch?«

Ohne nachzudenken, brach bei Tanner das Taktgefühl durch. »Kein Vergleich zu Ihnen, Signora.«

»Ihr Büro …« Sie zeichnete mit der Hand einen Kreis in die Luft, was ihre Armreifen zum Klimpern brachte. »Sind Sie schon lange Detektiv hier in Bozen?«

»Ein Dreivierteljahr.«

»Das ist nicht das erste Mal, dass ich die Unterstützung eines Privatdetektivs in Anspruch nehme. Der letzte war ein totaler Fehlgriff.«

Tanner hob beide Hände. »In jedem Beruf gibt es solche und solche.« Er lächelte. »Ich bin ein solcher.«

Sie fischte eine Zigarette aus ihrer Handtasche und schlug die Beine übereinander.

Tanner schüttelte den Kopf. »Leider Rauchverbot. Mein Büro gilt als öffentliches Gebäude. Sie möchten sich doch nicht strafbar machen.«

Beleidigt schnippte sie ein nicht vorhandenes Stäubchen von ihrer Bluse. »Haben Sie nichts zu trinken in Ihrem Büro?«

Er öffnete die Schublade und legte einen USB-Stick neben den vorbereiteten Briefumschlag auf den Tisch.

»Ecco … hier sind die scharfen Fotografien gespeichert.« Dann klopfte er auf das Kuvert. »Und hiermit erlaube ich mir, Ihnen meine Honorarnote zu übergeben.«

»Genau das habe ich befürchtet«, sagte sie und öffnete den Umschlag. Als sie den Betrag sah, schnellten ihre Augenbrauen nach oben. »Na gut. Ich verzichte darauf, den Inhalt des USB-Sticks in Ihrer Anwesenheit zu überprüfen. Wenn ich nicht zufrieden sein sollte, werde ich die Rechnung nicht bezahlen.«

Sie erhob sich und rauschte aus dem Raum, ohne ihn noch einmal anzusehen.

Tanner stand eine Weile am Fenster und sah den Kindern zu, die den gegenüberliegenden Spielplatz bevölkerten und so laut schrien und lachten, dass es noch durch das geschlossene Fenster zu hören war.

Er erinnerte sich an das kurze, aber schroffe Gespräch mit dem Mann, dem der Rebstock mit der Leiche gehörte. »Mein Name ist Vigilio Terlizzi«, hatte er gesagt, und: »Mir gehört die gesamte Gegend hier.«

Die gesamte Gegend … Tanner beschloss, sich die Gegend in der Nähe seines Rebstocks noch einmal anzusehen. Und ein Gespräch mit Vigilio Terlizzi zu führen, der, so war sein Eindruck, bei ihrem ersten Zusammentreffen nicht die Wahrheit gesagt hatte. Außerdem waren noch Fragen offengeblieben, weil während ihres Gesprächs die Polizei eingetroffen war.

Tanner schob eine seiner Lieblings-CDs mit den Arien aus der Cavalleria rusticana in sein Autoradio und beschloss, die landschaftlich schönere Route über Siebeneich zu nehmen, um über die SP 54 von Norden aus nach Missian zu fahren.

Er war froh, dem Bozener Treibhausklima zu entkommen. Gutgelaunt lauschte er Luciano Pavarottis ergreifender Interpretation der Arie des Turiddu »Addio alla madre«. Er liebte Mascagni. Und er hielt sich gern hier im Überetsch auf, in dieser sonnigen Mulde zwischen dem Fluss und dem lang gezogenen Bergrücken der Mendel.

In einem kurvigen Bergauf führte die Straße stets am Etsch entlang, und er genoss die Fahrt, bis er direkt im Ortskern von Siebeneich das Gasthaus Patauner erreichte. Von seinem Vater wusste er, dass der Patauner früher Restauration Deutschhaus hieß und in der ganzen Gegend bekannt war. Heute nennen es die Einheimischen den Voglmeierhof. Vor einigen Wochen hatte Tanner mit ehemaligen Fiat-Kollegen seinen Geburtstag im Patauner gefeiert, und jede Erinnerung an diesen Abend trieb ihm die Schamröte ins Gesicht. Die Feier selbst war harmonisch gewesen und nicht sonderlich aus dem Ruder gelaufen. Das Problem hatte kurz nach Mitternacht begonnen, als ihm mit einem Schlag klar geworden war, dass er die Heimfahrt nicht antreten konnte, da ihm auf geheimnisvolle Weise sein Wagenschlüssel aus der Hosentasche abhandengekommen war. So viel er auch suchte, über und unter dem Tisch, der Schlüssel blieb verschollen. Seine Freunde am Tisch feixten und schoben – so wie er selbst – die Schuld teils auf die Weine aus den Terlaner Kellereien, überwiegend jedoch auf die Grappas und anderen Destillate, die er als Geburtstagskind konsumieren musste. Der Voglmeierhof vermietet zwar keine Zimmer, aber die freundlichen Wirtsleute erbarmten sich seiner und stellten eine Couch in einer geräumigen Kammer zur Verfügung. Nachdem er, auf dem Sofa sitzend, die Schuhe abgestreift hatte, fand er den Autoschlüssel in seiner linken Socke. Er musste ihm da hineingerutscht sein. Hatte nicht Marcel Proust darüber einen ganzen Roman geschrieben? À la recherche du clé perdu und La clé retrouvé.

Tanner war sicher, dass sich die Wirtsleute an ihn und seine damalige Kalamität erinnern würden. Mit gemischten Gefühlen betrat er den Voglmeierhof, äugte vorsichtig in die Gaststube und war froh, als er dort von einem jungen Burschen begrüßt wurde, der die Schlüsselgeschichte nicht kennen konnte.

Eine Stunde später setzte er, gestärkt von einer Speckknödelsuppe und einem Tiroler Brettl, die Fahrt fort. Er folgte den Windungen der schmalen Straße, die jetzt leicht bergab führte. Manchmal verbargen Bäume und blühende Sträucher den Blick ins Tal. Er kurbelte die Scheibe herunter und legte den Ellbogen in das geöffnete Autofenster.

Nach zehn Minuten erreichte er die Straße zu den Häusern, denen er seinen Besuch abstatten würde. Nach ein paar Kurven parkte er den Wagen in einer Straßenbucht nur wenige Meter von der Stelle entfernt, von wo der Weg nach oben zu seinem Rebstock führte. Und zum Fundort der Leiche.

Die Sonne stand schon tief und würde in ein oder zwei Stunden hinter dem Mendelkamm verschwinden. Schnaufend stieg Tanner den grasbewachsenen Weg hinauf, bis er den Rebstock erreichte, an dem er die Leiche gefunden hatte und den er als entehrt betrachten musste.

Er sah hinunter ins Tal und verfolgte die schmale Straße, die sich in unmotivierten Richtungswechseln durch Weinberge und Wiesen den Berg hinaufschlängelte. Von hier oben konnte er drei Wohngebäude ausmachen. Das erste und größte Gebäude war das Weingut Castel Cantina von Vigilio Terlizzi. Mit dem Herrn würde er sich zuletzt unterhalten. Einige Hundert Meter oberhalb, an der Kreuzung mit einer anderen Straße, die aus einem Waldstück kam, stand ein Bauernhof, ein zweiter etwa hundert Meter weiter bergauf. Dort würde er seine private Hausbefragung starten.

Im ersten der Häuser öffnete ein alter, aber rüstig aussehender Mann mit silbergrauem Haar, der ein nicht unfreundliches Knurren von sich gab und dann mithilfe zweier Krücken herbeihumpelte, wo er vor Tanner stehen blieb.

»Ich möchte Sie nicht lange stören«, sagte Tanner, als sie im Wohnzimmer saßen und der Mann mit erwartungsvollem Gesicht ihm gegenüber Platz genommen hatte.

»Mir läuft die Zeit nicht weg, junger Mann«, sagte er mit zittriger Stimme. »Meine ganze Familie ist unterwegs und hat mich alleingelassen. Man lässt uns immer allein, verstehen Sie? Man braucht uns nicht.«

»Uns?«, fragte Tanner und sah sich im Zimmer um.

»Meinen Hund und mich.« Er deutete auf eine zusammengerollte Promenadenmischung von unbestimmter Größe und Rasse, die in der Ecke lag und schlief.

»Ich brauche Sie«, sagte Tanner und lächelte. Wann hatte ihn jemand zuletzt als jungen Mann angeredet? »Sie haben sicher von der Leiche da oben gehört.«

»Im Weingarten vom Terlizzi? Das stand sogar in der Zeitung.«

»Dazu möchte ich Ihnen ein paar Fragen stellen.«

»Fragen Sie«, sagte der Mann. »Die Polizei hat uns auch schon besucht.« Der Alte griff nach einem aufgeschlagenen Buch auf dem Tisch. »Sehen Sie«, sagte er und hielt Tanner den schweren Band vor die Nase. Auf dem Titelbild des Buches war ein bärtiger Mann abgebildet, der einen eigenartigen Hut trug und sich auf einem Stock abstützte.

»Sieht wie ein Geschichtsbuch aus«, sagte Tanner. »Der Mann auf dem Bild kommt mir bekannt vor.«

»Junger Mann!«, polterte der Alte. »Das ist Giuseppe Garibaldi. Er bescherte uns die Einheitsbewegung Risorgimento, verstehen Sie? Ohne Garibaldi gäbe es kein geeintes Italien.«

»Zurück zu dem Mordfall hier in der Nähe.« Tanner zeigte mit dem ausgestreckten Arm Richtung Fenster. »Konnten Sie der Polizei irgendwelche Hinweise geben?«

Der alte Mann musterte ihn mit wachsender Feindseligkeit; er hätte wohl noch gern über seinen historischen Helden erzählt. Am auffälligsten war seine aufgedunsene, von roten und blauen Äderchen durchzogene Knollennase, die, so wusste Tanner, nicht unbedingt den Beweis lieferte, dass der Mann Alkoholiker war.

»Ich habe überhaupt nichts gesehen«, sagte er. »Sagen Sie mir, was ich gesehen haben sollte … Los, sagen Sie es mir!«

Tanner klappte sein Notizbuch zu. »Also … Sie haben nichts beobachtet.«

»Doch!« Seine Stimme war laut geworden. »Ich sehe manches, das ich nicht vergessen kann. Zum Beispiel diese gottverdammten Rechtsradikalen in unserer Regierung, die alles kaputt machen, was uns Garibaldi vererbt hat.«

»Sie haben so recht.« Tanner stand auf und bedankte sich für das Gespräch.

Das Haus, das er zweihundert Meter weiter bergauf erreichte, war ein ebenerdiger Bauernhof, bei dem ein Kopf aus einem der Fenster spähte. Als er sich der Haustür näherte, verschwand der Kopf hinter einem Vorhang.

Eine ältere Frau mit kurzen weißen Haaren öffnete. Hinter ihrem weiten, bodenlangen Rock versteckten sich zwei kleine Mädchen. Tanner sagte seinen Namen und erklärte, warum er gekommen war.

»Alles, was ich weiß, habe ich der Polizei mitgeteilt«, sagte sie, noch bevor Tanner eine Frage stellen konnte. »Wer sind Sie überhaupt?«

Tanner zückte seinen Detektiv-Ausweis, den die Frau aufmerksam prüfte. »Man muss vorsichtig sein«, sagte sie, als sie ihm die Papiere zurückgab.

Tanner lobte sie für ihre Aufmerksamkeit.

»War es Vorsicht, dass Sie vorhin zum Fenster rausgeschaut haben?«

»Nein. Neugierde. Ich habe Sie vorher schon bei den Nachbarn unten an der Straße gesehen. Es geht also um den Toten. Terlizzi-Mord, sagen wir dazu.«

»Sie kennen die Terlizzis gut?«

»Hier am Dorf kennt man sich. Das gilt auch für die Familie Terlizzi. Er ist ein Weiboror und sie ein Bsuff.«

Die Frau drehte sich zu den beiden Mädchen um. »Geht ins Haus. Ich komme gleich.« Dann wandte sie sich lächelnd Tanner zu. »Meine Enkelinnen. Ich passe auf sie auf, während die Eltern beim Einkaufen sind.«

»Sie haben alles der Polizei mitgeteilt, sagten Sie vorhin? Was denn zum Beispiel?«

»Darüber habe ich schon den ganzen Tag nachgedacht … und heute früh ist mir eingefallen, dass ich ein Auto gesehen habe. Gegen Abend. Und am nächsten Tag ist die Leiche dort gelegen. Hat man mir erzählt.«

»Was war das für ein Auto?«

»Könnte ein Lastwagen gewesen sein.«

»Haben Sie es gehört oder auch gesehen?«

»Nur gehört. Bei Dunkelheit ist wenig Verkehr hier auf unserer Straße. Da fällt einem so etwas auf.«

Es stellte sich heraus, dass die Frau keine weiteren Aussagen machen konnte. Tanner bedankte sich, und als er die Straße hinunterging, läutete sein Telefon.

»Ich hoffe, du hast nicht vergessen, dass wir uns heute Abend mit einem lieben Gast treffen.«

»Liebe Paula«, sagte er in selbstbewusstem Ton. »Natürlich habe ich das nicht vergessen.«

Fieberhaft überlegte er, wen Paula eingeladen haben könnte.

»Ich wette, als Nächstes fragst du nach der Uhrzeit, wer kommt und wo wir uns treffen.«

»Nicht bei dir zu Hause?«

»Mein Schatz, ich leite eine Apotheke in Bozen. Das ist ein Fulltime-Job, also habe ich keine Zeit, um mehrgängige Menüs zu kochen.«

»Und wann?«

Paula seufzte durch das Telefon. »In genau einer Stunde bin ich mit meiner Freundin Emily im Ritterhof.«

»Ritterhof?«

»In Kaltern. Direkt an der Weinstraße. Falls du das nicht weißt, der Ritterhof ist auch ein exzellentes Weingut.«

»Dann bin ich pünktlich. Außerdem ist Emily bei weitem deine hübscheste Freundin.«

Er verstaute das Telefon in der Hosentasche und verharrte einige Augenblicke vor dem Gebäude, das etwas von der Straße zurückgesetzt war und auf den ersten Blick wie ein mittelalterliches Schloss aussah. Wuchtig, abgeriegelt und menschenleer. Hinter einem der Erdgeschossfenster bewegte sich der Vorhang. Doch nicht ganz menschenleer. Ein Blick nach oben zeigte ihm eine dünne Rauchsäule, die aus dem schwarz verfärbten Kamin aufstieg. Aus dem Inneren des Gebäudes waren leise Geräusche zu vernehmen, die sich wie helle Schläge anhörten. Metall auf Metall. Oder Glas auf Glas. Was ging da drinnen vor sich?

Die Fensterrahmen, deren ursprünglich weiße Farbe an vielen Stellen abgeblättert war, machten einen morschen Eindruck. Efeu rankte sich an der Hauswand empor und hatte den aus der Renaissance stammenden Rundbogen überwuchert, an dessen Schlussstein er die Jahreszahl 1576 entziffern konnte.

Hinter dem schmiedeeisernen Gitter, das den Eingang des Hauses schützte, erschien eine schmale Gestalt, die, schräg von hinten beleuchtet, einen verzerrten Schatten auf die weiße Mauer warf. Tanner kniff die Augen zusammen, weil er nicht sicher war, wer da aus dem Haus trat. Es war ein Bub, zwölf oder dreizehn Jahre alt. Er starrte Tanner an, ging ein paar Schritte und blieb wieder stehen.

Tanner winkte ihm. »Komm. Ich möchte mit dir reden.«

Mit zögernden Schritten kam der Bub näher.

»Ich heiße Tiberio.« Tanner streckte ihm die Hand hin, die der Bub zögerlich ergriff. »Wie ist dein Name?«

»Luca«, sagte der Bub. »Luca Terlizzi.«

»Luca von der Winzerfamilie Terlizzi.« Tanner lächelte. »Ich bin mit eurem Wein sehr zufrieden.«

»Worüber möchten Sie mit mir reden?«

»Ich bin Detektiv«, sagte Tanner und hoffte, dem Jungen damit zu imponieren.

»Worüber möchten Sie mit mir reden?«, wiederholte der Bub seine Frage.

Tanner zeigte den Hügel hinauf, wo man mit ein bisschen Phantasie seinen Rebstock gerade noch erkennen konnte. »Da oben … Du weißt, was passiert ist?«

»Mich hat die Leiche interessiert. Ich habe noch nie einen Toten gesehen. Deshalb war ich oben.«

»Die Polizei meint, der Tote ist am Tag vorher hingelegt worden.«

Luca sah ihn starr an, sagte aber nichts.

Tanner hob den Arm und zeigte hinauf. »Von hier kann

man den Weg gut sehen, der von der Straße zu der Stelle hinaufführt, wo der Tote lag.«

»Sie wollen wissen, ob mir etwas Verdächtiges aufgefallen ist. Etwas Sachdienliches, so heißt das bei der Polizei.«

»Du bist ein cleverer Bursche. Und weiter? Hast du etwas Sachdienliches gesehen?«

»Da war ein Auto.«

»Was für ein Auto?«

Unsicher sah der Bub zu ihm hoch.

»Erinnere dich genau«, sagte Tanner. »Du stehst hier am Tor, und dann siehst du den Wagen den Weg hinauffahren.«

Luca nickte.

»Hast du dich nicht gewundert? Dass da ein Auto auf euren Weinberg hinauffährt.«

Wieder nickte der Bub, und man merkte, dass er nachdachte.

»Bist du nicht hinaufgelaufen? Wolltest du nicht wissen, wer da spät am Abend im Weingarten unterwegs ist?«

»Es war noch nicht richtig dunkel.«

»Hast du gesehen, wer im Auto saß?«

»Nein. Ich hatte Angst.«

»Das verstehe ich. Du hattest Angst, aber deinen Vater hast du nicht geholt. Oder?«

»Mein Tatta? Der war gar nicht da.«

»Und deine Mutter?«

»Die war betrunken. Sie ist jeden Tag betrunken.«

»Noch mal, Luca … du siehst das Auto da oben. Was geschieht dann?«

»Die Tür geht auf. Jemand hat die Autotür von innen geöffnet. Und ein schwarzes Paket fällt heraus. Es überschlägt sich und bleibt bei dem letzten Rebstock liegen.«

Bei meinem Rebstock, dachte Tanner.

»Und was ist dann passiert?«

»Der Wagen ist weggefahren.«

»Wieder zurück? Den Berg herunter bis zu eurem Haus?«

»Ja. Der Weg ist uneben und holprig, und das Auto hat geschaukelt und ist ganz langsam gefahren.«

»Wer saß im Wagen? Das musst du doch gesehen haben. Gib es zu!«

»Nein. Da war nur ein Schatten.«

»Da war ein Gesicht.«

»Kein Gesicht. Ich bin hier zurück und habe mich versteckt. Ich hatte Angst.«

»Du hast das Gesicht erkannt. Erzähl mir, wer im Auto saß.«

»Kein Gesicht.«

»Was war es für ein Auto? Du kennst dich aus bei Autos. Sag es mir. Diesen steinigen Weg hinauf …« Tanner deutete mit dem ausgestreckten Arm nach oben. »… kommt man mit einem normalen Auto nicht.«

»Es war kein normales Auto.«

»Sondern?« Langsam verlor Tanner die Geduld. »Lass dir nicht jedes verdammte Wort aus der Nase ziehen.«

»Es war ein Fiat Fullback.«

»Na also«, schnaufte Tanner. »Ein schwerer SUV. Langsam kommen wir weiter. Welche Farbe?«

»Dunkel. Schwarz wahrscheinlich.«

»Was heißt wahrscheinlich?«

»Weil es auch dunkles Grau oder ein Dunkelblau gewesen sein könnte.«

»Du hast sicher die Autonummer gesehen.«

Kopfschütteln. »Keine Autonummer. Es war fast finster.«

»Das mit dem Auto … Hast du das auch der Polizei erzählt?«

»Zwei Mal sogar. Zuerst einem Carabiniero und dann einem aus Bozen, der mir erzählt hat, dass er der Chef von allen ist.«

»Darf ich dir einen Rat geben? So etwas wie dich nennt die Polizei einen Augenzeugen. Erzähle niemandem, was du gesehen hast.«

»Ich lese Krimis. Das brauchen Sie mir nicht zu erzählen.«

»Denk dran. Ein Zeuge kann rasch Probleme bekommen.«

»Probleme?«

»Zum Beispiel wenn der Mörder erfährt, dass er beobachtet wurde.«

»Etwas Sachdienliches.« Luca lächelte.

Das schmiedeeiserne Tor knallte gegen die Hausmauer, und ein großer Mann stürmte heraus. »Papa«, flüsterte der kleine Luca, und Tanner beobachtete, wie der Junge zusammenzuckte und sich an die Hausmauer flüchtete, als ob er dort Schutz finden würde.

»Was wollen Sie schon wieder? Ein Zeuge kann rasch Probleme bekommen, sagten sie gerade zu meinem Sohn. Ich verbiete Ihnen, Luca zu bedrohen.«

»Wir hatten ein freundschaftliches Gespräch. Ohne Drohungen.« Tanner streckte dem Mann die Hand hin. »Guten Tag, Herr Terlizzi. Ich habe Ihrem Sohn gerade erklärt, dass ich mit den Weinen des Castel Cantina außerordentlich zufrieden bin. Der Lagrein Riserva aus Ihrem Weingut ist von höchster Güte.«

»Was wollen Sie?« Wie mit einem Kamm fuhr er sich mit gespreizten Fingern durch seine fettigen Haare. Er begann zu grinsen. »Wollen Sie den Rebstock da oben doch in Ihren Besitz nehmen? Von mir aus können Sie ihn haben.« Er drehte sich zu seinem Sohn um und deutete zum Haus. »Hinein mit dir. Und geh ins Bett. Es ist schon spät.«

»Warum sind Sie so unfreundlich zu Ihrem Sohn? Er ist ein intelligenter Bursche.«

»Lassen Sie meinen Buben in Ruhe. Mir wäre lieber, er hätte das mit dem Toten da oben gar nicht mitbekommen.«

»Der Mörder des Mannes läuft frei herum.«

»Ich sagte Ihnen schon: Es war einer dieser Asylanten, die übers Mittelmeer hereinkommen und sich hier in Südtirol in die soziale Hängematte legen wollen.« Er räusperte sich. »Ein Zeuge kann rasch Probleme bekommen, haben Sie eben zu Luca gesagt. Was soll das bedeuten?«

»Er hat möglicherweise den Mörder beobachtet.«

»Sie meinen den schwarzen Fiat.«

Tanner nickte. »Ich meine den schwarzen Fiat. So etwas sollte nicht in die Öffentlichkeit. Geben Sie Acht auf Ihren Sohn.«

»Sie übertreiben. Meinen Sie denn, der Mörder könnte …«

»Es wäre nicht das erste Mal.«

»Luca hat es der Polizei erzählt.«

»Die muss es auch wissen. Aber sowohl die Carabinieri als auch die Polizia di Stato kann mit solch vertraulichen Informationen umgehen. Da dringt nichts an die Öffentlichkeit.«

»Na hoffen wir's. Und jetzt verschwinden Sie.«

»Geben Sie Acht auf Luca«, wiederholte Tanner.

Terlizzi hob den Arm, wie um Tanner einen Schlag zu versetzen. Der sprang einen Schritt zur Seite.

»Nur nicht aggressiv werden!«

»Ich will Sie hier nicht mehr sehen.«

Tanner ging zu seinem Wagen, setzte sich hinein und versuchte, sich darüber klarzuwerden, was der Zornausbruch Terlizzis bedeutet hatte. War es die berechtigte Sorge um seinen Sohn? Oder hatte der Mann Angst, dass die Wahrheit ans Licht kam? Aber welche Wahrheit?

*

Es war immer wieder ein besonderes Erlebnis, hier entlangzufahren. Tanner mochte die Weinstraße zwischen der aus mehreren Dörfern bestehenden Gemeinde Eppan und Margreid. Sein Blick glitt über die sonnigen, sanft ansteigenden Hügel, auf denen der Vernatsch und all die herrlichen Weißweine gediehen, die Tanner so sehr mochte. Bei einem an der Straße liegenden Zeitungskiosk hielt er kurz an und kaufte die aktuelle Ausgabe der »Dolomiten«, deren Schlagzeile ihm in die Augen sprang.

Nach jeder Kurve tauchten in der Ferne mächtige Burgen auf, im Mittelalter errichtet, um das Südtiroler Unterland zu beherrschen. In Unterplanitzing, einige Kilometer weiter südlich, kam die sagenumwobene Ruine Leuchtenburg in sein Blickfeld, die oberhalb des Kalterer Sees am Gipfel des grün aufragenden Mitterbergs thronte. Kurz vor Kaltern musste er wegen einer Baustelle einige Minuten warten, so dass er einen Blick auf die Titelseite der Zeitung werfen konnte. Um Gottes willen, dachte er und konnte nicht glauben, was er in dem kurzen Artikel las.

*

Das Abendessen im Restaurant des Ritterhofes verlief lebhaft und erfreulich. Er sagte Emily, wie sehr er sich freue, sie nach so langer Zeit wiederzusehen und dass ihm ihre Frisur ausnehmend gut gefalle. In der Tat sah Emily bezaubernd aus, und er ertappte sich dabei, sie aus den Augenwinkeln zu beobachten, während sie konzentriert in der Karte blätterte. Ihre hellbraunen Haare trug sie jetzt schulterlang, das Gesicht beurteilte er als durchschnittlich und mit den vorspringenden Backenknochen vielleicht als etwas hart. Noch im Sitzen zeigte sich, dass sie eine groß gewachsene Frau war, schlanker als vollschlank, aber weniger schlank als gertenschlank. Einige, wenn auch wenige Kilos zu viel. Aber jedes dieser Kilos saß an der richtigen Stelle. Tanner, reiß dich zusammen! Auf diese Weise betrachtet man nicht die Freundin der eigenen Partnerin. Während er in der großformatigen Speisekarte blätterte, blinzelte er zu ihr hinüber, dann wanderte sein Blick zu Paula, die gerade eine Haarlocke aus der Stirn blies und in ihrem dunkelgrünen Kleid heute besonders hübsch aussah.

Sie saßen zu dritt am Südbalkon mit Blick auf den Kalterer See und den lang gezogenen Kamm des Mendelgebirges. Auf leisen Sohlen näherte sich der Kellner. Paula und Emily bestellten die Fischplatte für zwei Personen, Tanner das Trüffel-Risotto und danach eine große Portion Schlutzkrapfen mit Spinatfüllung und brauner Butter, was bei Paula ein Hochziehen der Augenbrauen in extreme Höhen zur Folge hatte. Nach kurzer Diskussion einigten sie sich auf eine Flasche Weißburgunder DOC, der, so erläuterte der Kellner, in fünfhundert Meter Meereshöhe auf dem Ritten angebaut wurde.

»Ab nächster Woche besuchen wir einen Kurs an der Volkshochschule«, sagte Paula.

»Ich bin stolz auf dich.« Tanner zog einen Mundwinkel hoch und hoffte, dass es wie ein Lächeln aussah. »Und was steht auf dem Lehrplan?«

»Kreatives Schreiben. Emily und ich lernen, wie man eine verdammt gute Geschichte schreibt.«

»Wozu?«

Emily beugte sich etwas vor. Sie trug ein enges T-Shirt mit breiten, waagrechten Streifen. Wie ein Zebra. »Literarisches Schreiben ist eine gute Übung für inneres Wachstum.«

»Inneres Wachstum.« Tanner grinste. »Das kenne ich gut, speziell wenn ich einige Kilos zugenommen habe.«

»Hier geht es um Persönlichkeitsentwicklung. Das Schreiben erweitert unser Leben und liefert uns gleichzeitig einen Zugang zu unserem Inneren. Literarisches Schreiben hilft uns, die Persönlichkeit weiterzuentwickeln.«

Tanner hatte nicht das Gefühl, genau zu verstehen, was Emily meinte. »Ich verstehe«, sagte er, hob sein Weinglas und prostete den beiden Damen zu.

»Welche Art von Psychologin bist du eigentlich?«, fragte Paula.

»Mein Job ist Psychotherapie und psychologische Beratung«, sagte Emily. »Meine Praxis in Bozen läuft zufriedenstellend.«

»Offenbar gibt es immer mehr Menschen mit mentalen Defekten.« Sie lächelte. »Ich habe übrigens in Innsbruck studiert und bin später nach Südtirol verschleppt worden.«

»Aber doch ziemlich freiwillig«, sagte Paula.

»Ziemlich freiwilliger Reinfall.« Emily lächelte säuerlich. »Er hieß Erwin, und ich bin schon ein Jahr nach der Heirat draufgekommen, dass er ein Schlatterer war, wie man in Bozen sagt.«

Paula wandte sich ihrer Sitznachbarin zu. »Das musst du übersetzen. Tiberio war lange Jahre im Ausland.«

»Mein Büro bei Fiat war in Turin. Das liegt im Piemont und nicht im Ausland. Außerdem bin ich in Kaltern geboren und meine Eltern haben sich 1940 gegen die Option für Deutschland ausgesprochen.«

»Mit welchen Konsequenzen?«, fragte Emily.

»Sie wurden ein Opfer von dem, was man später Italianisierung nannte. Sprachlich, kulturell und vieles mehr.

Die Faschisten griffen damals brutal durch, im Nazi-Deutschland wie in Italien. Aber das ist Geschichte.«

»Geschichte wiederholt sich«, sagte Paula. »Wir nennen uns das Musterland der Autonomie. Unsere Landesväter waren ein halbes Jahrhundert aus knorrigem Südtiroler Holz geschnitzt. Doch jetzt haben wir die Rechtsnationalen in der Regierung, und nichts ist mehr wie früher.«

»Liebe Paula, du hast recht, doch du verdirbst uns den Appetit.«

»Warum heißt du eigentlich Tiberio?«, fragte Emily.

Tanner war über den Themenwechsel froh, zumal der Kellner gerade den riesigen Teller mit den Schlutzkrapfen vor ihn auf den Tisch stellte.

»Daran ist mein Großvater schuld. Er stammt aus der südlichen Emilia-Romagna, wo der Fluss Tiber entspringt. Deshalb Tiberio.«

»Ich glaube das nicht.« Leise klopfte Paula mit dem Messer gegen den Tellerrand. »Mein guter Tiberio ist nach dem Kaiser Tiberius benannt, der seine ihn liebende Gattin Agrippina ermorden ließ.«

»Historisch nicht bewiesen. Das mit dem Mord an der Ehefrau ist nur ein Gerücht.«

»Apropos Mord«, sagte Paula. »Weiß man, wer der Tote bei deinem Rebstock ist?«

Tanner schüttelte den Kopf und griff nach der Zeitung, die neben ihm auf dem Stuhl lag.

»Hier.« Er deutete auf die Schlagzeile, sah sich um und las mit gedämpfter Stimme vor: »Der Tote im Weinberg. Wie wir vertraulich von einem Mitarbeiter der Polizia di

Stato in Bozen erfahren haben, gibt es einen Tatzeugen. Der erst dreizehnjährige Luca T. hat zur fraglichen Zeit einen verdächtigen Wagen mit einem noch verdächtigeren Insassen beobachtet. Wie uns bestätigt wurde, soll der Polizei eine aussagekräftige Täterbeschreibung vorliegen.«

»Wer hat das ausgeplaudert?«, fragte Paula.

»Vertraulich von einem Mitarbeiter der Questura Bozen, steht da. Also einer von Maurizios Leuten.«

»Das muss ein Idiot sein.«

»Oder einer, der Maurizio Schaden zufügen will.«

Paula runzelte die Stirn. »Das sieht nicht gut für deinen Freund aus.«

Tanner legte das Besteck weg. »Ich habe Angst.«

»Um Maurizio?«

Er schüttelte den Kopf. »Um das Leben des Buben.«

VIER

Am kopfsteingepflasterten Rathausplatz, eine Viertelstunde von seinem Büro entfernt, war Bauernmarkt in Bozen. Die weit ausladenden Schirme bewegten sich im Wind, und auf den provisorischen Tischen darunter wurde alles angeboten, von Obst und Gemüse bis zu Lebensmitteln, billiger Kleidung und Haushaltsgeräten. Das Obst und Gemüse war natürlich biologisch, so hieß es, und kam ganz frisch von den Bauernhöfen der Umgebung. Einer der Stände pries hausgemachte Marmeladen und Säfte an, natürlich völlig frei von Konservierungsstoffen, wie die Verkäuferin unaufgefordert jedem erzählte, der vorbeischlenderte.

Auf dem Platz tummelten sich mehr Touristen als Einheimische, wie immer um diese Zeit des Jahres.

Vor dem steinernen Tor des im verspielten Zuckerbäckerstil erbauten Amonnhauses blieb Tanner einige Augenblicke in der noch nicht allzu kräftigen Vormittagssonne stehen und überlegte, ob er in einem der Cafés ein Glas Weißwein zu sich nehmen oder direkt ins Büro gehen sollte, wo viel Arbeit auf ihn wartete.

Tanner mochte diese Art von Entscheidungen, bei denen er bereits im Voraus sagen konnte, wie sie ausfallen würden. Vor Kurzem hatte er in der Zeitung gelesen, dass jeder Mensch täglich rund zwanzigtausend Entscheidungen traf. Und mit jeder einzelnen Festlegung für etwas entschied er sich gleichzeitig gegen etwas, ein Vorgang, der entweder mit dem Verstand oder intuitiv getroffen wurde. Sämtliche Entscheidungen, die in direktem Zusammenhang mit dem Genuss eines Glases Wein standen, traf Tanner stets aus dem Bauch heraus.

Einer der Tische vor dem neobarocken Rathaus mit dem kupfergrünen Dach war frei, was Tanner als einen Wink des Schicksals betrachtete, der den prompten Genuss eines trockenen Weißburgunders samt einem mittelgroßen Speckbrot versprach. Schon seit seiner Tätigkeit bei Fiat in Turin war Tanner ein überzeugter Anhänger kurzfristig wirkender Belohnungssysteme. Nachdem er seine Bestellung aufgegeben hatte, ließ er das vielstimmige und bunte Markttreiben an sich vorüberziehen.

Von der Dompfarrkirche schlug es elf Uhr. Um diese Zeit hatte er früher bei Fiat bereits seine vierte Besprechung hinter sich gebracht, die seit der Fusion mit Chrysler entweder als Meetings oder Business Conferences bezeichnet wurden. Er sinnierte über die letzten paar Monate seit seinem Abschied von der Firma in Turin. Manchmal ließen ihn die Leute in Kaltern merken, dass er lange weg gewesen war, und behandelten ihn wie einen Fremden, obwohl er seine ganze Jugend im Überetsch verbracht hatte. In solchen Momenten kam er sich als Außenseiter und als Zugereister vor. Viele behaupten, dass die Südtiroler ein verschlossener und eigensinniger Menschenschlag seien. Tanner, der beruflich mit den unterschiedlichsten Kulturen auf der ganzen Welt zu tun hatte, konnte das nicht bestätigen. Er erlebte die Südtiroler zumeist als offen und freundlich. Seiner Erfahrung nach gab es überall dumme und kluge Leute, in Südtirol wie in Frankreich oder Kalifornien.

Nach einer halben Stunde verließ er den quirligen Platz und streifte auf dem Weg zum Büro durch die engen Gassen der Altstadt. Sein Blick fiel auf ein überdimensionales Filmplakat an der Holzwand einer Baustelle.

ZOMBIES – Die Untoten greifen an, Teil 2.

Zombies ... Tanner kannte sie gut, dachte er lächelnd. Bei Fiat hatte er früher Hunderte Konferenzen mitgemacht, bei denen mehrere Zombies mit am Besprechungstisch saßen, mit leeren, vor sich hinstarrenden Augen und schlaffen, leicht nach vorne hängenden Oberkörpern. Nur von Zeit zu Zeit wischten sie wortlos über das vor ihnen liegende Handy oder gaben Töne von sich, die sowohl als Zustimmung als auch als Ablehnung gedeutet werden konnten.

In der Sankt-Johann-Gasse besuchte er die kleine romanische Kirche, einen seiner Lieblingsplätze, gut versteckt zwischen den Wohnhäusern. Immer wenn er Zeit und Muße hatte, setzte er sich einige Minuten in die kühle Dunkelheit der Kapelle, in die Betrachtung der Wandfresken versunken, die Szenen aus dem Leben des heiligen Johannes darstellten.

Tanners Schritte verlangsamten sich, je näher er dem Büro kam. Heute war ihm jeglicher Enthusiasmus für die Büroarbeit abhandengekommen. Natürlich hatte Paula recht, die ihn bedrängte, sich nicht um den Toten zu kümmern, über den er bei seinem Rebstock gestolpert war, und die Ermittlungen der Polizei zu überlassen. Dennoch ärgerte er sich, dass er keine Fortschritte machte und bisher nicht einmal herausgefunden hatte, um wen es sich bei dem Ermordeten handelte. Einen Moment blieb er vor der Tür stehen und starrte auf das Schild, das so blank geputzt war, dass er darin sein Spiegelbild sehen konnte.

DETEKTEI DISKRETION & FAZIT
DISCREZIONE E RISULTATO
TIBERIO TANNER

In seinem Büro am Talfergries war es heiß und stickig. Er hängte sein Sakko in den Schrank, nahm die Waage heraus und stellte sich darauf. HITEC DIGITAL KÖRPERFETTWAAGE mit BMI APP hatte Paula aus der Gebrauchsanweisung vorgelesen, als sie ihm die Waage als Weihnachtsgeschenk überreicht hatte. Tanner musste ihr versprechen, jeden Tag sein Gewicht in eine Tabelle einzutragen, die neben seinem Schreibtisch an der Wand hing. Nach einiger Zeit hatte Tanner herausgefunden, dass die Waage nicht objektiv war. Mehr noch, trotz Hitec und Digital konnte man sie auf einfache Art betrügen und veranlassen, sein Gewicht graduell zu mindern. Auf der Glasplatte der Waage waren zwei Fußabdrücke abgebildet, die er jedoch ignorierte, indem er sich verkehrt herum auf das Gerät stellte und dabei das Gewicht auf die rechte Ferse verlagerte, während er den linken Fußballen leicht entlastete. Und schon zeigte die Waage acht Kilo weniger. Mit einem feinen Lächeln trug er diesen Betrag in die Tabelle an der Wand ein. Die Gewichtskurve zeigte erneut einen beruhigenden Trend nach unten. Paula, die jedes Mal, wenn sie ihn im Büro besuchte, mit drakonischer Gründlichkeit die Werte an der Wand kontrollierte, würde ihn loben.

Vom Fenster des Büros sah er auf die steinerne Mauer am Ufer des Talferbachs, der Richtung Süden floss, wo er sich nach Bozen mit dem Eisack vereinte. Von irgendwoher hörte man eine Kirchenglocke läuten.

Das Telefon klingelte, und das plötzliche Geräusch erschreckte ihn.

»Wir haben ihn!« Maurizios aufgeregte Stimme.

»Den schwarzen Fiat?«

»Nein. Den Toten von deinem Rebstock.«

»Wer ist es?«

»Wir glauben, es zu wissen.«

»Wer ist es?«

»Das Alter kommt hin, und die Beschreibung passt auch.«

»Mach es nicht so spannend. Wie heißt er?«

»Mit großer Wahrscheinlichkeit handelt es sich um den dreißigjährigen Luis Delago aus Bozen …«

»Den seit Tagen keiner vermisst?«

»Tiberio, lass mich ausreden. Rafael hat sich wohl schon vor zwei Tagen bei den Carabinieri gemeldet, dass einer seiner Mitarbeiter nicht zur Arbeit gekommen ist.«

»Wer ist Rafael?«

»Scusami … Rafael Noggler. Er ist der Herausgeber des Nachrichtenmagazins ›Libera Politica‹ und Delago ist einer seiner Journalisten.«

»›Libera Politica‹«, wiederholte Tanner. »Demokratisch und linksliberal.«

»Woher weißt du das?«

»Meine Paula interessiert sich für Politik. Jedenfalls mehr als ich. Sie zitiert regelmäßig aus dieser Zeitung, die einen journalistischen Krieg gegen die Rechtsradikalen führt.«

»Hör zu, ich kenne Rafael Noggler privat. Unsere Frauen sind befreundet, und deshalb möchte ich dir einen Tipp geben. Hast du etwas zum Schreiben?«

Maurizio diktierte ihm eine Telefonnummer. »Das ist Nogglers Anschluss. Ruf ihn an. Er ist ... wie soll ich sagen ... etwas unzufrieden mit der Reaktion der Carabinieri, nachdem er ihnen gemeldet hatte, dass sein Mitarbeiter Luis Delago nicht zur Arbeit gekommen ist.«

»Warum soll ich ihn anrufen?«

»Wie gesagt, unsere Frauen sind befreundet ... Ich habe mit Noggler gesprochen, und er sagte, dass er persönlich und mit seinem Verlag schon öfters von der Polizei enttäuscht wurde. Kein rechtes Vertrauen, sagt er, verstehst du. Jedenfalls will er einen Detektiv einschalten.«

»Und das soll ich sein.«

»Ruf ihn an. Du kannst dich auf mich berufen.«

»Der Commissario Capo der Questura Bozen verschafft einem Detektiv Aufträge. Das gab es noch nie.«

»Außergewöhnliche Situationen erfordern außergewöhnliche Maßnahmen. Was ich damit meine, erklär ich dir gleich. Melde dich bei Noggler.«

»Was ist mit dem schwarzen Fiat Fullback? Habt ihr den schon gefunden?«

»Alleinc in Norditalien sind sechsundzwanzigtausend von diesem Typ zugelassen. Noch Fragen?«

»Allerdings. Habt ihr in der Questura einen Whistleblower sitzen?«

Maurizio blies hörbar die Luft aus, so dass es in Tanners Handy rauschte. »Das ist die außergewöhnliche Situation, über die ich jetzt mit dir reden muss.«

»Die ›Dolomiten‹ ist die auflagenstärkste Tageszeitung bei uns in Südtirol. Hast du den Artikel gelesen?«

»Hundertmal. Offensichtlich ist es tatsächlich einer meiner Leute, der diese vertrauliche Aussage des Zeugen an die Presse weitergegeben hat. Ich bin dem Arschloch schon auf der Spur.«

»Du solltest den Burschen auf die Seiser Alm versetzen. Dort kann er Falschparker und verloren gegangene Kühe suchen.«

»Möglicherweise werde ich dafür keine Gelegenheit mehr haben. Ich bin für heute Nachmittag zum Vizequestore bestellt.«

»Zu welchem Thema?«

«Ich ahne nichts Gutes, Tiberio. Wahrscheinlich gibt es bereits einen Nachfolger für mich.«

»Das hast du schon mal angedeutet.«

»Aber seitdem hat sich das Ganze verschärft. Und zugespitzt.«

»Maurizio, in dem Zeitungsartikel in den ›Dolomiten‹ ist von einem Dreizehnjährigen aus Missian mit dem Namen Luca T. die Rede. Er hat den Täter beobachtet. Das ist der eigentlich Leidtragende. Ich habe gestern mit dem Buben gesprochen. Mit ihm und seinem Vater. Beide sind stinksauer.«

»Zu Recht.«

»Du weißt, was das bedeutet?«

»Ich weiß, was das bedeutet«, wiederholte Maurizio. Seine Stimme wurde brüchig.

»Maurizio, da draußen läuft ein Mörder frei herum, der weiß, dass er beobachtet wurde. Und einer deiner Leute nennt der Presse den Namen und Wohnort des Zeugen.«

Schweigen am anderen Ende, nur Schnaufen war zu hören.

»Ihr müsst euch um den Buben kümmern. Maurizio … bist du noch da?«

Keine Antwort.

FÜNF

Vom Büro aus machte sich Tanner auf den Weg zu Rafael Noggler, dessen Verlag in einem dreistöckigen Gebäude in der Leonardo-Da-Vinci-Straße nahe der Universität untergebracht war.

Eine mit Staubsauger und zwei Kübeln bewaffnete Putzfrau wies ihm den Weg in den dritten Stock. Chefs hatten ihr Büro stets ganz oben. Da es keinen Lift gab, stieg er schnaufend das Stiegenhaus nach oben, das offensichtlich von der Putzfrau noch nie betreten worden war.

Nogglers Büro war etwas weniger elegant als das ehrwürdige Stadtviertel Bozens zwischen dem Talferbach und dem Waltherplatz. In einem winzigen Vorzimmer saß eine Sekretärin mit dem Namen K. Rossnagel, wie aus dem Namensschild auf ihrem Schreibtisch hervorging. K., überlegte Tanner, Klara vielleicht oder Katharina. Er entschied sich für Klara. Mit ihr hatte er wegen des Termins mit Noggler vor einer Stunde telefoniert. K. Rossnagel machte einen energischen, allgewaltigen, vor allem aber tüchtigen Eindruck, hieß ihn mit einem kräftigen Händedruck willkommen und zeigte auf eine gepolsterte Tür.

»Sie sind Herr Tanner.« Der Mann hinter dem Schreibtisch sprang auf und streckte ihm den Arm entgegen. »Maurizio hat Sie sehr positiv dargestellt.«

Tanner lächelte geschmeichelt.

»Ich hoffe, Maurizio hat die Wahrheit gesagt«, fügte Noggler hinzu.

Alles an dem Mann war grau, sein Anzug, die kurzgeschorenen Haare und die bärtigen Wangen. Mit der vorspringenden Nase und den tief liegenden Augen sah er einem Raubvogel ähnlich. Einem grauen.

»Möchten Sie Tee oder Kaffee?«

»Ein Glas Weißwein«, wollte Tanner schon sagen, korrigierte sich aber auf Mineralwasser. »Kalt und wenn möglich mit Kohlensäure.«

Die mahagonibraune Schreibtischplatte, die ihn von Noggler trennte, war mindestens drei Meter lang, mit einem leichten, nierenförmigen Schwung, der Tanner an die Theke in einem Bistro am Waltherplatz in Bozen erinnerte. Am westlichen Ende des Schreibtisches stand eine schlaff herabhängende Fahne in den Südtiroler Farben Weiß-Rot.

»Zuerst ein paar Worte zu uns und zu mir.« Noggler spreizte die Finger auseinander und bewegte langsam seine Hände aufeinander zu. Fasziniert beobachtete Tanner das Schauspiel und war froh, als sich alle zehn Fingerspitzen ordnungsmäßig trafen.

»Ich bin seit nunmehr vier Jahren Herausgeber des ›Libera Politica‹, das von Anfang an als politisches Nachrichten-Magazin angelegt war. Wir bringen Nachrichten, Meinungen und Analysen zur aktuellen italienischen Politik. Wir sind links-liberal verortet und verstehen uns als Aufklärer und Aufdecker. Mit anderen Worten: Unser Schwerpunkt ist der investigative Journalismus. Und genau dies war die Stärke Delagos. Luis war mein bester Mann.«

»Luis ist Ihr bester Mann«, wiederholte Tanner. »Noch ist nicht bewiesen, ob es sich bei dem Ermordeten um Ihren Mitarbeiter handelt. Haben Sie eine Fotografie von ihm?«

Noggler dachte einige Augenblicke nach, dann schüttelte er den Kopf. »Und Sie? Haben Sie kein Bild von dem Toten?«

»Es widerstrebte mir, ein Selfie mit einer Leiche zu machen.«

Der Schreibtisch war übersät von kreuz und quer liegenden Zeitschriften, zwei leeren Kaffeetassen, übereinandergestapelten Büchern, aus denen farbige Spickzettel lugten, und unzähligen Papierstößen, die im Halbkreis den Bildschirm von Nogglers Notebook umzingelten. Tanner widerstand der Versuchung, die Papiere zu sortieren und in ordentlichen Türmen zu stapeln. An der Wand hing ein großformatiges Gemälde, das die scharfen Zacken der Drei Zinnen zeigte, die gerade im Sonnenuntergang erglühten. Ein paar riesige Farne ruhten auf Holzständern und wucherten in alle Richtungen.

Hektisch wühlte Noggler in dem Papierdickicht auf seinem Tisch, bis er mit einem lauten »Ecco!« einige Blätter hervorzog und sie Tanner überreichte. »Diese Artikel Delagos sind in den letzten Ausgaben unseres Magazins erschienen. Es sind Kopien. Sie können sie mitnehmen.«

»Sind das alle Veröffentlichungen, die er geschrieben hat? Aus letzter Zeit, meine ich.«

»Wahrscheinlich ja.«

»Warum wahrscheinlich?«

»Manchmal hat er auch für andere Zeitungen geschrieben, was mit mir abgestimmt werden musste, aber meine Großzügigkeit war grenzenlos.«

»Wie kann ich diese Artikel finden?«

»Die er für andere geschrieben hat?« Noggler zuckte mit den Schultern. »Keine Ahnung.«

»Beschreiben Sie mir Delagos Aussehen. Zuerst müssen wir Klarheit herbeiführen, ob es sich bei dem Toten überhaupt um Luis handelt.«

»Er war dreißig und sah auch so aus, mittelgroß, Dreitagebart, schlank, eher etwas mager sogar.«

»Keine besonderen Kennzeichen?«

Kopfschütteln. »Ich erinnere mich nur an sein eigenartiges Armband, das er statt einer Uhr trug.«

Bei dem Wort Armband wurde Tanner hellhörig. »Ein schwarzes Metallarmband … eine Schlange, die sich in den Schwanz beißt.«

Noggler nickte; sein Gesicht wurde noch grauer. »Er ist es.«

Frau K. Rossnagel brachte ein Halblitergefäß Tee, das sie vorsichtig vor Noggler auf den Schreibtisch stellte, und für Tanner ein kleines Glas Wasser. Lauwarm. Senza Gas.

Tanner wartete, bis die Frau das Büro verlassen hatte. »Warum haben Sie so lange gewartet, bis Sie Ihren Mitarbeiter als abgängig gemeldet haben?«

»Ganz einfach. Er hatte ein paar Tage Urlaub und außerdem wollte er sich mit einem Informanten treffen.«

»Mit wem?«

»Keine Ahnung. Luis redete nie über ungelegte Eier, wie er sich ausdrückte. Aber er hat mehrmals angedeutet, an einer großen Sache dran zu sein.«

»Eine große Sache … Was könnte das gewesen sein?«

Noggler klopfte mit dem Zeigefinger auf die Kopien, die

vor Tanner lagen. »Außer dem hier arbeitete er aktuell an zwei Themen.«

»Und die wären?« Tanner holte sein Notizbuch aus der Tasche und sah Noggler erwartungsvoll an.

»Der Skandal um ein Golfplatzprojekt in Terlan. Da ging es unter anderem um Korruption. Und illegale Baugenehmigungen.«

Tanner machte sich eine Notiz, dann deutete er auf den Packen Papier, den er von Noggler erhalten hatte. »Die Artikel über den Golfplatz … sind die hier dabei?«

»Nein. Die hat er nicht für die ›Libera Politica‹ verfasst.«

»Sondern?«

»Auch das weiß ich nicht. Er hat mir gegenüber ein- oder zweimal erwähnt, dass er an der Golfplatz-Sache arbeitet. Ich weiß aber nicht in wessen Auftrag.«

»Wer kann mir mehr darüber sagen?«

»Es ging um mindestens eine gekaufte Baugenehmigung und ein Biotop. Ich habe vor einigen Tagen mit einem Mitarbeiter der Gemeinde gesprochen. Warten Sie …« Er begann, unsystematisch unter den Papierstößen zu suchen, und wurde schließlich in einer Schublade seines Schreibtisches fündig.

Mit den Worten »Da ist sie!« überreichte er Tanner eine Visitenkarte.

Gemeinde Terlan
Abteilung Raumordnung und Bauwesen
Leitung: Enrico Rewald
Ort: Niederthorstraße 1, 39018 Terlan

»Wenn Sie ihn besuchen, können Sie sich auf mich berufen. Rewald weiß am besten über das Golfprojekt und die damit verbundenen Unregelmäßigkeiten Bescheid. Glauben Sie an einen Zusammenhang zwischen Delagos journalistischer Arbeit und seinem gewaltsamen Tod?«

»Das wäre nicht das erste Mal, dass ein Journalist dran glauben muss, weil er Fakten ausgräbt, die einem anderen nicht passen.«

»Was werden Sie jetzt unternehmen?«

»Sollte ich überhaupt etwas unternehmen?« Tanner klappte sein Notizbuch zu. »Ich habe weder ein Mandat noch die Legitimation, nach dem Mörder zu suchen.«

Noggler dachte einen Augenblick lang nach, das bärtige Kinn auf seine Hand gestützt. »Hiermit haben Sie den Auftrag.«

Mit einem »Okay« und einem huldvollen Nicken nahm Tanner die Beauftragung entgegen.

»Sie sprachen von einem zweiten Thema, an dem Luis gearbeitet haben soll.«

»Das mit dem Golfplatz war wohl Delagos Lieblingsprojekt. Er hat sich aber auch einen Politiker mit dem Namen Ambros Senoner vorgenommen. Senoner gehört einer rechtsradikalen Gruppierung an, die der Lega nahestehen soll.«

Tanner nickte. »Und die Lega wird die Geschichte Europas ändern. Das sind Worte, die man aus Rom hört.«

»Gibt es eine Verbindung zwischen der Lega und diesem Senoner?«

»Keine Ahnung. Wenn, dann nicht direkt.«

Tanner grinste. »Alles nicht Direkte ist zwar brisant, aber noch kein Verbrechen.«

»Lassen Sie mich ausreden. Delago hat offenbar herausgefunden, dass Ambros Senoner zu einer Gruppe Politiker gehört, die auffallend gute Kontakte nach Moskau haben soll.«

»Welche Rolle spielt Senoner in seiner Partei?«

»Im letzten Jahr galt er noch als Politneuling und unbedeutender Abgeordneter. Erst recht in der Außenpolitik. Das könnte sich demnächst ändern. Oder hat sich bereits geändert.«

»Investigativer Journalismus lebt davon anzuecken.«

»Wenn es denn beim Anecken bleibt. Erinnern Sie sich an die Vergiftung des Agenten in England vor einigen Jahren? Der war auch in Ungnade gefallen.«

»England ist weit weg. Abgesehen von eventuellen politischen Hintergründen … hatte Delago Feinde? Hat er sich bei Ihnen im Verlag oder im Kollegenkreis unbeliebt gemacht?«

Noggler schüttelte den Kopf. »Ich habe vier festangestellte Mitarbeiter. Der Rest sind freie Journalisten, die auch für andere Medien arbeiten.«

»Alles friedliche Menschen?«

»Natürlich gibt es immer wieder Probleme und Meinungsverschiedenheiten. Aber nichts Ernsthaftes.«

»Bei welcher Bank hatte Delago sein Konto? Und wo er gewohnt hat, würde ich auch gerne wissen.«

»Ich kann mir zwar nicht vorstellen, welche Rolle diese Angaben spielen, aber wenn Sie meinen …« Noggler ging zur Tür und sprach einige Worte mit einer Person im Nebenraum. Wahrscheinlich mit der tüchtigen Frau K. Rossnagel, die wenige Sekunden später das Büro betrat und Noggler mit einem sanft geflöteten »Eccolo« einen Zettel in die Hand drückte. Er warf einen Blick darauf und reichte das Papier an Tanner weiter.

Konto: Banca Nazionale del Lavoro, Waltherplatz, Bozen. Seine Wohnadresse: Bozen, Casanova, Gustav-Mahler-Straße 12

»Den Stadtteil Casanova kenne ich«, sagte Tanner. »Modernes Wohnen in seelenlosen Wohnblocks. Wo kam Delago eigentlich her und wie lange arbeitet er schon für Sie?«

»Er ist wohl viel herumgekommen während der letzten Jahre. Eine Zeit lang hat er in München gearbeitet, bei der BILD-Zeitung in Hannover und für die ›La Repubblica‹ in Rom. Und von allen Topzeugnisse. Investigativ war er gut. Und genau so einen habe ich gesucht.«

Tanner schlug das Notizbuch auf und entnahm ihm das Foto, auf dem der Eingang zu der Höhle zu sehen war.

»Dieses Bild trug Delago bei sich. Sagt Ihnen die Fotografie was?«

Kopfschütteln.

»Noch eine Frage. In der Nähe des Weinbergs, auf dem die Leiche lag, hat man einen schwarzen Fiat Fullback gesehen. Kennen Sie jemanden, der einen solchen Wagen fährt?«

»Nein. Aber ich weiß, dass Maurizio wegen dieser Zeugenaussage in arger Bedrängnis ist.«

»Woher wissen Sie das?«

»Maurizio hat mir die Story mit dem dreizehnjährigen Buben erzählt. Scheißsituation für ihn.«

»War Delago eigentlich Südtiroler?«

Noggler zögerte mit der Antwort. »Ich weiß es nicht. Er kannte sich in unserer Gegend gut aus, als ob er früher hier gewohnt hätte, war aber mit Straßen und Gebäuden nicht vertraut, die erst vor Kurzem errichtet wurden. Manchmal hatte ich das Gefühl, dass er über seine Vergangenheit nicht reden wollte.«

Tanner bedankte sich abermals für den erhaltenen Auftrag und versprach, sich des Vertrauens als würdig zu erweisen. An der Tür drehte er sich zu Noggler um, der schon die Hand auf den Hörer gelegt hatte.

»Eine Frage habe ich noch.« Noggler hob den Kopf.

»Wie heißt Ihre Sekretärin mit Vornamen?«

Noggler stutzte. »Brauchen Sie das für Ihren Auftrag? Sie heißt Klara.«

*

Tanner verließ die Stadt auf der Boznerstraße, stets das beeindruckende Schloss Sigmundskron vor Augen. Beim ersten Gasthof, einer Pizzeria, in der er mit Paula schon einmal zu Abend gegessen hatte, hielt er an und gönnte sich einen verspäteten Mittagsimbiss. Er dachte an die gnadenlose Gewichtskurve in seinem Büro und gab sich mit einer kleinen Pizza und einem großen Glas Terlaner Chardonnay zufrieden.

Nachdem er die Pizza verdrückt hatte, blätterte er die Unterlagen durch, die ihm Noggler mitgegeben hatte. Sie umfassten einige redaktionelle Beiträge aus der Feder Delagos, die während der letzten drei Wochen in Nogglers »Libera Politica« erschienen waren.

Es gibt Menschen, die kein Fettnäpfchen auslassen können, dachte Tanner. Luis Delago war einer von dieser Sorte. Zuerst mit einer vollen Breitseite gegen die Rechtsradikalen in der Regierung, dann eine konflikthafte Auseinandersetzung mit den Russen. Und schließlich mischte er sich in die krummen Geschäfte bei der Genehmigung eines Golfplatzes im Naturschutzgebiet ein. Viele Möglichkeiten, sich unbeliebt zu machen.

Begleitet von Rolando Villazon mit der Netrebko und Arien aus La Traviata, setzte Tanner seine Fahrt auf der SS 38 fort, die ihn immer an der Etsch entlang nach Norden führte. »Wein, Äpfel, Spargel und ein mächtiger Kirchturm – dafür ist Terlan bekannt.« Dieser Satz seiner Mutter war ihm in Erinnerung geblieben. Der Wein und die Äpfel waren noch nicht reif. Nur der Spargel steht kurz vor der Ernte, dachte Tanner, als er nach zwanzig Minuten Terlan erreichte, wo ihn sein GPS treffsicher zum Gemeindeamt in die Niederthorstraße leitete, die sich ganz im Süden des Ortes befand.

Das Gespräch mit Enrico Rewald war nicht ergiebig, der den Zeitungsartikel Delagos in der ›Libera Politica‹ als Einmischung und alles andere als positiv bewertete.

»Dieser Journalist ist ein Störenfried, und das Magazin, für das er schreibt, ist ein Schmierblatt. Wir in der Gemeinde lösen unsere Probleme anders. Jedenfalls nicht über hetzerische Zeitungsartikel.«

»Wird der Golfplatz gebaut?«

»Wenn es nach mir geht, nicht. Die Gegenseite hat aber noch nicht aufgegeben. Da kommt irgendein stinkreicher Weinhändler und glaubt, mit Geld alles regeln zu können. Wir lassen uns nicht bestechen.«

»Wo sollte der Golfplatz gebaut werden?«

Enrico Rewald humpelte zu einer Landkarte, die den Großteil der Wandfläche hinter seinem Schreibtisch einnahm.

»Das gesamte Gebiet westlich der Etsch ist Teil des Biotops Fuchsberger, das schon teilweise zum Ort Andrian gehört.« Mit seinem Stock fuhr er erklärend auf der Karte auf und ab. »Das Naturschutzgebiet erstreckt sich hier bis zur Weinstraße. Zusammengefasst: Kein Platz für einen Golfplatz. So etwas wäre nicht Südtirol-like, also werden wir das verhindern. Auch wenn der Investor ein Millionär ist: Das Sagen haben wir.« Er sah Tanner mit zusammengekniffenen Augen an. »Hoffentlich«, ergänzte er dann.

»Wie heißt dieser Millionär?«

»Das sind zwei Brüder. Gabriel und Giuseppe Greifenstein. Angeblich ein altes Grafengeschlecht. Jedenfalls nennen sie sich Conti G&G Greifenstein.«

»Sind das Weinproduzenten oder Händler?«

»Primär ist die Familie der Greifensteins wohl mit An- und Verkauf groß geworden. Der Großvater, so glaube ich, war noch selber Winzer. Jetzt haben sie die Globalisierung verstanden und exportieren bis in die USA.«

»Wo sind die Herren Grafen zuhause?«

Mit seinem rollenden Bürosessel rutschte er zu seinem

PC und hieb auf einige Tasten. »Hier! Untersirmian. Wohnsitz derer von Greifenstein.« Er sah Tanner über seine Brille hinweg an. »Sirmian liegt auf sechshundert Meter Höhe am Berg westlich von Nals.«

»Wein- und Rosendorf Nals«, verbesserte Tanner. »Dort lebt eine alte Tante von mir.«

»Eine alte Tante. Wie schön! Und außerhalb von Untersirmian wohnen die Grafen, die uns täglich Ärger machen.«

Noch einmal ging Rewald zu der Landkarte und klopfte auf zwei Punkte, die nicht sehr weit voneinander entfernt waren. »Hier sind Ober- und Untersirmian. Und von da weg geht ein schmaler Fahrweg Richtung Grissian. Ich war einmal dort, darum weiß ich es so genau. Fünfhundert Meter bergauf liegt das Anwesen der Greifensteins. Halb im Wald. Ein imponierender Ansitz. Wollen Sie denen einen Besuch abstatten?«

Tanner nickte.

»Seien Sie vorsichtig. Die gehen über Leichen.«

*

Nach einigen Kilometern auf der Via Principale Richtung Norden überquerte er die Etsch und folgte der Sirmianer Straße, die in Serpentinen zwischen den Weinbergen steil hinaufführte. Ab Nals wurden die Kurven enger, die Straße schmaler und noch steiler.

»Untersirmian« las er auf dem Ortsschild, das er zehn Minuten später erreichte, wo er auf die Bremse trat. Enrico Rewald hatte es gut beschrieben. Einige Hundert Meter außerhalb des Ortes stand eine verwitterte Holztafel, auf der er den Namen »Greifenstein« entziffern konnte. Die Herren Grafen lieben das Understatement. Das, was er nach der nächsten Wegbiegung zu Gesicht bekam, hatte mit Understatement nichts mehr zu tun.

Es musste längere Zeit geregnet haben. Tanner schaukelte mit seinem Wagen durch tiefe Regenpfützen, vorbei an einigen schief stehenden Scheunen. An einer Weggabelung stoppte er. Geradeaus führte eine Forststraße direkt hinauf in den Wald, am Beginn der linken Abzweigung prangte ein großes Schild mit der Aufschrift »Privat«. Der Besuch bei Gabriel und Giuseppe ist eher eine private Angelegenheit, dachte Tanner und nahm den Weg nach links, der von üppig wuchernden mannshohen Büschen gesäumt war und in labyrinthartigen Verschlingungen Richtung Westen bergauf führte. Nach einer Wegbiegung sprang er auf die Bremse und brachte den Wagen wenige Zentimeter vor einer geschlossenen Schranke zum Stehen. Als Tanner aus dem Wagen stieg, fiel ihm als Erstes die Stille auf, die hier herrschte. Auf dem regennassen Boden waren die Abdrücke breiter Offroadreifen mit einem markanten Stollenprofil zu erkennen. In Brusthöhe vor ihm hing ein riesiges Schild auf der rot-weißen Schranke:

PRIVAT – BETRETEN VERBOTEN!

Tanner fuhr einige Meter zurück, bis er einen geeigneten Platz fand, an dem er den Wagen abstellte. Er bückte sich, kroch unter der Schranke durch und folgte dem Weg, der nach ungefähr hundert Metern an einem schmiedeeisernen Tor und einer Mauer endete, die so hoch war, dass er nicht über sie hinwegblicken konnte. Grünbrauner Efeu wucherte über das Tor und versperrte ihm die Sicht. Hinter der Mauer konnte Tanner die ziegelgedeckten Dächer einiger Gebäude und dazwischen einen massiven Rundturm ausmachen. Was befand sich noch auf der anderen Seite der Mauer? Er nahm zwei Meter Anlauf, schnellte hoch und schaffte es, mit einer Hand die obere Kante der Mauer zu erreichen – und die dort befestigten messerscharfen Glasscherben. Gerade konnte er noch einen Schrei unterdrücken, als ein höllischer Schmerz durch seine Hand zuckte, worauf er sich fallen ließ. Immerhin hatte ihm der Sprung auf die Mauer einen kurzen Blick auf die Vorderfront des Ansitzes ermöglicht, auf ein wuchtiges Tor mit einem Wappenrelief über dem steinernen Rundbogen.

Stöhnend sah er auf seine blutende Hand und den Schnitt, der quer über seinen Handballen lief. Er wickelte das Taschentuch um die Wunde und überlegte, was er tun sollte.

An der Steinmauer neben dem Tor war in Augenhöhe eine rechteckige Metallplatte angebracht, in deren Mitte sich ein Druckknopf und eine runde Fläche mit kleinen Löchern befand. War das eine Gegensprechanlage? Tanner hatte keine Lust zum Gegensprechen, zumal plötzlich ein leises Summen zu hören war. Erschrocken hob er den Kopf und fand sich Auge in Auge mit einer kleinen Videokamera, an deren Oberseite ein rotes Licht bedrohlich auf ihn herunterblinkte. Er wich einige Schritte zurück, dann bemerkte er, wie die Überwachungskamera summend seiner Bewegung folgte.

Rückzug! Dann eben nicht. Er ging zu seinem Wagen, und nach einem aufwendigen Wendemanöver auf dem viel zu schmalen Weg fuhr er zurück.

SECHS

Gedämpftes Tosen begeisterter Menschen und laute Blasmusik drang vom Waltherplatz herüber. Die Sicherheitsvorkehrungen und die Nervosität wuchsen mit jedem Meter, je näher Tanner dem Platz kam, dessen Eingänge von Hunderten Polizisten bewacht wurden. AMBROS SENONER – DER KOMMENDE MANN stand auf einem Spruchband.

Ein bedrohlich dunkler Himmel hing über der Stadt, als Tanner von der Bahnhofsallee kommend den Platz betrat. Vor der Statue Walther von der Vogelweides war eine behelfsmäßige Holztribüne aufgebaut, die von einem zeltartigen Gebilde überspannt war. Davor wogten die je nach Temperament und Alkoholpegel kreischenden oder raunenden Anhänger, die auf Bänken standen und Bäume sowie Laternenmasten bestiegen hatten, um bessere Sicht auf die Bühne zu haben. Tanner mochte den Waltherplatz, von dessen historischen Hausfassaden heute unzählige weißrote Fahnen wehten und der in dem ausufernden Trubel so gar nicht mehr der guten Stube Bozens entsprach. Der Platz, nach Walther von der Vogelweide benannt, wurde nun als Kulisse für den Auftritt eines rechtspopulistischen Politikers missbraucht.

Plötzlich kam Unruhe in die wartende Menge, insbesondere weil Senoner nicht wie erwartet auf der Bühne auftauchte, sondern sinnigerweise neben dem Toilettenhäuschen den Platz betrat. Bereitwillig traten die Menschen zur

Seite und bildeten ein begeisterndes Spalier, durch das sich der Politiker Richtung Bühne vorarbeitete, auf der sich eine singende Vierergruppe bemühte, die Kastelruther Spatzen zu imitieren. Von Zeit zu Zeit hob er grüßend den rechten Arm, und wenn er stehen blieb, um einen Auserwählten mit einem Handschlag zu beglücken, war die herandrängende Menge nicht mehr zu halten. Nur eine Armeslänge entfernt ging Senoner an Tanner vorbei, deutlich weniger eindrucksvoll als auf den zahlreichen Plakaten mit den Aufschriften SÜDTIROL DEN SÜDTIROLERN und SÜDTIROL ZUERST. Kurz vor der Tribüne kletterte Senoner über die Absperrungen, um die Hände seiner Unterstützer und Anhänger zu schütteln, die johlten und mit lauter Stimme irgendeinen Vers skandierten, den Tanner nicht verstand. Es war wie eine plötzliche Erlösung, und die wogende Begeisterung stieg ins Unermessliche, als der klein gewachsene Politiker auf die Bühne stieg, während die Umstehenden Se-noner, Se-noner skandierten und Fähnchen schwenkten. Dann stand er hinter dem Mikrofon, und genau in diesem Moment rief einer »Bruxelles Fregatene!«, doch das ging unter, als Senoner den rechten Arm hob und die johlende Menge langsam leiser wurde.

»Wir haben eine neue politische Ära eingeläutet.«

Die Stimme des Politikers hatte einen eigenartigen nasalen Klang, der Tanner an den ladinischen Dialekt erinnerte. Eine neue politische Ära … so viel Stuss. Und das alles auf einem Platz, der Walther von der Vogelweide gewidmet ist. Tanner verließ den Platz genau in dem Moment, als die Begeisterung der fahnenschwenkenden Menge ihren ersten

Höhepunkt erreichte. Schade um die Zeit. Er bereute es, hergekommen zu sein.

Ärger und Unmut überkamen ihn, je länger er über Senoners verbale Giftspritzen nachdachte. Wegen der überbordenden Absurdität der Argumente, die schon während der ersten Worte Senoners auf ihn eingeprasselt waren, hatte Tanner eine Gehirndurchlüftung verdient. Und die bewerkstelligt man am wirksamsten mit einem guten Wein.

Ärger und Unmut musste man hinunterspülen. Mit dieser Absicht betrat er das nächstbeste Café und bestellte ein Glas Sauvignon Blanc Alto Adige, das er in einem Zug leerte.

»Sie haben wohl Kummer«, sagte die dunkelhaarige Kellnerin.

Er nickte. »Bringen Sie mir noch ein Glas.«

Unaufmerksam blätterte er durch die »Alto Adige«, die neben ihm auf der Bank lag. Der AC Mailand hatte 2:1 verloren, und das Wetter blieb, wie es war. Nachdem er noch einmal über den Toten an seinem Rebstock und den vermaledeiten Artikel über die Zeugenaussage Luca Terlizzis gelesen hatte, wollte er gerade die »Alto Adige« weglegen, als sein Blick auf die Seite mit den Kontaktanzeigen fiel.

Attraktive Endvierzigerin, weibliche Erscheinung,
gebildet und romantisch, sucht Mann in
den Fünfzigern. Hobbys: Esoterik und Reisen.

Tanner lehnte sich zurück und nahm einen Schluck aus dem Weinglas. Um zu einem objektiven Gesamturteil zu kommen, musste man zuerst die Pluspunkte aufaddieren und die Minusargumente davon abziehen. Nach einigen Anläufen legte er die Kontaktanzeige zur Seite. Sosehr die Begriffe gebildet, romantisch und attraktiv Pluspunkte sammelten, stürzte alleine die Esoterik den Saldo weit ins Negative. Keine Frau für ihn.

Er verließ das Lokal und irrte einige Minuten durch die schmalen Gassen, umrundete den gesamten Platz zwei Mal, bis er sich in der Pfarrgasse wiederfand. Hier irgendwo hatte er sein Auto geparkt.

Tanner wechselte die Straßenseite, und als er um die Ecke bog, entdeckte er Ambros Senoner, der gerade in seinen Wagen stieg. Einen schwarzen Fiat Fullback.

*

Tanners Gedanken kreisten noch einmal um Senoners politische Phrasen, als sich sein Handy meldete. Am Display erkannte er Maurizios Nummer.

»Maurizio, wie geht es dir?«

»Schlecht.«

Er hörte Maurizio schwer ins Telefon atmen.

»Du hast Sorgen.«

Maurizio antwortete erst nach einigen Sekunden. »Können wir uns sehen?«

»Ich sitze vor dem Batzenbräu im Auto. Komm her.«

»Geht jetzt nicht. Später.«

»Wann ist bei dir später?«

»In einer Stunde.«

»Was ist los?«

»Supergau. Ich will mich besaufen. Machst du mit?«

»Eigentlich wollte ich nicht, aber jetzt hast du mich überredet.«

Tanner fühlte sich bereits unsicher auf den Beinen. Je mehr er trank, desto besser mundete der Wein, und desto durstiger wurde er. Wann war er das letzte Mal so betrunken gewesen? Das musste zwei Jahre her sein, als Onkel August aus Frankfurt zu Besuch gekommen war. Nur hatte er nicht Wein, sondern Grappa getrunken. Während des Abends war er damals mit August in einen Streit geraten, ob es der Grappa oder die Grappa heißt. Während August beweisen wollte, dass Grappa in Deutschland ein männliches Ansehen genieße und deshalb der maskulinen Form bedürfe, gelang es Tanner, den Sieg davonzutragen, indem sie gemeinsam eine ganze Flasche leer tranken, während er seinen Onkel mit jedem Glas überzeugte, dass Grappa ein typisches Femininum darstellt. Den nächsten Vormittag hatte Tanner über der Kloschüssel zugebracht.

Maurizio griff in die Innentasche seines Sakkos und brachte ein zusammengefaltetes Blatt Papier zum Vorschein.

»Der Vizequestore rief mich in sein Büro und sagte, ich solle mich setzen. Dann gab er mir das hier.«

Tanner streckte die Hand aus. »Möchtest du es mir zeigen?«

Maurizio schüttelte den Kopf und steckte das Papier in die Tasche zurück. »Zu persönlich. Vor allem aber zu deprimierend. »

»Es geht dir nahe.«

»Natürlich geht es mir nahe, wenn man gefeuert wird. Nachdem ich aus dem Büro des Vizequestore kam, bin ich sogar zur Gewerkschaft gerannt. Zum ersten Mal in meinem Leben habe ich die Hilfe der Sindacato gesucht.«

»Und?«

Maurizio machte eine wegwerfende Bewegung. »Auch dort ist alles im Umbruch. Früher gab es die Autonomen, die sich für uns im öffentlichen Dienst stark gemacht haben. Mit der Sindacato Padano existiert seit Kurzem eine Konkurrenz-Gewerkschaft, die sich dem rechten politischen Spektrum verpflichtet fühlt. In Italien geht alles den Bach runter. Auch die Mitbestimmung.«

»Weißt du inzwischen, wer der Whistleblower ist, der die Zeugenaussage des Dreizehnjährigen an die Presse weitergegeben hat?«

»Wenn ich den erwische, bringe ich ihn um.«

»Ich helfe dir. Ab wann bist du pensioniert?«

»Recesso senza preavviso. So hat es Alessandro Kronta ausgedrückt. Fristlos. Auf der Stelle. Alessandro ist unser Capo del personale. Ein Arschloch übrigens.«

Tanner legte seine Hand auf Maurizios Arm. »Ich kenne die Situation genau, in der du dich befindest. Mir ging es damals ähnlich. Noch kein Jahr her.«

»Und wie waren die ersten Wochen? Nach deiner Kündigung, meine ich.«

»Paula und ihre Freundin Emily haben mir damals sehr geholfen. Emily ist Psychologin. Was bei dir gerade abläuft, würde sie einen psychischen Schock nennen, eine seelische Erschütterung, verstehst du? Der eine reagiert mit Depression, der andere zieht sich in sich selbst zurück oder bricht in Überaktivität aus.«

»Überaktivität kann ich bei mir nicht feststellen.« Maurizio dachte einige Augenblicke nach, dann nickte er. »Das Gespräch mit dir ist mir wichtig. Das hilft mir, dem Ganzen den richtigen Stellenwert zu geben. Und ich vertraue auf die heilende Kraft des Sauvignon blanc.«

»Wer ist dein Nachfolger in der Questura?«

»Der ist in der Zwischenzeit in mein Büro eingezogen.«

»Wie heißt er?«

»Er ist zwanzig Jahre jünger als ich, hat Jus studiert und ist ein arroganter Schönling. Nero De Santis heißt er. Erst vor Kurzem aus Neapel importiert.«

»Was hat er bisher geleistet?«

»Er hat die berittene Polizei wieder eingeführt. Als er sich im Sattel fotografieren lassen wollte, ist er vor laufender Kamera vom Pferd gefallen und hat sich die Hand gebrochen. Das Video mit dem Sturz kannst du heute noch auf YouTube anschauen.«

Maurizio sah sich um. »Mir gefällt es hier nicht. Wechseln wir das Lokal.«

»Wohin?«

»Von Bar zu Bar. Bozen ist groß.«

»Der Weg ist das Ziel«, sagte Tanner und erhob sich.

Drei oder vier Stunden später saßen sie in einer Spelunke am Rand des Bahnhofsparks, kein überaus gemütliches Lokal, aber die letzten Stunden waren hart gewesen und hatten sie in einen jener Zustände geführt, in dem sie auf Gemütlichkeit keinen besonderen Wert mehr legten. Neben ihrem Tisch war eine Botschaft in die Holztäfelung geritzt: JESUS LOVES BERLUSCONI. Tanner deutete auf die Schrift und schüttelte den Kopf. »Eine unwahrscheinliche und durch nichts bewiesene Behauptung.«

Tanners Magen knurrte. Sehnsuchtsvoll sah er der Kellnerin nach, die mit einem riesigen Teller Spaghetti vorbeilief.

»Du warst immer eine wertvolle Quelle für Informationen aus dem Umfeld der Polizei für mich. Ich fürchte, die ist mit deiner Pensionierung versiegt.«

»Nein. Mit Gerd und Enrico von der Polizia di Stato bin ich so gut wie befreundet. Die beiden werden mich auch zukünftig auf dem Laufenden halten.«

Ein kurzer Moment der Stille entstand. Maurizio, der Schweißperlen auf der Stirn hatte, sah aus, als sei er in eine Art Melancholie verfallen.

»Zum Wohl, mein Freund.« Tanner hob sein Glas, und sie stießen an.

»Wenn ich so viel trinke, drängen sich mir immer wieder tiefsinnige philosophische Gedanken auf«, sagte Maurizio.

»Worüber zum Beispiel?«

»Zum Beispiel denke ich über den Sinn des Lebens nach.«

»Mit welchem Ergebnis? Lass mich an deiner philosophischen Tiefsinnigkeit teilhaben.«

Seufzend betrachtete Maurizio sein leeres Weinglas. »In so einem Moment denke ich, dass der Sinn des Lebens darin besteht, noch eine Flasche von diesem hervorragenden Sauvignon zu trinken.«

»Ja«, sagte Tanner nach einer kurzen Pause des Nachdenkens. »Ich glaube, das kommt dem wahren Sinn des Lebens verdammt nahe.«

Er suchte den Blickkontakt zu einer der Serviererinnen und hob die Hand.

»Ich bin bis obenhin voll mit den dummen Argumenten eines Politikers mit dem Namen Ambros Senoner. Kennst du ihn?«

Maurizio nickte. »Ein politisches Leichtgewicht. Senoner soll aus dem Grödnertal stammen, wo sie heute noch Ladinisch sprechen. Man hört es auch an seiner Aussprache.«

»Der Dialekt stört mich nicht. Nur seine Rede, die gespickt war mit all den idiotischen Binsenweisheiten, die Rechtspopulisten auf Lager haben. Rassistische Sprüche und einfache Lösungen. Außerdem fährt er einen schwarzen Fiat Fullback.«

»Das ist kein Verbrechen. Glaubst du denn, dass von der Politik eine Spur zu dem Toten am Weinberg führt? Ich meine … als Pensionist geht es mich nichts mehr an, aber …«

»Maurizio! Du schiebst dich selbst zum alten Eisen.«

»Nein. Ich glaube nur nicht an dein politisches Jägerlatein.«

»Erinnere dich an den Giftanschlag, den die Russen in England verübt haben.«

Der Dicke wischte sich mit dem Taschentuch über die Stirn. »Und du bewegst dich auf eine Verschwörungstheorie zu. Da glaube ich eher an einen Racheakt der Mafia. Es liegt übrigens das Ergebnis der Obduktion vor. Luis Delago starb durch den Steckschuss im Kopf. Eine regelrechte Hinrichtung.«

»Keine forensischen Spuren?«

»Doch. Die DNA wird gerade durch alle Datenbanken gejagt. Bisher ohne Ergebnis.«

»Kennst du eine Firma Greifenstein? Nennt sich Weingut, sind aber keine Produzenten, sondern Exporteure. Und stinkreich.«

Maurizio hob sein Glas gegen das Licht, betrachtete die Farbe des Weins und nahm einen großen Schluck. »Greifenstein … Sind das die mit dem illegalen Golfplatzprojekt? Haben die auch gute Weine?«

»Gabriel und Giuseppe Greifenstein. Die beiden Brüder bewohnen in Untersirmian einen Ansitz aus dem 17. Jahrhundert. Das Grundstück ist von einer meterhohen Mauer umgeben.«

»Eine Mauer macht sie noch nicht verdächtig.«

»Es geht um gekaufte Baugenehmigungen für einen Golfplatz mitten im Biotop. Und Delago hat die Beweise dafür in einem Zeitungsartikel veröffentlicht. Ich war bei der Gemeinde Terlan und habe mit dem Baumenschen gesprochen. Denen gefällt, was Delago angerührt hat.«

»Diesen Zeitungsartikel über den Golfplatz … hast du den gelesen?«

»Den suche ich noch. Ich weiß nicht einmal, in welcher Zeitung er erschienen ist.«

»Du verfolgst viele Spuren gleichzeitig.« Maurizio hatte zunehmend Schwierigkeiten beim Sprechen.

»Natürlich tue ich das, verdammt«, sagte Tanner, eine

Spur zu laut. »Du warst doch jahrelang der Commissario Capo in Bozen. In leitender Funktion und direkt dem Vizequestore unterstellt. Sag du mir doch, was ich machen soll? Ihr habt noch nicht einmal einen Angehörigen Delagos aufgetrieben. Jeder Mensch hat irgendwo Verwandte. Man muss sie nur finden.«

Maurizio roch am Weinglas und nahm einen großen Schluck. »Je mehr ich davon trinke, desto fruchtiger wird er. Hier drin sind Aprikosen-Aromen und eine Spur Minze. Herrlich!«

»Damit gibst du mir deutlich zu verstehen, dass du nur noch über den Wein mit mir reden willst.«

»Sei nicht wütend, Tiberio. Vielleicht kann ich dir helfen. Sag mir, wie du jetzt weitermachen willst.«

»Ich trinke noch ein Glas.«

»Ich meinte den Toten bei deinem Rebstock.«

»Da ich nun einen offiziellen Auftrag habe, mache ich mich auf die Spur des Mörders. Ich rede mit allen Leuten, die Delago kannten, mit seinen Freunden und Arbeitskollegen. Ich werde sein Leben aufrollen und nach dem roten Faden suchen, der mich zu seinem Mörder führt.«

»Und wo befindet sich das Ende des Fadens?«

»Der Anfang ist wichtiger. Morgen gehe ich zu Delagos Bank. Ich will alles über ihn wissen, woher das Geld kam und wie seine Vermögenslage aussieht. Und du könntest deine früheren Mitarbeiter Gerd und Enrico befragen, was sie über die Greifensteins wissen.«

Maurizio nickte und wischte mit dem Taschentuch über seine Stirn.

»Eventuell musst du mich morgen noch einmal daran erinnern. Nach der Autopsie werden sie übrigens Delagos Chef Noggler bitten, die Leiche zu identifizieren.«

Als Tanner mit sehr unsicheren Schritten zur Toilette wankte, dachte er an die Begebenheit, als ihm der Autoschlüssel abhandengekommen war, den er später in einem seiner Socken wiederentdeckt hatte. Er griff an seine Hosentasche. Der Wagenschlüssel war da.

Als er zum Tisch zurückkam, starrte Maurizio in sein leeres Weinglas. »Tiberio, wenn du nicht Detektiv, sondern ein Carabiniero wärst, würdest du lieber einen gefährlichen Wilderer am Rittner Horn zur Strecke bringen oder mir noch eine Flasche von diesem herrlichen Sauvignon spendieren?«

»Ist das eine Fangfrage?«

»Was wird deine Paula sagen, wenn du spät nach Hause kommst und nach Alkohol riechst?«

»Pah! Paula hat mir nichts dreinzureden.« Tanner lachte und klopfte Maurizio auf die Schulter. »Ich bin Herr meiner Zeit und kann nach Hause kommen, wann ich will. Und wenn's erst im Morgengrauen ist. Außerdem kann ich in meinem eigenen Haus übernachten. Dann erfährt Paula nichts.«

»Feigling. Welcher Tag ist heute?«

Tanner sah auf die Uhr. »Der zwölfte.«

»Und der wievielte ist morgen?«

Mit einem Ruck setzte sich Tanner aufrecht hin und schlug sich mit der flachen Hand auf die Stirn. »Um Gottes willen! Paula hat morgen Geburtstag.«

»Du solltest ihr gratulieren.«

Tanner stöhnte. »Ich habe kein Geschenk.« Er stützte sich auf der Tischkante ab und stemmte sich hoch. »Ich muss einkaufen.«

»Es ist halb zwölf in der Nacht.«

Er ließ sich wieder auf die Bank fallen. »Lieber Gott, lass mich morgen daran denken, dass sie Geburtstag hat.«

»Ich mache in so einem Fall einen Knoten in mein Taschentuch.«

»Das ist eine gute Idee«, sagte Tanner. »Gib mir dein Taschentuch.«

Eine Stunde später stieg Tanner vor seinem Haus aus dem Taxi. Ein böser Teufel musste ihn geritten haben, dass er nach seiner Rückkehr aus dem Badezimmer und bevor er sich ins Bett fallen ließ, noch Paula anrief. Da es bereits nach Mitternacht war, wollte er ihr nicht nur seine Liebe versichern, sondern auch zum Geburtstag gratulieren.

»Du lallst«, sagte Paula. »Dich kann man keine Minute alleine lassen.«

Tanner war überzeugt gewesen, klar artikulierend und verständlich zu sprechen. Wenn man keine Probleme hat, dachte er hinterher, so macht man sich welche.

SIEBEN

Der Wecker läutete um halb acht. Tanner dachte nach. Kein Zweifel. Es war einer dieser Tage! Im Gedärm rumorte es, und in seinem Kopf drehte ein kleines, schnarrendes Modellflugzeug beständig seine Runden. Sein Mund war ausgetrocknet. Im Zeitlupentempo drehte er sich aus dem Bett, horchte in sich hinein, während er vorsichtig die Füße auf den Boden stellte. Seine Gelenke waren steif, und als er den Vorhang zur Seite schob, brannte das Licht in seinen Augen.

Im Badezimmer tat er etwas, was bei ihm selten vorkam: Er nahm zwei Aspirin, die er mit einem halben Liter Wasser hinunterspülte.

Tanner konnte sich nicht an alle Details des gestrigen Abends erinnern; einiges lag wie in einem grauen Nebelschleier verborgen, wie die Erinnerung an etwas sehr Unangenehmes, das vor langer Zeit geschehen war. Nachdem er sich angekleidet hatte, setzte er sich auf die Couch, schloss die Augen und wartete darauf, dass die Tabletten wirkten.

Als er sich bückte und das Innere des Kühlschranks unter die Lupe nahm, wurde ihm schwarz vor den Augen, so dass er fast das Gleichgewicht verlor. Noch unangenehmer empfand er die absolute Leere des Kühlschranks. Horror vacui. In der Tat, es war einer dieser Tage! Ein Blick aus dem Fenster zeigte ihm, dass sein Auto nicht vor der

Haustür stand. Langsam dämmerte es ihm, wo sich der Wagen befand. Nur über den Knoten in seinem Taschentuch musste er länger nachgrübeln, bis ihm siedend heiß einfiel, dass er sich schleunigst um ein Geburtstagsgeschenk bemühen musste.

Er sah auf die Uhr. Paula war sicher schon seit einer Stunde in ihrer Apotheke.

Gudrun, die Wirtin des Altenburgerhofs, winkte ihm vom Balkon aus zu und deutete auf einen Tisch unter dem Schatten spendenden Weinlaub. Wieder einmal profitierte er von der Tatsache, dass sein Haus nur fünf Minuten von dem Gasthof neben der Kirche entfernt war. Besonders an einem dieser Tage.

»Sie sehen müde aus«, sagte die Wirtin, als sie ihm den Kaffee und das Speckbrot servierte. »Sie arbeiten zu viel.«

Nach einigen Minuten des Smalltalks stellte sich heraus, dass Gudrun in Bozen zu tun hatte. Sie bot Tanner an, ihn in die Stadt mitzunehmen.

»Wo ist denn Ihr Wagen?«

»Steht in Bozen in der Werkstatt«, antwortete er. »Keilriemen kaputt.«

Während der Fahrt von Altenburg nach Bozen sagte die Wirtin aus heiterem Himmel: »Mein Auto hat gar keinen Keilriemen.«

Tanner fiel keine Antwort ein. Außerdem hatte er Kopfschmerzen.

»Ich habe in der Marienklinik zu tun«, sagte Gudrun. »Meine Freundin Lissy bekommt ein Baby. Deshalb fahre ich hin.«

Er bedankte sich für die Fahrt und steuerte den Siegesplatz an, auf dem sich die Buchhandlung Cappelli befand. Paula liest gern, sagte Tanner sich. Also bekommt sie ein Buch.

Auf der Brücke wirbelte der Wind seine Haare durcheinander. Müde marschierte er über den Fluss, die Siegessäule vor Augen, als die Kirchenglocken läuteten. Zehn Uhr. Die Talfer trennt die Altstadt, wo die Menschen in gotischer Architektur wohnen, von den neoklassizistischen Bauten im Stil des Römischen Reichs. Diesen Satz hatten sie in der Schule so oft lesen müssen, dass er ihn heute noch auswendig zitieren konnte. Die deutsche Altstadt und die italienische Neustadt, dachte er, das protzige Denkmal vor Augen, das Mussolini in den zwanziger Jahren bauen ließ als Kulturbotschaft der Italiener an die Tiroler. So wie Missionare, die den Eingeborenen bunte Glasperlen als Geschenk darbrachten. Tanner ging den eisernen Zaun entlang, der verhinderte, dass man das Denkmal, das eher einem Triumphbogen glich, betreten konnte. Die Inschrift unterhalb der mit Pfeil und Bogen bewaffneten Siegesgöttin wies darauf hin, dass das faschistische Italien die kulturell und politisch überlegene Macht darstellt und die Aufgabe hat, den Bewohnern der zurückgebliebenen Randgebiete die Zivilisation zu bringen.

Tanner stellte sich vor, dass es hier am Siegesplatz gewesen sein musste, wo sich Ambros Senoner seine Rede ausgedacht hatte.

Wenige Minuten später betrat er die Buchhandlung Cappelli.

Der weißhaarige Verkäufer blieb genau vor ihm stehen und lächelte ihn an. »Wie kann ich Ihnen helfen?«

»Ich möchte ein Buch kaufen«, sagte Tanner.

»Gott sei Dank«, sagte der Weißhaarige. »Endlich ein Kunde, der weiß, was er will.«

Nach langem Hin und Her entschied sich Tanner für einen dünnen Band mit dem Titel »Die Kunst, die Welt zu verstehen«. Er schätzte Umberto Eco als klugen und humorvollen Autor. Leider war er vor Kurzem gestorben. Professor für Semiotik soll er gewesen sein. Tanner wusste nicht genau, was sich hinter diesem Begriff verbarg. Unsystematisch blätterte er in dem Buch, in dem es offensichtlich um eine kritische Sicht auf die moderne Gesellschaft ging, die sich in einem Wertewandel befand und Gefahr lief, in einem stetig komplizierter werdenden digitalen Dschungel verloren zu gehen. Im Klappentext fand er die Aussage, dass die heutige Welt immer mehr einem Zustand wie in Absurdistan glich. Bei diesem Gedanken fiel ihm wieder Ambros Senoner und dessen Rede ein.

Froh, dass er das mit dem Geschenk erfolgreich geklärt hatte, verließ er die Buchhandlung und machte sich auf den Weg in das wie jeden Tag quirlige Zentrum Bozens. Er bog in die Laubengasse ein, machte einen kurzen Blick auf den Neptunbrunnen, den Maurizio Gabelwirt nannte, und blieb stehen, als Paula anrief. Mit diesem Anruf hätte er rechnen müssen.

»Lass mich raten«, sagte sie. »Nach deinem gestrigen Zustand würde ich sagen: Du hast Kopfweh und bist müde.«

»Ich bin guter Laune und wollte dich gerade anrufen, um dir zum Geburtstag zu gratulieren.« Er wunderte sich, wie glatt und wohl formuliert ihm die Lüge über die Lippen kam. »Bist du mit einem abendlichen Geburtstagsessen im Gasthof Klughammer einverstanden?«

»Direkt am See … das gefällt mir. Was steht bei dir heute am Programm?«

Ich habe dir in letzter Sekunde soeben ein Geschenk gekauft, dachte er. »Ich habe viel zu tun«, sagte er. »In einer halben Stunde habe ich einen Termin bei einer Bank.«

»Hebst du Geld ab für mein Geschenk?«

»Nein«, sagte er rasch. »Delago hatte ein Konto bei einer Bozner Bank.«

Er wiederholte die Gratulation und versprach, sie pünktlich von der Apotheke abzuholen.

Bevor er zur Bank ging, marschierte er die Bahnhofsallee ein Stück Richtung Park, wo er seinen Wagen entdeckte, der wohlbehalten vor dem Lokal stand, das jetzt bei Tageslicht eher wie ein heruntergekommenes Fast-Food-Lokal aussah. Hier also war er heute in der Nacht gemeinsam mit Maurizio gelandet. Er ließ das Auto stehen und ging die Bahnhofsallee zurück, bis er vor der in Beige gehaltenen Fassade der Bank stand, auf der mehrmals die beeindruckend großen Buchstaben BNL prangten.

Tanner wollte gerade das Gebäude betreten, als er auf dem Platz eine Frau sah, die in seine Richtung winkte. Er sah nach links und rechts und konnte nicht glauben, dass er gemeint war.

»Entweder du willst mich nicht sehen oder du brauchst eine neue Brille«, sagte die Frau und kam mit ausgestrecktem Arm auf ihn zu.

»Wie schön, Sie zu sehen«, sagte er und fügte rasch den Namen »Emily« hinzu, als ihm endlich klar war, wen er vor sich hatte.

»Wir haben uns schon mal geduzt«, sagte sie.

Tanner konnte sich nicht daran erinnern. »Ja natürlich.« Einer spontanen Eingebung folgend, deutete Tanner auf die gegenüberliegende Seite des Waltherplatzes. »Haben Sie … hast du Zeit auf einen Kaffee? Ich sehe, im Città ist unter einem der Schirme ein Tisch frei.«

Sie sah auf die Uhr. »Eine Viertelstunde. Mehr Zeit habe ich nicht.«

Emily trug ein eng tailliertes dunkelblaues Kostüm und hatte die Haare heute hochgesteckt. Die Frau war nicht nur attraktiv, sie besaß auch Eleganz, obwohl sie kaum geschminkt war. Zumindest kam ihm das so vor.

»Du bist wie eine Firmenchefin gekleidet«, sagte er.

»Ich dachte, dass jetzt ein Kompliment kommt, nachdem du mich so eingehend gemustert hast. Du kennst ja meinen Beruf.«

»Das war ein Kompliment.«

Sie bestellten zwei Caffè. Emily kramte in ihrer Handtasche, und er beobachtete, wie sie ihr Handy herausfischte und abschaltete. Das gefiel ihm.

»Du lässt die Patienten in deiner Praxis allein?«

»Ich war gerade bei Paula in der Apotheke«, sagte sie. »Zum Gratulieren.« Sie warf ihm einen raschen Blick zu. »Du weißt hoffentlich, dass sie Geburtstag hat?«

»Natürlich weiß ich das«, sagte er. Ein bisschen zu laut.

»Ich erlebe das in meiner Therapiepraxis fast jede Woche: Männer vergessen oft den Geburtstag ihrer Frau. Beliebt ist auch der Hochzeitstag.«

»Warum ist das so? Haben Männer andere Gehirne als Frauen? Du als Psychologin musst das doch …«

»… weiß ich auch. Die Behauptung, das Gehirn der Frau sieht ganz anders aus als das eines Mannes, ist ein Mythos. Die Unterschiede sind meist sehr klein, sagt die Wissenschaft. Ein anderes Faktum ist deutlich wichtiger: Frauen interessieren sich für Menschen, Männer für Dinge. Frauen sind mitfühlend, Männer sind Systematiker und angeblich furchtbar logisch.«

»Langsam dämmert mir, warum du dich mit Paula gut verstehst.«

Sie lächelte. »Männer sind zwar auch Menschen, das Hauptproblem ist aber ihr maskulines Testosteron, denn das hemmt das Stresshormon Cortisol.«

»Folglich sind Männer weniger aggressiv.« Tanner lächelte.

»An dieser Stelle passt dein Lächeln nicht. Mädchen und Frauen haben in der Tat einen höheren Cortisol-Spiegel, wodurch sie mehr Angst haben vor Bedrohung und Schmerz. Es ist kein Zufall, dass Frauen im Regelfall neurotischer sind als Männer.«

Tanner nickte. »Völlig klar.«

»Frauen sind durch das Mehr an Cortisol vor allem aber vorsichtiger. Sie bleiben oft lieber bei Menschen, die ihnen vertraut sind. Mädchen lernen deshalb früh, mit anderen zu kommunizieren. Aus diesem Grund sind bereits Mädchen den Buben verbal überlegen. Manche sagen, das bleibt bis ins Alter so.«

»Paula denkt ähnlich. Ich vermute, die Weisheit stammt von dir.« Tanner trank die Kaffeetasse leer. »Wie geht es dir übrigens in dem Kurs über kreatives Schreiben? Steckst du noch in der Theorie oder arbeitest du schon an einem Roman?«

Sie holte eine Schachtel Zigaretten aus der Tasche, nahm sich eine und steckte sie in den Mund.

»Wir üben noch die theoretischen und praktischen Grundlagen, die zu einem guten Roman führen sollen. Deine Paula ist übrigens ein echtes Schreibtalent. Während ich verzweifelt nach der richtigen Satzstellung suche, hat sie die halbe Geschichte zu Papier gebracht.«

»Was ist das Erfolgsrezept für ein spannendes Buch?«

»Dazu gibt es hundert verschiedene Meinungen. Doktor Haberzettel, unser Dozent, predigt ständig, der psychischen Disposition mehr Aufmerksamkeit zu geben als dem Äußeren der Person. Das kommt mir als Psychologin natürlich entgegen.«

»Psychische Disposition? Habe ich auch so etwas?«

»Hat jeder Mensch. Wunschvorstellungen, Träume, Aggressionen und die Art und Weise, mit Konflikten umzugehen. Haberzettel sagt, dass dies wichtig ist, damit der Leser Stellung beziehen kann zu der Person in der Geschichte.«

Sie sah auf die Uhr. »Ich muss los. Ein Patient wartet. Grüße Paula noch einmal von mir.«

Sie legte einige Münzen auf den Tisch und verschwand.

Die Pflicht ruft, sagte er sich. Ich rufe zurück. Er holte sein Notizbuch heraus und versuchte, sich Fragen zurechtzulegen, die er dem Bankmenschen stellen würde. Rubatscher hieß der Mann. Jacopo Rubatscher, Procuratore di Banca.

Wohin man sah, Luxus und Prunk. Es war, wie wenn man von der guten Stube Bozens in eine völlig andere Welt eingetaucht wäre. Hinter der klassisch anmutenden Fassade verbarg sich eine Welt aus Stahl, Glas und glänzend lackiertem Holz, überwuchert von exotischen Pflanzen. Alles vom Teuersten. Nach einigem Suchen fand er eine Nische, die wie eine Rezeption aussah, hinter der ein älterer Mann saß.

»Ich bin mit Herrn Rubatscher verabredet.«

Der Mann hinter dem Tresen warf ihm einen Blick zu, der nach ›Das kann jeder sagen‹ aussah. »Senior oder Junior? Wir haben zwei Rubatscher.«

»Ich nehme den Älteren«, sagte Tanner auf gut Glück.

Der Mann wählte eine Nummer, wartete einige Sekunden, den Hörer ans Ohr gepresst, dann wurde sein Ton um eine Spur freundlicher. »Oberste Etage, Tür Nummer eins.«

Natürlich oberste Etage. Als Tanner aus dem Lift ausstieg, öffnete sich gerade die Tür mit der Nummer 001. Zwei ältere Frauen und ein Mann in einem gestreiften Anzug traten auf den Flur. Der Mann hatte rötliches Haar und ein sonderbar kindliches Gesicht. Er lächelte übertrieben freundlich, während er sich von den Damen verabschiedete. Als er sich Tanner zuwandte, war sein Lächeln verschwunden.

»Sie wollen mich sprechen?«

»Wenn Sie Jacopo Rubatscher sind, ja.«

»Worum geht es?«

»Ich habe mit Ihrer Sekretärin telefoniert … Vielleicht sollten wir das nicht hier auf dem Flur besprechen.«

Rubatscher sah ihn einige Augenblicke an, dann schüttelte er leicht den Kopf und bat Tanner mit einer gelangweilten Geste in sein Büro.

Während des Händeschüttelns sah der Bankchef an Tanner vorbei aus dem Fenster. Er hatte eine schweißnasse Hand.

»Also … worum geht es?«

»Ich untersuche den Mord an Luis Delago.«

»Das ist der junge Mann, der erschossen wurde. Ich habe davon gelesen. Warum kommen Sie zu mir?«

»Er hatte bei Ihnen ein Bankkonto.«

»Und weiter?«

»Ich möchte mir einen Überblick verschaffen, wie Delagos finanzielle Situation ausgesehen hat. Gibt es Ersparnisse oder irgendwelche Einmalzahlungen? Und wenn ja, wann und an wen.«

»Wenn ja, wann und an wen … und Sie meinen, das geht so einfach? Vor dem Hintergrund der aktuellen Datenschutzbestimmungen in der EU ist die Einblicknahme in Konten Dritter ein absolutes No-Go.«

»Ihr Dritter ist leider tot. Und er hat keine Verwandte.«

Jacopo Rubatscher kratzte sich an der Nase, als dachte er angestrengt nach. »Auch bei Toten ist das ein No-Go.« Er sah Tanner über die Brille hinweg an. »Ich werde mal seine Kontobewegungen aufrufen. Dann sehen wir weiter.« Ungestüm hackte er auf die Tastatur seines PC.

»Dann sehen wir weiter«, sagte Tanner, mit viel Zuversicht in der Stimme.

»Hier!« Der Bankprokurist zeigte auf den Bildschirm, zuerst angespannt, dann blies er langsam die Luft aus. »Keine besonderen Vorkommnisse.«

»Was heißt das?«

»Nehmen Sie meine Aussage wörtlich. Einigermaßen regelmäßige Zahlungen zwischen hundert und zweihundert Euro. Dem stehen unregelmäßige Eingänge gegenüber. Hundertachtzig Euro vor einer Woche, dreihundertzehn Euro kurz davor.«

»Keine größeren Summen?«

»Ich habe hier den Überblick über die letzten beiden Monate. Alles kleinere Beträge.«

»Kann ich einen Blick auf Ihren Bildschirm werfen?«

Rubatscher nahm die Finger von der Tastatur und lehnte sich zurück. »Natürlich nicht.«

»Von wem kamen die Einzahlungen?«

»Um das festzustellen, müsste ich jede einzelne Überweisung aufrufen. Dazu habe ich nicht die Zeit. Noch eine Frage?« Er sah auf die Uhr.

»War Luis Delago ein reicher Mensch? Gibt es ein Aktiendepot?«

»Von Aktien weiß ich nichts. Der Gesamtsaldo seines Kontos beträgt vierhundertsiebzig Euro und fünfundzwanzig Cent.«

Rubatscher erhob sich und streckte Tanner die Hand hin. »Ich wünsche Ihnen noch einen schönen Tag.«

*

In seinem Notizbuch fand er den Zettel mit Delagos Wohnadresse. Casanova, Gustav-Mahler-Straße.

Mein Gott, hier hat sich alles verändert, dachte Tanner. Die vielen Obstbäume und Wiesen waren verschwunden und hatten anonymen Wohnblocks und dem Neubau eines Verwaltungsgebäudes mit protziger, blau schimmernder Glasfassade Platz gemacht. Tanner erinnerte sich an eine Wanderung mit seinem Vater, die sie vom Stadtzentrum aus zuerst am Eisack entlang und dann über verschlungene Pfade zum Schloss Sigmundskron geführt hatte. Sein Vater erzählte von Gefangenenlagern, die während der Nazi-Besatzung auf dem Gelände gestanden hatten, das sie durchwanderten. Tanner erinnerte sich nicht, ob er von seinem Vater mehr über diese Lager hatte wissen wollen. Vielleicht hatte er ihn gefragt, und sein Vater hatte nicht antworten wollen. Oder er kannte die Einzelheiten nicht. Erst später stieß Tanner auf die Geschichte der Durchgangslager, in denen Juden und Widerstandskämpfer aus ganz Italien zusammengetrieben und später in die KZs deportiert worden waren.

Heute standen moderne Häuserblöcke hier, die alle gleich aussahen und Nachhaltigkeit sowie modernen Wohnkomfort versprachen. Leider verstellten sie auch den Blick auf Schloss Sigmundskron.

Hier hatte also Luis Delago gewohnt. Inmitten eines Neubauviertels, in dem mehrere tausend junger Familien wohnten und wo keiner den anderen kannte. Die Haustür zu Nummer zwölf stand weit offen, und Tanner betrat ein schmales, grün gestrichenes Stiegenhaus, in dem es säuerlich roch. Das fahle Licht aus einer nackten Glühbirne, die von der Decke baumelte, reichte gerade aus, um den Staub zu erkennen, der auf den Stufen lag. Als Tanner an einem weißen Kinderwagen vorbeiging, der auf dem ersten Treppenabsatz stand, sprang plötzlich mit einem lauten Pfauchen eine Katze heraus, zwängte sich mit buschigem Schwanz zwischen seinen Beinen hindurch und lief ins Freie.

Im Stockwerk darüber hörte er, wie in der Wohnung links ein Hund zuerst bellte und dann an der Tür winselte. Rasch schlich er vorbei. An der nächsten Tür entzifferte er den Namen L. DELAGO, der auf einem kleinen Kärtchen stand, das mit einem Reißnagel über dem Klingelknopf befestigt war. Die Tür war mit einem roten Kunststoffband verklebt, auf dem viele Male das Wort POLIZIA stand. Die Frühlingsstürme sind sehr aggressiv in dieser Gegend, dachte er und riss das Polizeisiegel herunter. In diesem Moment bellte der Hund wieder, und man hörte deutlich, wie er mit der Pfote an der Tür kratzte. Jetzt war Eile geboten. Tanner holte sein Spezialbesteck aus der Tasche, ging in die Knie und schaffte es in vier Minuten, das Schloss zu knacken. Ein neuer Rekord.

Er sperrte die Tür nicht ab, nahm eine Münze aus der Geldtasche und legte sie auf die Türklinke. Eine alte Gewohnheit. Sicher ist sicher.

Kurze Zeit blieb er im Vorzimmer stehen. Jede Wohnung hat ihren eigenen Geruch und eigenen Charakter. Hier roch es muffig und nach kaltem Zigarettenrauch. War Luis Delago Raucher gewesen? Langsam schlich Tanner den dunklen Flur entlang, bis er ins Wohnzimmer kam, in dem die Jalousien geschlossen waren. Einen Moment überlegte er, die Fenster zu öffnen, ließ es aber sein und schaltete das Licht an. An der einen Wand befand sich ein halbhoher Schrank, in dem eine Reihe Taschenbücher stand und daneben eine Vase mit vertrockneten Blumen. Eine Tür führte in die kleine Küche. An der Wand des Schlafzimmers befand sich ein zusammenklappbares Eisenbett, auf dem eine rot karierte Bettdecke hing. Einige Kleidungsstücke und Bettwäsche lagen auf dem Boden. Auf dem Bett hatte jemand ein Paar Socken und einen zusammengefalteten Pullover ausgebreitet. Tanner zog die Jalousie ein Stück vom Fensterrahmen weg. Durch das dreckverschmierte Fenster sah man auf einen Kinderspielplatz und den gegenüberliegenden Wohnblock.

Nachdem er einen Blick in das Badezimmer geworfen hatte, kam er zurück und setzte sich auf die durchgesessene Couch im Wohnzimmer. Warum war er hierhergekommen? Tanner wusste nicht einmal, ob er nach etwas Bestimmtem suchen sollte. Einige Minuten blieb er auf dem Sofa sitzen und ließ seinen Blick herumwandern. Im Gegensatz zu den anderen Zimmern machte dieser Raum einen bewohnten Eindruck.

Sein Blick fiel auf den schweren Tisch, der vor dem Fenster stand und viel zu groß für das Zimmer war. Einige

Bücher und Papiere waren auf der Tischplatte verstreut, zwei dünne Aktenordner, einige durcheinandergewirbelte Kugelschreiber und ein oranges Plastiklineal. Obenauf lag eine Packung Mon Chéri. Originalverpackt, wie Tanner feststellte. Er zog die Schublade heraus, die etwas hakte. Darin lagen einige Bücher, in braunes Leinen gebunden, mit dem Titel: FINIS ITALIAE.

Er zählte sechs gleiche Hardcoverbände, druckfrisch und neu. Nur eines der Bücher hatte zwar den gleichen Inhalt, aber einen abgestoßenen Einband. Tanner nahm den Band in die Hand und blätterte ihn durch. Das Ende Italiens.

Der Text auf den ersten Seiten las sich wie ein rechtsradikales Manifest. Das Kapitel eins war mit ›Bestandsaufnahme‹ überschrieben. Darin wurde prophezeit, dass Italien dem Untergang geweiht war. Einige der Absätze waren rot angestrichen und am Rand mit dicken Strichen gekennzeichnet. Tanner musste die Passagen zweimal lesen, bis er diesen populistischen Unsinn verstand. Er blätterte einige Male die Seiten durch, fand jedoch keinen Hinweis auf den Verfasser. Doch er entdeckte etwas anderes. Zwischen den Buchseiten lag ein unscharfes Schwarz-Weiß-Foto, das den Eingang zu einer Höhle zeigte. Das Bild kannte er gut. In der Mitte die dunkle Öffnung des Höhleneingangs, umwuchert von Sträuchern und Bäumen. Die Rückseite der Fotografie trug den verblassten Stempel des Meraner Fotostudios Soyer, das nicht mehr existierte. Unter dem Stempel war ein handschriftlicher Zusatz zu erkennen. Er ging zum Fenster, zog die Jalousie etwas zur Seite, so dass er im Tageslicht die wenigen Worte entziffern konnte. Es war eine Widmung. Von ungelenker Hand geschrieben.

Unsere Höhle. Dein Dich liebender Toni.

Toni. Das war wohl eine Koseform von Anton. Ein Onkel Tanners, der schon lange tot war, hatte so geheißen.

Tanner beschloss, eines der Bücher mitzunehmen, und erhob sich von der Couch.

Er erstarrte. Ein leises Klirren war zu hören. Die Münze! Jemand hatte auf die Türklinke gedrückt und das Geldstück war auf den Boden gefallen. In aller Eile ordnete er die Bücher zu einem Stoß und legte sie in die Schublade. Verzweifelt sah er sich um. Er hörte, wie die Wohnungstür geöffnet und wieder geschlossen wurde. Es gab nur zwei Möglichkeiten, sich zu verstecken. In dem schmalen Schrank neben der Tür oder hinter der Couch. In Panik riss er die Schranktür auf, schloss sie aber sofort wieder. In dem engen Raum zwischen dem Bodenstaubsauger und einem Bügelbrett würde er nie Platz finden. Also hinter die Couch. Im Vorzimmer waren bereits schwere Schritte zu hören, als er sich mit einem Hechtsprung hinter die Lehne des Sofas warf. Ganz nach hinten, wo er sich an die Mauer kauerte und den Atem anhielt. Ganz nach hinten, wo die Staubschicht am dicksten war. Augenblicklich begann seine Nase zu jucken. Sein Herz klopfte so laut, dass es sicher im ganzen Zimmer zu hören war. Mit angstvoll aufgerissenen Augen drückte er sich an die Mauer.

Das ist ein Mann, entschied Tanner, als er die schweren Tritte verfolgte, mit der die Person durch den Raum ging, ein paar Schubladen öffnete. Wer war der Mensch? Ein Polizist? Delagos Mörder? Wieder ging die Person einige Schritte. Blieb stehen. Setzte sich auf die Couch. Tanner zog den Hals ein. Wieder begann seine Nase zu jucken. Er hielt die Luft an, und ein eigenartiger Duft stieg in seine Nase. War das Schweißgeruch? Oder kam der Gestank von der dicken Staubschicht, in der seine Nase steckte. Langsam drehte er den Kopf auf die Seite, so dass ihm die Bodenfreiheit der Couch ermöglichte, mit dem rechten Auge einen Blick auf die Füße der Person zu werfen. Eindeutig ein Mann. Schuhgröße 44, schätzte Tanner, schmutzige Schuhe, schiefe Absätze. Die ungebügelte Stoffhose war einige Zentimeter nach oben gezogen und entblößte braune Socken. Noch nie hatte Tanner das Innenleben einer Couch aus dieser erniedrigenden Position beobachtet. Die Sprungfedern der Sofapolsterung entspannten sich ruckartig, als sich der Mann erhob und einige Schritte durch den Raum marschierte. Dann kehrte er zurück und ließ sich mit seinem gesamten Körpergewicht wieder auf die Couch fallen, so dass sich die Sprungfedern ächzend verbogen und das ganze Sitzmöbel ein Stück Richtung Wand geschoben wurde. Gegen Tanners Kopf, der kaum noch Luft zum Atmen hatte. Was machte der Mann da vorne? In unregelmäßigen Abständen warf er einen schweren Gegenstand auf das Sofa, was Tanner jedes Mal eine Staubwolke ins Gesicht blies. In diesem Moment fiel ihm das Handy ein, das in seiner Hosentasche steckte. Er schloss kurz die Augen und betete, dass keiner auf die Idee kam, ihn anzurufen. Vielleicht sah Paula genau in diesem Moment auf ihr Mobiltelefon und überlegte, ihm wegen der abendlichen Geburtstagsfeier noch etwas Wichtiges mitzuteilen. Vielleicht wählte sie schon seine Nummer.

Einige Augenblicke später knarzte das Sofa, und die Schritte entfernten sich. Noch einmal waren sie im Flur zu hören, dann fiel die Tür ins Schloss. Tanner wartete noch zwei Minuten, dann kroch er hinter der Couch hervor. Er schnappte sich das braune Buch und griff im Vorgehen nach der Packung Mon Chéri. Die Kirschpralinen gehörten zu seiner Lieblingssorte. Vorsichtig nach allen Seiten spähend, verließ er das Haus.

*

»Geht es Ihnen heute wieder gut?«, fragte das blonde Mädchen, als er vor seinem Auto stand. Sie kam ihm bekannt vor. Tanner deutete auf das Lokal im Hintergrund. »Sie sind die Kellnerin, die mich gestern bedient hat.« Sie grinste. »Sie und Ihren vollschlanken Freund. Aber der hat weniger getrunken als sie. Mein Chef hat mich gelobt. Gestern war einer der umsatzstärksten Abende in diesem Jahr.«

»Hat mich sehr gefreut«, sagte Tanner und drückte auf die Fernbedienung seines Wagens.

»Danken Sie mir.« Die Kellnerin ließ nicht locker.

»Wofür?«

»Weil ich Ihren Führerschein und vielleicht sogar Ihr

Leben gerettet habe. Nach der kleinen Feier wollten Sie gestern unbedingt mit Ihrem Auto nach Hause fahren.«

»Und?«

»Ich habe Sie davor bewahrt. Zuerst mit meiner Überredungskunst, dann mit sanfter Gewalt, und schließlich habe ich ein Taxi gerufen und Sie hineingeschubst.«

»Sie haben mich geschubst?«

Das Mädchen zuckte mit den Achseln. »Ging nicht anders. Sie wollten nicht ins Taxi einsteigen.«

»Und was ist dann passiert?«

»Wir haben Sie reingeschoben.«

»Wer ist wir?«

»Ich und Ihr dicker Freund.«

Tanner beschloss, dieses Lokal nie wieder aufzusuchen, startete den Wagen und fuhr davon.

Während der Fahrt Richtung Norden merkte er, wie müde er war. Er schob die Sinfonia di Bologna in den CD-Player und hoffte, dass sich die aufmunternden Klänge Rossinis positiv auf seine Befindlichkeit auswirkten. Tanner freute sich auf den Abend mit Paula, den er festlich gestalten wollte und für den alles vorbereitet war. Neben ihm auf dem Beifahrersitz lag das Buchgeschenk, und der Tisch im Restaurant am Kalterer See war reserviert.

Um Himmels willen! Der Gedanke traf ihn wie ein Blitzschlag, als er gerade am Archäologiemuseum vorbeifuhr. Er hatte die Blumen vergessen. Verzweifelt hielt er nach einem Blumengeschäft Ausschau und blieb in Panik bei einer kleinen Tankstelle stehen, wo er einen halb vertrockneten Strauß hellroter Nelken erstand. Paula hasste Nelken.

Dort, wo sich am Stadtrand Bozens die Via Miramonti in zwei aufeinanderfolgenden, engen Schleifen neu orientiert und als Strada Provinciale 99 in nördlicher Richtung nach Jenesien hinaufführte, lag Paulas Häuschen, einen Steinwurf entfernt vom aufragenden Gscheibten Turm, dem letzten Rest einer mittelalterlichen Befestigungsanlage.

Als Tanner mit den Blumen in der Hand Paulas Wohnzimmer betrat, hatte sie gerade Lockenwickler im Haar.

»Dein Geschenk bekommst du beim Abendessen. Es liegt im Auto.« Er küsste sie zärtlich und gratulierte zum Geburtstag.

»Ich bin fast fertig«, sagte sie und sah auf die Uhr. »Vielleicht solltest du auch duschen. Du siehst schrecklich müde aus. Ganz grau im Gesicht.«

»Grau ist modern dieses Jahr.«

»Und ich weiß auch, warum es dir schlecht geht.«

»Ich habe Emily getroffen.«

»Wann?«

»Am Waltherplatz.«

»Kommst du deshalb so spät?«

»Ich bin unschuldig. Maurizio ist gekündigt worden. Fristlos. Der Arme.«

»Und du musstest ihm beistehen. Warum wurde Maurizio rausgeworfen? Wegen des Whistleblowers in der Questura? Dafür kann er doch nichts.«

»Er ist mein Freund. Und Freunde lässt man in der Not nicht allein.«

Paula deutete auf die Packung Mon Chéri, die er in der Hand hielt. »Ist das dein Geburtstagsgeschenk für mich?«

Er öffnete die Schachtel und bot ihr eine Praline an. »Die sind aus Delagos Wohnung.«

»Hast du sie geklaut?«

»Das ist Beweismaterial. Ich vernichte es systematisch.«

»Vielleicht ist Gift drin.«

Er hielt ihr die Packung hin. »Nimm noch eine.«

»Gestehe … Wann hast du dich daran erinnert, dass heute mein Geburtstag ist? Die Blumen sehen nach Tankstelle aus.«

Erst jetzt bemerkte Tanner, dass zwei Nelken ihre Köpfe verloren hatten. »Du machst mich kopflos«, sagte er. »Und das mit deinem Geburtstag trage ich in meinem Herzen. Und in meinem Terminkalender«, schob er nach. »Mehr sage ich nicht ohne meinen Anwalt.«

»Wenn ein Detektiv nach einem Anwalt ruft, ist etwas faul.« Paula holte das rote Kleid aus dem Schrank. »Ich dusche und bin in fünf Minuten bei dir. Überleg dir, womit du mich heute Abend unterhältst.« Sie gab ihm einen Kuss. »Setz dich auf die Couch und entspann dich.« Dann verschwand sie im Bad.

Setz dich auf die Couch. Alleine das Wort Couch verschaffte ihm eine massive Gänsehaut. Langsam schlich er auf die Polsterbank zu, die der in Delagos Wohnung verdammt ähnlich sah. Er kniete sich auf die Sitzfläche und warf einen kritischen Blick hinter die Sofalehne. Gott sei Dank. Da war niemand. Ob das Erlebnis am staubigen Fußboden hinter der Couch bei ihm ein Trauma ausgelöst hat? Würde er nie wieder in seinem Leben entspannt auf einem Sofa sitzen können? Vielleicht sollte er sein Diwan-Abenteuer gelegentlich mit Emily diskutieren.

Er ließ sich auf das Sofa gleiten und lauschte dem gleichmäßigen Rauschen der Dusche. Mit einem wohligen Gefühl schloss er die Augen, und die gleichförmigen Geräusche des Wassers hüllten seine Sinne ein und überfluteten ihn. Wenige Sekunden später war er fest eingeschlafen.

ACHT

Morgenstund ist ungesund. Das war Tanners erster Gedanke, als er erwachte. Der zweite Gedanke betraf die Schmerzen, die er beim Schlucken verspürte. Obwohl es nicht heiß war im Schlafzimmer, war sein Pyjama durchgeschwitzt. Wurde er krank?

Vorsichtig setzte er die Füße auf den Boden und stapfte ins Badezimmer. Dort durchsuchte er das Spiegelschränkchen, fand jedoch nur eine Packung mit der Aufschrift SuperPlusMed007 und angeblich fiebersenkender Wirkung. Er schluckte zwei Tabletten und machte sich die Mühe, auf der Verpackung nach dem Ablaufdatum zu suchen, das ihn ein zweites Mal schlucken ließ. Die SuperPlusMed007 waren seit fünf Jahren abgelaufen. Alte Medikamente verlieren rasch an Wirksamkeit, wusste er und würgte zwei weitere Tabletten hinunter.

Nach einem gesunden Frühstück auf schleimiger Haferflocken-Basis rief er Paula in der Apotheke an und schlug ihr vor, das Controlling ihres Medikamentendepots im Badezimmer zu verbessern. Unglücklicherweise bezeichnete er sie in dem Telefonat als Apotheken-Paula, was sie als Angriff empfand, wodurch die Unterhaltung etwas aus dem Ruder lief.

Das Gespräch war kaum beendet, als sein Handy läutete.

Eine laute, selbstbewusste Frauenstimme sagte: »Hier ist Frau Rossnagel, Apparat von Rafael Noggler. Ich verbinde ...«

K. Rossnagel, dachte Tanner, die eiserne Vorzimmer-Lady des Verlagschefs. Klara heißt sie.

»Was haben Sie herausgefunden, Herr Detektiv? Ich bezahle Ihr Honorar dafür, dass Sie mehr wissen als die Polizei!«

»Ich weiß mehr, als die Polizei erlaubt«, sagte Tanner. »Maurizio hat Sie sicher darüber informiert, dass die Ermittler in der Questura über weniger Informationen verfügen als ich.«

Er hörte Noggler schnaufen. »Es gibt Neuigkeiten«, sagte er. »Ich komme gerade von unserer Frühbesprechung. Nino Strickner, einer unserer Journalisten, hat etwas Interessantes berichtet. Er hatte wohl als einer der Letzten Kontakt mit Delago, bevor dieser verschwunden ist. Die beiden sind meine besten investigativen Journalisten und haben bei vielen Reportagen zusammengearbeitet.«

Tanner lehnte sich zurück und hörte konzentriert zu, während Noggler etwas ausschweifend von der Zusammenarbeit der beiden Zeitungsleute berichtete.

»Strickner erinnert sich gut an den Tag, an dem sein Kollege das letzte Mal gesehen wurde. Und jetzt kommt's: In einem Telefonat hat Delago ihm erzählt, dass er sich mit jemandem treffen will.«

»Mit wem?«, unterbrach Tanner.

»Das wusste Strickner nicht. Oder er wollte es mir nicht sagen. Aber es soll etwas geheimnisvoll geklungen haben. Sagt Strickner.«

»Also, Delago hat mit irgendjemandem einen geheimnisvollen Termin. Und weiter?«

»Nichts weiter. Ich dachte, das interessiert Sie. Wenn Sie keine Ideen haben, müssen sie eben von mir kommen.«

»Lieber Herr Noggler, ich bin in den letzten Tagen nicht untätig gewesen. Sie erhalten spätestens morgen Abend einen detaillierten Bericht von mir. Ich mag es nämlich nicht, wenn man mir Untätigkeit vorwirft.«

»Ich habe Ihnen keine Untätigkeit …«

»Doch, das haben Sie. Kann ich mit Strickner reden?«

»Von mir aus rufen Sie ihn an. Ich sagte Ihnen schon, er ist freier Mitarbeiter und arbeitet vom Homeoffice aus. Nur zu unseren Jour-fixe-Runden kommt er in den Verlag.«

»Wo wohnt er?«

»In Sarnthein. Das liegt im Sarntal.«

»Ich weiß, wo der Ort liegt. Dort lebt mein Bruder.«

»Ich bin übrigens gebeten worden, Delagos Leiche zu identifizieren. Es gibt sonst niemanden, der ihn so gut kannte. Förmliche Identifizierung, heißt das. Haben Sie was zum Schreiben?«

Tanner notierte sich Telefonnummer und Adresse Strickners und versprach, sich wieder zu melden.

L'ozio è il padre dei vizi. Das war einer der Lieblingssprüche seines Chefs bei Fiat gewesen. Der Spruch war genauso dumm wie der Chef. Mit diesem Gedanken startete er den Motor und verließ Bozen auf der SS 508 Richtung Norden, wo er kurz danach die Sarner Porphyrschlucht erreichte, eng und malerisch, wie in einer anderen Welt. Tanner mochte diese Route und genoss den Ausblick auf den Gebirgszug der Sarntaler Alpen, die das Tal wie ein schützender Wall umgaben. Mehrmals kreuzte er den Talferbach, und immer wieder veränderte sich die Landschaft, während sich die Straße durch das Hochtal hinauf in die Berge schlängelte.

Als der romanische Turm der Pfarrkirche hinter dem bewaldeten Hügel und kurze Zeit später das Ortsschild Sarntheins auftauchte, wanderten seine Gedanken zu Felix, seinem Bruder, der hier im Dorf verheiratet war, und spontan befiel ihn schlechtes Gewissen, weil er sich schon viele Monate nicht mehr bei ihm gemeldet hatte. Felix war drei Jahre älter als er.

»Wir führen schon fünfunddreißig Jahre eine vorbildliche und mustergültige Ehe«, hatten Felix und seine Frau Ellie zu ihm gesagt, nachdem sie von Tanners Scheidung erfahren hatten. Wie in einem schlechten Film, dachte er. Schwägerin Ellie ist eine nervtötende Matrone und Felix ein engstirniger Besserwisser. Tanner hatte irgendwo gelesen, dass der Kopf des Menschen deshalb rund ist, damit das Denken die Richtung wechseln kann. Für seinen engstirnigen Bruder traf das nicht zu. Er konnte ihn nicht leiden. »Wenn ich mir die Meinung anhöre, die du ständig über deine Verwandtschaft äußerst, komme ich zu dem Schluss, dass du der einzige Kluge in deiner Familie bist«, hatte Paula einmal zu ihm gesagt. Und dabei ironisch gelächelt. Das Lächeln hatte er ihr übel genommen.

Tanner ließ seinen Wagen hinter der Pfarrkirche stehen, wo er vor der Cassa Raiffeisen einen freien Parkplatz entdeckte. Die Halsschmerzen waren verschwunden, und er fühlte, dass seine Laune stieg. Um die Kirche herum und auf dem Platz war der Boden mit Kopfsteinpflaster bedeckt. Der Wind pfiff um die Ecke. In Sarnthein konnte man sich nicht verlaufen, da alle Häuser eine Beschriftung trugen, die verriet, was in den Gebäuden vor sich ging. Das Café Kirchplatz befand sich direkt gegenüber dem Gotteshaus. Lag da nicht auch ein verführerischer Kaffeeduft in der Luft? Tiberio, reiß dich zusammen. L'ozio è il padre dei vizi.

Er fand das Haus, in dem Nino Strickner wohnte, am Ende der Andreas-Hofer-Straße, ein schmuckloses Gebäude aus den siebziger Jahren. Holzverschaltes Obergeschoss, zwei Balkone mit Geranien, von Obstbäumen flankiert. Ein steiler Weg führte vom Dorfzentrum hier herauf. In diesem Moment raste ein mit brauner Erde beladener Lastwagen an ihm vorbei, so dass der Sog an seiner Hose zerrte.

Das Haus mit der Nummer elf war von der Straße etwas zurückgesetzt. Schmale Rasenstreifen und noch nie geschnittene Sträucher verliefen auf beiden Seiten des Kiesweges bis zur Haustür. Irgendwo in der Nähe jaulte ein Rasenmäher. Tanner drückte den Klingelknopf neben dem Namensschild STRICKNER, was ein Summen auslöste und die Tür öffnete.

Die Frau, die ihn im ersten Stock vor der Tür erwartete, war Ende zwanzig, eine ungepflegte Erscheinung mit strohblonden, kurz geschorenen Haaren und einem schlampig in die Jeans gestopften T-Shirt.

»Mein Name ist Tanner. Ich habe Ihre Adresse von Rafael Noggler erhalten.« Keine Reaktion. Tanner überlegte einen Moment, dann fuhr er fort: »Nino Strickner … ist er da?«

Kopfschütteln. »Er ist unterwegs.«

»Wann kommt er zurück?«

Wieder Kopfschütteln. »Keine Ahnung.«

»Würden Sie mir Ihren Namen verraten?«

»Ich bin mit Nino befreundet«, sagte sie etwas freundlicher. »Ich bin Greta Dilitz.«

»Kann ich Sie einen Moment sprechen?«

Sie lächelte. »Aber wir reden doch schon miteinander.«

Eine harte Nuss. Er hielt der Frau seinen Ausweis hin. »Kennen Sie Rafael Noggler?«

»Nino arbeitet für ihn.«

Sie gab ihm den Ausweis zurück und machte mit dem Kopf eine ruckartige Bewegung zur Seite, was Tanner als Einladung deutete.

»Setzen Sie sich«, sagte Greta Dilitz, als sie in der Küche standen. Es roch nach einer Mischung aus kaltem Zigarettenrauch und altem Fett. Ihr T-Shirt war fleckig, an den nackten Füßen trug sie graue, zerschlissene Pantoffeln.

»Ich untersuche den Tod von Luis Delago.«

»Ein Kollege Ninos. Ich kenne ihn. Was wollen Sie von Nino?« Sie räumte eine leere Bierdose vom Tisch.

»Ich habe heute mit Noggler telefoniert.«

»Er ist Ihr Auftraggeber, nicht wahr?«

Die Dame ist gut informiert, dachte Tanner. »Kannten Sie Luis Delago gut?«

Sie schüttelte den Kopf. »Ich habe ihn einmal getroffen.«

»Ich versuche, mir ein Bild von ihm zu machen, frage viele Leute und setze dann die Puzzleteile zusammen. Deshalb möchte ich mit Nino Strickner reden. Er soll Luis noch gesehen oder mit ihm telefoniert haben, kurz bevor dieser verschwunden ist. Delago habe von einer Verabredung gesprochen. Wissen Sie etwas darüber?«

»Nein.«

Greta Dilitz ging zur Spüle und kam mit einem Glas Wasser zurück. Sie bot auch ihm ein Glas an, das er dankend annahm. Es war heiß in der Küche. Tanner beobachtete die Frau, die schlückchenweise aus dem Wasserglas trank.

»Seit wann ist Ihr Freund verreist?«

»Seit gestern. Nino sagte, es sei wichtig. Und weg war er.« Sie kicherte.

»War er so wie immer?«

»Ihre Fragen werden immer eigenartiger«, sagte sie und erhob sich.

»Bitte sagen Sie Ihrem Freund, dass ich ihn sprechen möchte.« Er drückte ihr eine Visitenkarte in die Hand und suchte Augenkontakt zu ihr. »Es ist wichtig.«

*

Tanner war froh, dem Gestank der Küche zu entkommen. Er verließ die Wohnung und ging mit raschen Schritten die Treppe hinunter.

Als er im Auto saß, rief er Paula an. »Zuerst muss ich ins Büro, danach besuche ich dich in der Apotheke.«

»Wenn ältere Männer in einer Apotheke auftauchen, sind Sie krank oder schwach«, sagte Paula und lachte.

Zwei Fragen drängten sich Tanner auf, deren Beantwortung keinen Aufschub duldete. Speckbrot oder nicht Speckbrot? Und Cabernet oder nicht Cabernet? Er entschied sich für die unvernünftige Variante und verzichtete auf beides. Wenn er später nach einem oder zwei Gläsern bei Paula in der Apotheke auftauchte, würde sie das mit detektivischem Spürsinn riechen und ihn in Erklärungsnöte stürzen.

Wie immer ließ Tanner sein Auto in einer Parkbucht am Bach stehen, von dem kühle Luft heraufkam, während er die schmale, asphaltierte Straße am Talfergries entlangging. Es war reiner Zufall, dass er vor dem Zweifamilienhaus stehen blieb und zu dem Fenster im ersten Stock hoch sah, in dem sich sein Büro befand. Er erstarrte und machte vor Schreck einen Schritt zurück, als er den Schatten bemerkte, der sich hinter den Vorhängen bewegte. Da war jemand in seinem Büro.

Er ging zum Auto zurück, fischte die Pistole aus dem Handschuhfach und schob sie in die Hosentasche. Er hatte die Glock 34, eine halbautomatische Pistole für Neun-Millimeter-Munition, schon vor einigen Wochen erworben, aber bis heute noch nie verwendet, sondern im Handschuhfach des Wagens oder zu Hause im Safe aufbewahrt.

Die Haustür war wie immer versperrt, was die Frage aufwarf, wie es die unbekannte Person ins Haus und in sein Büro geschafft hatte. Tanners Gedanken liefen zu seinem Abenteuer hinter der Couch und zu der Person, auf die er in

Delagos Wohnung gestoßen war. War das derselbe Mann? Comunque si vedrà!

Langsam schlich er die Treppe hoch, Schritt für Schritt und verzögerte die Bewegung, je näher er seinem Büro kam. Dann zog er die Pistole aus der Tasche.

Aus der linken Nachbarwohnung war das Geräusch eines Fernsehers zu hören. Irgendwo schrie ein Kind. Tanner drückte das Ohr an die Tür. Nichts zu hören. Dann ertönte ein Quietschen, das in ein leises Scharren überging. Erschrocken zuckte er zurück, als sich die Tür, vor der er stand, langsam öffnete. Zentimeter für Zentimeter. Flucht oder Angriff? Tanner trat zwei Schritte zurück, nahm Anlauf und rammte die Tür mit seiner Schulter. Dahinter befand sich jemand, der von der Wucht des Aufpralls zurückgeschleudert wurde. Das war Tanners Absicht gewesen, der in den Vorraum stürmte und die Pistole in Anschlag brachte.

Hinterher hätte Tanner nicht sagen können, was er falsch gemacht hatte. Aus den Augenwinkeln sah er einen Schatten, wirbelte herum, konnte aber nicht mehr reagieren. Er hörte noch einen Schuss, hätte jedoch nicht sagen können, ob er es war, der geschossen hatte. Ein brutaler Schlag traf ihn, so dass ihm schwarz vor Augen wurde. Er spürte einen stechenden Schmerz durch seinen Kopf jagen, dann kam der Boden immer näher auf ihn zu.

Wie lange war er bewusstlos gewesen? Als er zu sich kam, saß er am Boden, die Beine angezogen und die Arme um beide Knie gelegt. Seine Augen tränten. Er schloss sie und öffnete sie wieder. Langsam wurden die Bilder klarer. Nur der Kopf tat höllisch weh.

Ein Blick auf die Uhr bestätigte ihm, dass nicht viel Zeit vergangen sein konnte. Stöhnend rappelte er sich an der Wand hoch und schwankte ins Badezimmer, wo er das kalte Wasser aufdrehte, während er sich im Spiegel betrachtete. Kein erhellender Anblick. Als er sich nach vorn beugte, um das Gesicht zu waschen, begann plötzlich das ganze Zimmer sich rasend schnell zu drehen. Er konnte sich gerade noch rechtzeitig mit beiden Händen an der Waschmuschel festklammern.

Tanner ging zu seinem Schreibtisch, setzte sich und dachte darüber nach, was ihm soeben widerfahren war. War das ein Mann oder eine Frau gewesen? Hinter dem Schlag steckte viel Kraft, was eher für einen Mann sprach. Wer immer es war, Tanner hatte sich wie ein Anfänger überwältigen lassen, ohne die geringste Chance, wenigstens einen Blick auf das Gesicht des Eindringlings zu werfen. Keine reife Leistung. Immerhin war es ihm gelungen, die Person zu vertreiben. Ob der Einbrecher zurückkehrte? Wahrscheinlich nicht, beruhigte er sich. Cui bono?, fragte er sich. Wollte der Bursche ihn umbringen? Nein. Wenn das sein Ziel gewesen wäre, hätte er es getan.

Erst jetzt fiel ihm auf, dass das Büro durchsucht worden war. Der Eindringling hatte zwar kein Chaos angerichtet und den Inhalt der Schränke nicht auf dem Boden verstreut, aber die Schubladen und Regale machten einen durchwühlten Eindruck. Tanner öffnete den Schreibtisch und pfiff überrascht durch die Zähne. Das Notebook war verschwunden.

Wo war seine Pistole? Er ging ins Vorzimmer und fand die Glock unter dem Garderobenschrank. Er nahm den Sitzenden Akt von Modigliani von der Wand und verwahrte die Pistole in dem Tresor, der sich hinter dem Aktgemälde befand. Gott sei Dank hatte der Einbrecher den Wandsafe nicht entdeckt.

Bevor er das Büro verließ, warf er noch einmal einen prüfenden Blick in den Spiegel, entfernte einige Blutspritzer von der Stirn, dann machte er sich auf den Weg zu Paula.

Tanner beschloss, den Wagen stehen zu lassen und zu Fuß in die Altstadt zu gehen, auch wenn er etwas wackelig auf den Beinen war. Die frische Luft tat ihm gut, und seine Kopfschmerzen ließen langsam nach, was er auf die drei Aspirin zurückführte, die er in seinem Schreibtisch gefunden hatte. Die Guido-Anton-Muss-Gasse führte ihn südwärts, wo er bei Susi Barons Friseursalon Portico 54 die Laubengasse überquerte, die wie zu jeder Tages- und Jahreszeit mit dem wuseligen Sprachgewirr sich dahinschiebender Deutscher, Österreicher und einiger Italiener verstopft war. Zweihundert Meter weiter erreichte er den Kornplatz, wo er rechts in die Silbergasse abbog. In einem der Schaufenster betrachtete er kurz seine vom Wind zerzausten Haare. Er müsste dringend zum Friseur, bevor Paula ihn dazu aufforderte. Tanner rechnete kurz nach. Er kannte Paula über zwanzig Jahre. Genauso lang betrieb sie ihre Apotheke am Anfang der Silbergasse, in der sie sich auch kennengelernt hatten, als er mit Grappa-bedingten Kopfschmerzen in der Apotheke Linderung gesucht hatte.

Paulas Apotheke war in einem Haus untergebracht, das nur zwei Fenster breit, dafür sehr tief war und über drei

Lichthöfe hinweg bis zur Laubengasse führte. Das Ladengewölbe der Apotheke lag über dem Keller des Vorderhauses, das, so hatte Paula recherchiert, ins frühe 13. Jahrhundert zurückreichte.

»Setz dich in den Homöopathie-Erker«, flüsterte sie ihm zu und deutete auf die Kundin, die ungeduldig an der Theke wartete, um bedient zu werden.

Wortlos setzte sich Tanner in den Erker, dorthin, wo nicht nur die homöopathische Abteilung zu Hause war, sondern sich auch andere rezeptfreie Mittelchen befanden, die Linderung bei Krankheiten versprachen, von denen er noch nie gehört hatte. Ein Plakat klärte ihn darüber auf, dass die homöopathischen Wirkstoffe stets über die Mundschleimhaut aufgenommen werden, so dass man die Globuli-Kügelchen entweder im Mund zergehen lassen oder mit der Zunge in die Wangentasche schieben soll. Tanner hatte noch nie etwas in seine Wangentaschen geschoben.

Vom Erker aus beobachtete er Paula, die vorn an der Theke mit der Kundin verhandelte. Sie redete mit dem ganzen Körper, zeigte auf die Medikamentenschachtel, die sie in der Hand hielt, turnte zwei Stufen die Leiter hinauf, wo sie nach einer weiteren Pillenpackung griff. Es war ständig Bewegung in ihr, und ihre schulterlangen braunen Haare flogen in weitem Bogen um ihr Gesicht. Tanner war sehr zufrieden mit dem, was er von seinem Platz aus sah.

Nur die Kundin schien nicht recht befriedigt zu sein, jedenfalls schloss sie abrupt ihre Tasche, schüttelte den Kopf und eilte aus dem Geschäft.

»Eine lästige Kundin?«, fragte er.

»Nervig. Sie wusste nicht genau, was sie wollte.«

»Das ist selten bei Frauen.«

Prüfend sah sie ihn von oben bis unten an. Tanner kannte diese Art von Musterung, die nichts Gutes versprach. Dann entdeckte sie die Wunde an der Stirn und schrie auf.

»Was hast du da?«

»Nichts Besonderes.«

»Das sieht genau nach dem Gegenteil aus.«

»Mein Kopf surrt wie ein Bienenstock. Ich weiß nicht genau, was mir der Typ über den Kopf gehauen hat … möglicherweise einen Baseballschläger.«

»Du kannst doch gar kein Baseball. Wie fühlst du dich? Bist du schwindelig?«

»Welche Frage soll ich zuerst beantworten? Mein Kopf war jedenfalls härter.«

»Zeig her.« Sie untersuchte die Stirn und den Hinterkopf. »Zwei schwere Blessuren. Und alles blutverkrustet. Du gehörst zum Arzt.«

»Kein Arzt«, sagte er.

»Und was ist, wenn du einen Dachschaden davongetragen hast?«

»Ich rede und ich denke. Mit einem Dachschaden kann man das nicht.«

»Du schon.« Paula stemmte die Hände in die Hüften. »Was ist passiert? Wer war das?« Sie zeigte auf seinen Kopf. »Setz dich und halte deinen Schädel für einen Moment ruhig.« Sie wühlte sich durch seine Haare und stöhnte auf. »Hier! Noch eine zentimeterlange Platzwunde. So etwas geht immer mit einer Gehirnerschütterung einher.«

»Mein Gehirn ist durch nichts zu erschüttern.«

»Das gehört genäht.«

»Zwei glatt, zwei verkehrt vielleicht. Nichts da.«

»Die Wunde muss zumindest desinfiziert werden.« Sie holte ein Fläschchen, dessen Inhalt auf seinen Wunden höllisch schmerzte.

»Erledigt«, sagte sie. »Entseucht und mit Heilsalbe versehen. Was ist passiert? Wo hast du dich herumgetrieben? In der Schlachthofstraße?«

»Die Geschichte wird immer verwirrender.« Tanner hob den Blick und sah sie an, was stechende Schmerzen hervorrief, die aber aufhörten, wenn er den Kopf ruhig hielt. »Zuerst schenkt mir jemand einen Rebstock mit einer Leiche, dann muss ich mich vor einem Unbekannten hinter der Couch verbergen, und schließlich durchwühlt jemand mein Büro und schlägt mich nieder.«

»Hast du ihn erkannt?«

Er schüttelte den Kopf. »Es ging alles viel zu rasch.«

Nach einer kurzen Nachdenkpause sagte er: »Es gibt zwei Möglichkeiten. Entweder es ist alles Zufall. Nicht der Mord an sich, sondern die Sache mit dem Unbekannten in Delagos Wohnung, vor dem ich hinter das Sofa geflohen bin. Vielleicht war es ein Freund des Mordopfers oder ein harmloser Bekannter, der nach dem Rechten sehen wollte.«

»Bist du sicher, dass es ein Mann war?«

»Es könnte auch eine Frau gewesen sein. Mit blauer Arbeitshose und Schuhgröße 44.«

»Und der Überfall in deinem Büro?«

»War vielleicht ein Einbrecher, den ich gestört habe. Auch in Bozen nehmen die Einbrüche seit Jahren zu.«

»Und die zweite Möglichkeit?«

»Es ist alles kein Zufall. Den Mörder hat es an den Tatort zurückgezogen, oder er wollte in Delagos Wohnung eventuelle Spuren beseitigen, die ihn verraten könnten. Womöglich hat er mitbekommen, dass ich den Auftrag habe, ihn auszuforschen.«

Paula legte den Zeigefinger auf ihre Lippen, was sie immer tat, wenn sie nachdachte. »Angenommen, es war der Mörder Delagos ... und angenommen, er hatte die Absicht, dich auszuschalten ... Warum hat er es nicht getan, als er von dir überrascht wurde?«

»Darüber habe ich auch schon nachgedacht.«

»Du musst Anzeige erstatten.«

»Ich werde das mit Maurizio besprechen.«

»Wie geht es ihm nach seiner Kündigung?«

»Schlafstörungen und Depressionen. Aber Maurizio redet nicht offen darüber. Er jammert nicht und frisst alles in sich hinein.«

»Wie halt Männer so sind.«

Tanner sah auf die Uhr. »Kann ich mich in deinem Büro zum Computer setzen? Ich muss ein paar Dinge recherchieren, und bei mir gibt es kein Notebook mehr.«

»Geklaut?«

»Ja.«

»Waren wichtige Dinge auf deinem Laptop?«

»Mein gesamtes Wissen. Wenn der Mensch erfahren wollte, was ich bisher über den Fall herausgefunden habe, hat er sein Ziel erreicht.«

»Dann weiß er mehr als ich«, sagte Paula und drehte sich zur Tür, die sich unter dem Gebimmel einer Glocke geöffnet hatte, worauf zwei Frauen die Apotheke betraten.

Tanner setzte sich an Paulas kleinen Tisch und rief Maurizio an.

»Wie geht es dir heute?«, fragte er.

»Ich habe bis halb zehn geschlafen. Das ist seit fünf Jahren nicht passiert. Was gibt es bei dir Neues?«

»Positives und Negatives. Was willst du zuerst hören?«

»Fang mit der angenehmen Seite an. Ich bin süchtig nach guten Nachrichten.«

»Luis Delago hatte eine geheimnisvolle Verabredung … kurz bevor er ermordet wurde.«

»Erzählt wer?«

»Ein gewisser Nino Strickner. Er ist ein Kollege Delagos und arbeitet für deinen Freund Noggler.«

»Das ist nicht mein Freund. Unsere Frauen kennen sich. Übrigens … ich habe heute bereits für dich gearbeitet.«

»In deinem labilen Zustand?«

»Mein Zustand ist nicht labil. Ich bin nur fristlos gekündigt worden und habe grausame Kopfschmerzen. Du hast mir erzählt, dass Delago einen Artikel über den ominösen Golfplatz geschrieben haben soll, du aber nicht weißt, in welcher Zeitschrift er erschienen ist.«

»Ich weiß nicht einmal, ob der Artikel überhaupt veröffentlicht wurde.«

»Ich habe mit Laura gesprochen und ihr deinen Fall geschildert. Laura Göflach leitet die Pressestelle der Questura, und sie hat dir einen Besuch der Universität Trient empfohlen. Die dortige Zentralbibliothek archiviert sämtliche in der autonomen Provinz Bozen – Südtirol erschienenen Veröffentlichungen, vom Werbeprospekt bis zum Mathematikbuch. Wie geht es eigentlich dir?«

»Ich habe auch Neuigkeiten.« Tanner erzählte von seinen unerfreulichen Begegnungen in Delagos Wohnung und seinem Büro am Talfergries. »Soll ich wegen des Überfalls auf mich Anzeige erstatten?«

Es dauerte einige Sekunden, bevor Maurizio antwortete. »An sich ja … Ich habe nur Zweifel, ob es sinnvoll ist. Zielführend, verstehst du?«

»Ich bin zu einem ähnlichen Ergebnis gekommen.«

»Tiberio, du bist dabei, jemandem massiv auf die Füße zu treten.«

»Meinst du Ambros Senoner?«

»Senoner schaut nicht dem Volk aufs Maul, er redet dem Volk nach dem Mund. Deshalb ist der Umgang mit ihm riskant.«

»Meinst du, er fühlt sich auf den Schlips getreten?«

»Sei vorsichtig«, sagte Maurizio. »Senoner ist gefährlich. Am besten ist, du lässt die Hände von einer politischen Geschichte. Die stinkt.«

Sie verabschiedeten sich, und während der nächsten Minuten scrollte Tanner im Internet durch die aktuellen politischen Nachrichten. Auf einer der Seiten fand er ein Video, in dem angeblich Flüchtlinge zu sehen waren, die in Ladengeschäfte einbrachen und ein Polizeiauto zerstörten.

Paula betrat den kleinen Büroraum.

»Ich habe über deinen Fall nachgedacht. Ich glaube, das Beste ist, du lässt die Hände davon.«

»Das hat Maurizio auch gesagt.«

»Warum machst du es nicht wie mein Bruder Carlo?«

»Um Himmels willen … Der sitzt zu Hause, löst Kreuzworträtsel, liest kitschige Romane und geht seiner Frau auf die Nerven. Erwartest du das wirklich von mir?«

»Natürlich nicht.« Sie gab ihm einen Kuss. »Ich schätze es, dass du anders bist. Aber Carlos Hobbys sind weniger gefährlich.«

»Ist das dein Ernst? Soll ich ab morgen Briefmarken sammeln?«

»Zumindest könntest du deinen Ehrgeiz um einen Gang zurückschrauben.«

»Keiner versteht mich«, sagte Tanner niedergeschlagen.

»Was meinst du damit?«, fragte Paula.

*

»Ich bin hier in der Gegend aufgewachsen. Mein Elternhaus liegt am Keschtnweg. Mit Ausnahme der Militärzeit in Rom habe ich mein ganzes Leben in Südtirol verbracht.«

Nino Strickner war ein etwas übergewichtiger junger

Mann mit rosa Wangen und schütterem Haar, der Tanner aus freundlichen Augen ansah.

Strickner hatte ihn in der Frühe angerufen, als Tanner noch beim Frühstück saß, und sie hatten sich für zehn Uhr auf der Terrasse des Café Peter am Obstplatz verabredet.

»Greta hat mir von Ihrem Besuch in Sarnthein erzählt und mir Ihre Visitenkarte gegeben. Sie sagte, dass es um Luis ginge und es dringend wäre.«

»Ich suche nach seinem Mörder«, sagte Tanner.

»Noggler hat Sie beauftragt. Ich weiß. Er vertraut der Polizia nicht so ganz.«

Tanner beschloss, das nicht zu kommentieren.

»Luis' Tod geht mir sehr nahe. Er war ein angenehmer Kollege. Intelligent und hilfsbereit.«

»Sie sind freier Mitarbeiter bei der ›Libera Politica‹?«

»Luis war im Verlag fest angestellt. Wir haben uns bei den Redaktionskonferenzen mindestens einmal wöchentlich gesehen. Aber auch darüber hinaus.«

»Kann man sagen, dass Sie befreundet waren?«

»Das nicht. Eher gute Kollegen. Bei manchen Projekten haben wir zusammengearbeitet und Informationen oder Rechercheergebnisse ausgetauscht.«

Auf den marmornen Stufen des Neptunbrunnens ließen sich zwei hübsche Frauen nieder, die ihre prall gefüllten Einkaufstaschen neben sich stellten, lachten und an ihrem Eis schleckten. Tanner fiel auf, dass Strickners Konzentration schlagartig wegdriftete, da sich seine Aufmerksamkeit den beiden Frauen in den kurzen Kleidchen zuwandte. Als sich ihre Blicke trafen, zuckten beide Männer mit den Schultern und lachten.

Strickner zog die Tageszeitung »Dolomiten« aus seiner dünnen Aktenmappe, suchte einen Artikel und las laut vor: »›Die Polizia di Stato tappt im Dunkeln. In der Zwischenzeit ist bereits eine Woche vergangen, und es gibt immer noch keine Spur im Fall des ermordeten Journalisten Luis D. Wie berichtet, war die Leiche des Mannes in der Nähe von Missian, einer Fraktion der Gemeinde Eppan, aufgefunden worden. Die Ermittlungen leitet Commissario Nero De Santis von der Bozner Kripo. Commissario De Santis, der sein Amt erst vor kurzem angetreten hat, war für eine Stellungnahme nicht erreichbar.‹« Strickner faltete die Zeitung zusammen und sah Tanner an. »Sie waren es, der Luis' Leiche gefunden hat?«

Tanner nickte. »Seit wann sind Sie Kollegen? Sie und Delago.«

»Seit er für die ›Libera Politica‹ arbeitet. Nicht lange …«

»Sie haben Noggler erzählt, dass sich Delago mit jemandem treffen wollte. Wissen Sie, mit wem er verabredet war?«

»Keine Ahnung.«

»Könnte er ein Rendezvous mit Ambros Senoner gehabt haben?«

»Das glaube ich nicht. Seit Senoner ins politische Licht der Öffentlichkeit gerückt ist, ist er mit Interviews zurückhaltend.«

»Ich habe vor, mit dem Politiker zu reden. Wissen Sie, wo er wohnt?«

»Senoner ist in Bozen zu Hause. Irgendwo in der Nähe vom Siegesplatz.« Er lachte. »Siegesplatz … Kein Zufall, dass er dort wohnt.«

»Die Verabredung, von der Luis erzählte … könnte er damit ein Treffen in Bozen oder in der näheren Umgebung gemeint haben?«

»Glaube ich nicht. Luis rief mich an und wollte mich sehen. Es sei dringend. Sein Anruf hat mich in Sarnthein erreicht, also habe ich alles stehen und liegen gelassen und bin nach Bozen gefahren. Er sagte, dass er einer großen Sache auf der Spur sei.«

»Eine große Sache … Was könnte er gemeint haben?«

»Luis hat es nicht klar ausgesprochen, aber irgendwie bekam ich den Eindruck, dass es mit Rache zu tun hat.«

»Rache? Wollte er sich an jemandem rächen, oder wie soll ich das verstehen?«

»Das ist nicht zu verstehen. Ich habe lange darüber nachgegrübelt, und heute bin ich davon überzeugt, dass er es nicht sagen wollte. Das Einzige, das er mir verriet, war, dass er wegmüsse.«

»Wohin? Hat er es Ihnen gesagt?«

Wieder Kopfschütteln. »Luis konnte ein großer Geheimniskrämer sein.«

»Hatte es Ihrer Meinung nach mit Politik zu tun?«

»Ich weiß, was Sie meinen. Ich glaube, Luis hatte Angst. Er lebte in dem Bewusstsein, dass ihm Ärger oder irgendeine Gefahr drohte.«

»Delagos Recherchen über Senoner und dessen Verbindungen zu Russland. Könnte es das sein?«

»Keine Ahnung.« Strickner hob die Schultern. »Jedenfalls, sagte er, es ist etwas passiert und er will abhauen.«

»Für wie lange wollte er weg? Hat er etwas angedeutet?«

»Nein. Ich habe ihn so verstanden, dass es nur für kurze Zeit sein soll.«

»Es ist etwas passiert … Könnte das mit einer Firma in Sirmian und dem Bau eines Golfplatzes zu tun haben? Luis Delago hat in dieser Richtung recherchiert.«

»Darüber hat er mir nie etwas erzählt.«

In ihrem Gespräch entstand eine kurze Pause, weil sie zuschauten, wie sich die beiden hübschen Frauen am Neptunbrunnen erhoben und mit ihren Einkaufstaschen quer über den Obstmarkt davonspazierten.

»Wie wirkte er auf Sie?«

»Was meinen Sie?«

»War Delago aufgeregt? Oder wütend? Niedergeschlagen vielleicht?«

»Ungeduldig … so wie immer. Na ja, etwas deprimiert vielleicht. Ich kann es schwer beschreiben, aber manchmal machte er den Eindruck auf mich, als ob er Schuld auf sich geladen oder schlechtes Gewissen hätte.«

»Welche Schuld? Können Sie mir das erläutern?«

»Ich sagte ja, es war ein Gefühl. Erklären kann ich es nicht.«

»In diesem letzten Gespräch, das Sie mit ihm geführt haben, gab es da irgendeinen Moment, in dem Sie sich Sorgen um Delago gemacht haben?«

»Nicht sofort. Erst als er nach zwei Tagen nicht zurück war … als er verschwunden war. Da kam die Angst.«

»Aber Sie sind nicht zur Polizei gegangen?«

»Ich habe mit Noggler gesprochen.«

»Warum?«

»Warum wohl? Erstens war er Delagos Chef, und außerdem hat Noggler persönliche Beziehungen zur Questura in Bozen.« Er lächelte. »Zwischenzeitlich hat sich das ja etwas verändert. Beantwortet das Ihre Frage?«

Strickner machte eine kurze Pause, wobei er Tanner nicht anschaute, als erwarte er keine Antwort. »Dann sagte Luis etwas, das ich bis heute nicht einordnen kann.«

Tanner, der gerade einige Worte in sein Notizheft schrieb, hob den Kopf.

»Was hat er gesagt?«

»Er sagte: ›Ich muss wieder einmal zur Höhle.‹«

Tanner spürte, wie sich sein Herzschlag beschleunigte. »Er sprach von einer Höhle?«

»Nicht das erste Mal. Er redete öfters von so was.«

»In welchem Zusammenhang?«

»In keinem bestimmten. Vielleicht war das ein Versteck aus Kinderzeiten oder ein Refugium, an das er sich gerne erinnerte.«

Tanner griff in die Jackentasche und legte die Fotografie auf den Tisch, auf der der mysteriöse Höhleneingang zu sehen ist. »Das Bild hatte er bei sich, als ich ihn fand.«

Strickner lehnte die Fotografie gegen sein Bierglas und betrachtete sie.

»Kommt mir bekannt vor. Ich bin nicht sicher, aber ich glaube, die Höhle liegt auf der rechten Seite des Eisacktals. Anders als Luis bin ich kein großer Bergsteiger. Wie gesagt, er sprach manchmal von seiner Höhle. Einmal erwähnte er in dem Zusammenhang eine Hangterrasse, die offenbar auf der rechten Seite des Eisacktals liegt.«

»Hangterrasse im Eisacktal … Geht's vielleicht etwas genauer?«

»Wenn es genauer ginge, würd ich's tun.« Strickner war laut geworden. »Entschuldigen Sie. Ich komme von dort und kenne mich auch einigermaßen gut aus in der Region.«

»Sie kennen sich gut aus in der Gegend … Traf das auch auf Delago zu?«, wollte Tanner wissen. »Wenn jemand von seiner Höhle redet, schließe ich daraus, dass er sich in der Gegend auskannte.«

»Hier in Bozen fühlte er sich wie zu Hause. Auch mit der Geographie im Überetsch war er vertraut. Nur manche Straßen oder Gebäude, die in den letzten Jahren gebaut wurden, waren neu für ihn.« Strickner griff nach der Fotografie und gab sie Tanner zurück. »In Südtirol gibt es unzählige Höhlen, Klammen und Grotten. Die Höhle auf dem Foto liegt meiner Meinung nach im Gebiet um das Rittner Horn.« Er deutete nach Norden. »Irgendwo da oben in den Bergen.«

Tanner machte sich eifrig Notizen. In Gedanken sah er sich bereits mit Rucksack und Kompass in die Südtiroler Bergwelt steigen.

»Was war Luis Delago für ein Mensch?«

Strickner musterte ihn mit fragendem Blick und einem spöttischen Funkeln in den Augen. Er seufzte und sah auf seine Armbanduhr. »Was möchten Sie noch alles wissen? Das bringt uns doch nicht weiter.«

Tanner ignorierte den Einwand. »Straßen, die während der letzten Jahre neu entstanden sind, kannte er nicht, haben Sie vorhin gesagt. Welchen Schluss haben Sie daraus gezogen?«

»Als ob er lange weg gewesen wäre, verstehen Sie? Jahre im Ausland verbracht … was weiß ich?«

»Haben Sie ihn darauf angesprochen?«

»Ja.«

»Und?«

»Sie haben mich vorhin gefragt, was Luis für ein Mensch war. Manchmal legte er ein eigentümlich verschlossenes Verhalten an den Tag. Und ich habe rasch herausgefunden, was ich ihn in so einem Moment fragen durfte und was nicht.«

»Wie reagierte er dann? Wurde er wütend?«

»Nicht wütend. Eher verletzt. Raue Schale und so …«

Tanner nickte. »Hatte Luis Freunde?«

»Ob es Freunde waren, kann ich nicht sagen, aber ich habe ihn zwei- oder dreimal mit einem jungen Mann gesehen.«

»Junger Mann … jünger als er?«

»Ja. In der Bozner Fußgängerzone und einmal in einem Straßencafé.«

»Hat er nie erwähnt, wer das war?«

»Da gab es noch eine Frau, mit der ich ihn öfters gesehen habe. Sie war wohl etwas älter als er, modisch gekleidet und gut aussehend.«

»Hat er mit Ihnen über die Frau gesprochen?«

»Das war mehr als eine lose Bekanntschaft. Ich sagte Ihnen schon, dass wir uns alle mindestens einmal in der Woche zu Jour-fixe-Runden in Bozen treffen. Neben Noggler nehmen alle Journalisten der Zeitung teil. Nach der Besprechung hat die Frau auf Luis gewartet.«

»Mehr als eine lose Bekanntschaft?«

»Sie hat ihn abgeholt und ihn umarmt.« Nachdenklich sah Strickner auf das gegenüberliegende Palais Moiré mit der weiß getünchten Fassade und den grünen Fensterläden. Er begann zu lächeln. »Einmal, nach einer unserer Verlagskonferenzen war ich so in Gedanken, dass ich fast in das Paar hineingelaufen bin. Luis blieb nichts anderes übrig, als mir die Frau vorzustellen. Ich habe aber nur den Vornamen verstanden: Sara. Die beiden sind übrigens jedes Mal sofort in ihr Auto eingestiegen und weggefahren. Als wollten sie nicht gesehen werden.«

Tanner nickte ermunternd. »Machen Sie weiter. Die Story ist interessant.«

»Das wird eine längere Geschichte, Herr Tanner. Und Sie werden mich wahrscheinlich auslachen, denn Luis' Zögern, mich mit der hübschen Frau bekannt zu machen, hat meinen detektivischen Spürsinn geweckt.« Er lachte. »Schließlich bin ich investigativer Journalist. Jedenfalls wurde ich neugierig, wer sie ist. Zwei oder drei Wochen später – es war ein warmer Sonntagnachmittag – ist mir die Frau in Kaltern über den Weg gelaufen. Arm in Arm mit einem Mann und in Begleitung von zwei Kindern. Ich weiß nicht, warum ich es tat, aber ich bin wie ein Stalker der Familie hinterhergeschlichen.«

»Wie ein Detektiv. Ich kenne das«, sagte Tanner. »Und … erzählen Sie weiter!«

»Als sie den Rottenburgplatz überquerten, befürchtete

ich schon, dass sie in einen der Autobusse einsteigen würden, aber sie gingen weiter und verschwanden in einer der schmalen Straßen in der Nähe des Friedhofs. Und ich hinterher, jede Deckung ausnutzend. Schließlich war die Familie zu Hause angekommen, in einem größeren Einfamilienhaus mit einem Messingschild neben der Tür, auf dem ich den Namen Dr. Gamper las.«

Tanner notierte sich den Namen, dann hob er den Blick und sah Strickner an. »Ihr Kollege Delago hatte ein Verhältnis mit einer verheirateten Frau.«

»Genau das war auch mein Gedanke.«

»Ist Ihnen diese Sara später noch mal begegnet?«

»Nicht mehr. Ich weiß auch nicht, was dieser Doktor Gamper macht. Vielleicht ist er Arzt.«

»Das finde ich heraus«, sagte Tanner.

Er bedankte sich für das Gespräch, und sie verabschiedeten sich. In der Nähe seines Büros überquerte er auf der Fußgängerbrücke den Talferbach, wanderte am Fußballstadion vorbei, wo ihn das üppige Angebot vor einer Blumenhandlung verführte, für Paula einen Strauß Rosen zu kaufen.

Leise betrat er das Haus und fand Paula im Wohnzimmer, in ein Buch vertieft.

»Du bist heute früh zu Hause«, sagte er.

»Meine Apotheke und ich richten sich nach den in Italien gesetzlich vorgeschriebenen Öffnungszeiten.«

»Was gibt's zu essen?«

»Küche geschlossen.« Sie sah ihn über die Brille hinweg an und lächelte. »Seit einer Stunde. Du kommst zu spät.«

»Ich habe dir Blumen mitgebracht.«

»Natürlich könnte ich dir was aufwärmen.« Sie legte das Buch weg.

»Ich habe heute einen Karton Wein geschenkt bekommen«, sagte sie, als sie später im Wohnzimmer Platz genommen hatten.

»Wer schenkt meiner Geliebten Wein?«

»Es ist ein Rotwein vom Weingut Manincor aus Kaltern. Nur ein lockerer Bestechungsversuch eines Pharmavertreters. Weil ich hoffte, dass du mit Blumen kommst, habe ich den Wein schon vor einer Stunde dekantiert.«

Er schüttelte den Kopf. »Manchmal sagst du Sachen, die so sinnvoll sind, dass ich richtig Angst bekomme.«

In der Küche studierte Tanner die leere Flasche, die Paula neben die Weinkaraffe gelegt hatte.

Vernatsch aus alten Reben, leuchtendes, helles Rubinrot,
feinfruchtiges Bukett, unkompliziert,
charmant und elegant.

Es wird ein schöner Abend, dachte er.

Nach dem zweiten Glas erzählte er von seinem Gespräch mit Nino Strickner.

»Es kommt Bewegung in die Sache.«

Paula roch am Wein, dann nahm sie einen kleinen Schluck. »Da sind Kirschen und geröstete Mandeln dabei. Herrlich!« Sie hob den Kopf und sah ihn an. »Erzähle jetzt, welche Bewegung in welche Sache kommt.«

»Morgen steht bei mir eine Wanderung in die Berge auf dem Programm.«

»Ohne mich? Wo wanderst du hin?«

»Ich hatte heute ein aufschlussreiches Gespräch mit einem Journalisten, der lange mit Delago zusammengearbeitet hat.« Tanner holte sein Notizbuch und blätterte darin, bis er die Stelle fand. »Erinnerst du dich an das Foto mit dem geheimnisvollen Höhleneingang? Der Mensch, mit dem ich zwei Stunden am Obstmarkt saß, glaubte zu wissen, dass sich die Höhle auf der rechten Seite des Eisacktals befindet, irgendwo im Berggebiet beim Rittner Horn.«

»Ich kenne die Gegend da oben«, sagte sie. »Steil und unübersichtlich. Außerdem will ich mit. Bei klarem Wetter hat man von da oben einen herrlichen Rundblick, von den Ötztaler Alpen bis zu den Dolomiten, und im Norden sind die Zillertaler.«

»Kannst du deine Apotheke morgen alleine lassen?«

Sie schüttelte den Kopf. »Unmöglich.«

»Dann muss ich alleine los. Hast du noch den alten Rucksack?«

»Der liegt im Keller. Auf den musst du achtgeben. Mein Nen hat den im Libyenfeldzug getragen. Irgendwo müsste sogar noch ein Schussloch sichtbar sein, das angeblich von Feindeshand stammt.«

»Das war heute ein durch und durch ergiebiges Gespräch mit dem Journalisten, der für die ›Libera Politica‹ arbeitet. Er hat herausgefunden, dass sein Kollege Delago offenbar ein Verhältnis mit einer verheirateten Frau hatte. Es ist ihm sogar gelungen, den Namen herauszufinden. Sara heißt die Frau. Sie wohnt in Kaltern und ist mit einem Doktor Gamper verheiratet.«

»Dr. Sebastian Gamper, HNO-Arzt in Kaltern an der Weinstraße«, sagte Paula wie aus der Pistole geschossen. »Als Apothekerin kenne ich alle Ärzte in Bozen und Umgebung. Ich habe ihn sogar einmal bei einer Schulung getroffen. Ein überaus gut aussehender Mann.«

»Ich werde mir diesen Herrn gelegentlich näher ansehen.«

»Ich kann deine Gedanken nachverfolgen«, sagte sie. »Es geht um die unendliche Geschichte, die sich seit Jahrhunderten wiederholt. Ehemann entdeckt, dass Ehefrau Geliebten hat. Ehemann bringt Geliebten um. Ende der Moritat.«

»Zwei Drittel aller Morde haben einen familiären Hintergrund.«

»Und fünfundachtzig Prozent der Morde werden von Männern begangen«, ergänzte Paula.

NEUN

Nach dem Frühstück hatte Tanner die Wanderkarte *Ausflüge zwischen Bozen und Rittner Horn* auf dem Küchentisch ausgebreitet und die Ecken mit Messern und Gabeln beschwert. Die Zufahrt zu dem Gebiet, das Nino Strickner beschrieben hatte, verlief über Bozen nach Lengmoos, das als Rittner Kulturzentrum verzeichnet war. Besonders beeindruckt war er von den in der Karte angegebenen Höhenmetern. Egal von welcher Seite er die Gegend durchforstete, es würden schweißtreibende An- und Abstiege auf ihn zukommen. Einsame, bergige Gegend, dachte er und kam schon beim Lesen ins Schwitzen, über achthundert Meter hoch und weit weg von Bozen gelegen. Neben Klettersteigen und Wanderwegen enthielt die detailreiche Karte empfohlene Aussichtspunkte, Steiganlagen und Grabhügel. Nur Höhlen fand er keine. Beim Zusammenfalten fiel ihm auf, dass die Wanderkarte dreißig Jahre alt war.

Er verließ Bozen auf der Bahnhofsallee und fuhr die Via Principale zuerst in östlicher, später in nördlicher Richtung. Manchmal bot sich ihm ein Ausblick auf schneebedeckte Berge. Die Straße führte lange am Eisack entlang, der sich im Lauf der Jahrtausende tief in die felsige Landschaft eingegraben hatte. Irgendwo aus der Höhe fiel tosend ein Wasserfall in die Tiefe und spritzte auf die Windschutzscheibe. In Klobenstein, das bereits zur Gemeinde Ritten gehörte, wechselte er auf die SP73, erreichte Lengmoos, von wo er sich weiter haarnadelkurvig bergauf quälte. In Lengstein begrüßte ihn die kleine Kirche mit dem in der Sonne funkelnden Pyramidendach. Rund um das Gotteshaus scharten sich die weiß getünchten Häuser des kleinen Dorfes. Alles machte einen friedlichen Eindruck. Die Straße führte ihn zu einem unregelmäßig geformten Platz, auf dem genau in der Mitte ein gelbbrauner Hund schlief, der sich farblich kaum vom sandigen Marktplatz abhob.

Das Erste, was ihm in Barbian auffiel, war der schief stehende Turm der romanischen Kirche. Schiefer als der Turm in Pisa. Tanner blieb auf der Almstraße stehen und zog noch einmal die Wanderkarte zurate. Er suchte die beste Verbindung zu einem Weiler mit dem Namen Saubach. Dorthin wollte er.

Eine Viertelstunde später lag die kleine Ortschaft Saubach vor ihm, hoch am Hang. Hier begannen die Eisacktaler Dolomiten, und hier würde er seine Bergtour starten. Saubach war ein Weiler, der den Eindruck machte, am Ende einer Sackgasse zu liegen. Die Straße wurde immer schmaler und löste sich nach den letzten Häusern in noch schmalere Feld- und Waldwege auf. Einen Moment blieb er stehen, um den Ausblick auf das Eisacktal zu genießen. Weit unten im Tal erkannte er die eigenartig gemusterte Friedburg und die grauen Dächer des Ortsteiles Kollmann, der sich schräg auf dem sonnigen Hang ausbreitete.

Die bergige Gegend hier hat es den Menschen nicht leichtgemacht, sie zu besiedeln. Manche der Höfe zogen sich weit die Hänge hinauf, und Tanner fragte sich, wie die

Bauern es schafften, die steilen Äcker und Wiesen zu bestellen. Die mit grobem Kopfsteinpflaster versehene Straße schlängelte sich durch den Ort, und Tanner fuhr vorsichtig um die eng beieinanderstehenden Häuser herum.

Die Saubacher Kirche hatte einen rosafarbenen, spitzen Turm und davor einen kleinen Platz, auf dem er den Wagen parkte. Schräg gegenüber dem Gotteshaus stand ein sauberer, einstöckiger Bau mit der Aufschrift »Saubacher Hof«. Gasthaus und Kirche befinden sich stets nahe beieinander. Schließlich hatte Jesus auch Wasser in Wein verwandelt und nicht umgekehrt. Tanner widerstand der Versuchung, seinem Körper eine stärkende Marende zu gönnen, bevor er die anstrengende Wanderung antrat. Pflicht vor Brotzeit, sagte er sich und war sehr stolz auf sich.

Als er die Bergschuhe aus dem Kofferraum holte, fragte er sich, wann er diese zuletzt getragen hatte. Vier oder fünf Jahre, schätzte er. Aber sie passten wie angegossen. Das tut gut, dachte er. Selbst wenn er, was während des Jahres immer wieder geschah, einige Kilogramm an Gewicht zulegte, seine Füße blieben schlank wie eh und je.

Vom Parkplatz aus stieg er langsam den grasbewachsenen Pfad hinauf, und mit jedem Höhenmeter verbesserte sich seine Laune. »Klettern Sie auf die Berge, entlasten Sie Ihren Geist und begraben Sie das schlechte Gewissen, sich zu wenig zu bewegen«, hatte ihm sein Arzt geraten. Damals hatte er darauf bestanden, eine zweite Meinung einzuholen.

Während sich weiter unten Obstplantagen und Weinfelder abwechselten, begleiteten ihn jetzt Edelkastanien,

Eschen und Buchen bei seinem Aufstieg. Eine Bank unter einem Baum verführte ihn, ein wenig auszuruhen. Die Luft war lau und duftete nach Kräutern und warmer Erde. Noch einmal warf er einen Blick auf die Karte, dann setzte er seinen Weg fort. SAUBACHER KOFEL. Das Schild stand auf einem hölzernen Pfosten; kurz danach zweigte der Pfad nach rechts ab und führte durch ein Waldstück und weiter quer über einen Wiesenhang, wo ihm ein beeindruckender Bauernhof auffiel, eines jener Gebäude, denen man schon von außen ihre dicken Mauern ansah. Unter dem flachen Dach mit verwitterten Schindeln, die mit Steinen festgemacht waren, umspannte ein massiver Holzbalkon die gesamte Vorderfront. An dem Zaun aus roh behauenen Brettern, der das Grundstück umgab, hing etwas schief ein großer, rot lackierter Briefkasten, auf dem er den Namen Gerrer entziffern konnte. Einige Meter vom Haus entfernt parkte ein wuchtiges Auto, das einem Jeep ähnlich sah.

Lange stand er vor dem Haus, das, abgesehen von dem Wagen, menschenleer und verlassen schien. Er wollte schon anklopfen und die Bewohner fragen, ob sie die Höhle kannten, die sich irgendwo in der Nähe befinden musste, doch dann entschied er sich dagegen, vor allem, weil der Bauernhof merkwürdig abweisend wirkte.

Der Weg wurde steiler. Tanner biss die Zähne zusammen und marschierte an einem eigentümlich geformten Felsen vorbei. Als die erste Hungerattacke über ihn hereinbrach, bereute er schon, den Saubacher Hof links liegen gelassen zu haben. Pflicht vor Brotzeit, was für eine unsinnige Einstellung! Außerdem hatte er vergessen, die Wasserflasche in seinen Rucksack einzupacken. Er litt an Durst, und sein Rücken schmerzte.

Die Sonne stand schon hoch, und immer wieder ging sein Blick nach oben, bis er nach einer Wegbiegung die Rettung in Form einiger Häuser erblickte. Es war kein Dorf, ein Weiler vielleicht, ein paar zusammengewürfelte, kleine Gebäude, die wie Bauernhöfe aussahen und planlos am Hang verstreut lagen bis zu der kleinen Kirche, die die gleichen Abmessungen hatte wie die übrigen Häuser, nur zusätzlich einen kleinen Holzturm. Tanners Rettung kündigte sich in Form eines mit schwungvollen Lettern gemalten Holzschildes über der Tür an: GASTHAUS RITTNER. Hier würde er Durst und Hunger stillen und nach dem Weg fragen. Er warf einen kurzen Blick auf die Schiefertafel neben der einladend offen stehenden Tür. Graukas mit Zwiebelringen, hausgemachte Schlutzkrapfen und Kastanienknödel mit Kakaopulver und geschlagener Sahne.

Es dauerte nur fünf Sekunden, bis er wusste, wie er sein Menü gestalten würde.

Die Türe war so krumm und niedrig, dass er seinen Kopf einziehen musste. Kein Vorraum. Er fand sich direkt in der dämmrigen Gaststube wieder, in der es nach Zigarettenrauch stank. Die Nichtraucherregelung war hier noch nicht angekommen.

Ein halbes Dutzend ältere Männer saß am Stammtisch neben dem wuchtigen Kachelofen, jeder eine Halbe Bier oder ein Weinglas vor sich, mit braungebrannten Gesichtern, die sich ihm zuwandten, als er näher trat. Sie musterten ihn mit neugierigen Blicken und nickten ihm freundlich zu. Einer hob sogar die Hand und winkte. Mit zusammengekniffenen Augen beobachtete ihn der Wirt, der wie gedankenverloren hinter der Theke stand und mit einem Tuch an einigen Gläsern herumwischte. Es war still im Raum, und Tanner näherte sich dem Schanktisch, neben dem ein Schäferhund lag, der langsam ein Auge öffnete und wie zur Begrüßung den Schwanz hob.

»Ich möchte das, was draußen auf Ihrer Tafel steht. Und auch in dieser Reihenfolge.« Tanner beobachtete, wie sich das Lächeln des Wirts verstärkte. »Eine gute Wahl.«

Die Männer am Fenster begannen ein Kartenspiel und murmelten von Zeit zu Zeit Worte, die Tanner nicht verstehen konnte. Sie sahen wie Bauern oder Landarbeiter aus, einige davon mit blauen Schürzen. Mürrisch wirkten sie, als ob ihnen das Spiel keinen Spaß machte. Von seinem Tisch aus konnte Tanner hören, wie die Spielkarten laut auf den Tisch klatschten. Die Männer schütteten mit beeindruckender Geschwindigkeit ihre Getränke in sich hinein, während sie in regelmäßigen Abständen kurze Botschaften austauschten und das Kartenspiel mit einem vielstimmigen Grunzen begleiteten. Tanner war aber nach einiger Zeit immerhin in der Lage, zwischen einem ärgerlichen, einem zufriedenen und einem erfreuten Grunzen zu unterscheiden.

»Na, wenn das nicht mein alter Freund Tibi ist.«

Eine dröhnend laute Stimme. Genau hinter ihm. Tanner mochte es nicht, von hinten angesprochen zu werden. Er zeigte dies, indem er sich bewusst langsam umdrehte. Die polternde Stimme gehörte zu einem knorrigen Mann, der wie ein Waldschrat aussah, ungepflegter Bart und fettige, lange Haare, die wie eine Nackenmatte über seinen Kragen hingen. So hatte er sich als Kind den Wilden Mann auf dem Ritten vorgestellt, von dem ihm seine Mutter oft vorlesen musste.

»Darf ich fragen, wer Sie sind?«

Der Mann machte ein beleidigtes Gesicht. »Tiberio, du enttäuschst mich tief.« Der Bärtige schlug ihm auf die Schulter, nahm Tanners Jacke von der Stuhllehne und setzte sich ihm gegenüber.

»Setzen Sie sich«, sagte Tanner. Verdammt, wer war der Mann?

»Du kannst dich nicht an mich erinnern. Schade. Aber ich kenne dich. Wir haben dich in der Klasse Tibi genannt. Tiberio war uns zu förmlich.«

»Unsere Spezialität: Graukas, sauer angemacht«, sagte der Wirt mit Stolz in der Stimme und stellte den Teller vor Tanner auf den Tisch. Dann wandte er sich dem Bärtigen zu. »Magst du noch was, Ferry?«

Der Mann schüttelte den Kopf, während Tanner krampfhaft überlegte, wer Ferry mit der Nackenmatte war.

»Ich saß in der vierten und fünften Klasse neben dir. Du und die anderen habt mich immer schon Ferry genannt. Eigentlich heiße ich Ferdinand. Den Namen habe ich nie gemocht.«

Nebelhaft tauchte aus der Vergangenheit das Bild eines dunkelhaarigen und etwas übergewichtigen Buben auf. »Ferry«, sagte er und betonte beide Silben. Dann schlug er mit der flachen Hand auf den Tisch. »Ferry Gerrer, jetzt hab ich's. Wie geht es dir? Du hast damals keine so tiefe Stimme gehabt.«

Der Mann lachte dröhnend. »Das war auch vor meinem Stimmbruch.«

»Ich erinnere mich … Du warst ein Bauernsohn aus der Gegend hier. Ferry, den dicken Ritter vom Ritten haben wir dich genannt. Was machst du beruflich?«

Gerrer lachte. »Einmal Bauer, immer Bauer. Mein Hof liegt oberhalb von Saubach, zehn Minuten mit dem Auto. Du brauchst nur das richtige Auto.«

»Verheiratet?«

»Natürlich.« Wieder lachte er dröhnend. »Eine Frau, drei Kinder, sechs Enkel. Und weil die meisten bei uns im Haus sind, sitze ich hier beim Wirt.« Er kam mit dem Gesicht näher und Tanner geriet in den Einflussbereich eines penetranten Alkoholdunstes. »Ich bin Stammgast hier.«

»Du hast einen roten Briefkasten vorm Haus und daneben einen unverschämt großen SUV. Stimmt's? Auf dem Weg hierher bin ich an deinem Hof vorbeigekommen.«

Gerrer nickte. »Mein Bauernhof ist sechshundert Jahre alt. Nur der Schober und die Stallungen sind jünger.«

Tanner war in der Zwischenzeit bei den Schlutzkrapfen angelangt. Mit reichlich brauner Butter. Eine herrliche Kalorienbombe, dachte er. Wenn ich das aufesse, brauche ich einen Bypass für meine Herzklappen. Er beschloss, Paula nichts davon zu erzählen.

»Schmecken herrlich, nicht?«, sagte Gerrer. »Aus Schlutzkrapfen könnte ich mir eine Gesichtsmaske machen.«

Eine Bewegung ging durch die Gastwirtschaft, als mit lautem Knall die Tür aufflog und ein älterer Mann die Gaststube betrat. Tanner verfolgte ihn mit den Blicken, wie er sich, ohne nach links und rechts zu schauen, dem Stammtisch näherte. Der Mann war mittelgroß, hatte auffallend rotblondes Haar und machte einen athletischen Eindruck. Nur der leicht schwankende Gang passte nicht zu seinem kräftigen Äußeren.

»Kassian hat wieder mal zu viel getankt«, sagte Gerrer.

»Wer ist das?«

»Er wohnt auf der anderen Seite vom Tal in einem heruntergekommenen Haus. Ein intelligenter, aber rabiater Bursche. Und ein Säufer.«

Ein rabiater Bursche. Tanner verfolgte den Mann mit Blicken, bis er am Stammtisch angekommen war, wo er noch einen Moment auf unsicheren Beinen stehen blieb und sich in der Gaststube umsah. Er suchte den Blickkontakt zum Wirt, dem er ein kurzes Handzeichen gab, wobei Tanner nicht entschlüsseln konnte, ob die Geste als Begrüßung oder Bestellung eines Getränks gemeint war. Dann setzte er sich zu den anderen Männern, die ihr Kartenspiel unterbrochen hatten, um den Ankömmling mit Handschlag zu begrüßen, was einige Zeit in Anspruch nahm.

»Was ist er von Beruf?«

»Was er früher war, weiß ich nicht. Jetzt ist er wohl Rentner.«

Tanner sah auf die Uhr. »Ich muss los.«

»Tiberio, du musst mich unbedingt besuchen. Maria, meine Frau, wird sich freuen.«

Tanner nickte. Dann erinnerte er sich an die Fotografie, die er jetzt schon tagelang mit sich herumtrug. Er legte das Bild vor Gerrer auf den Tisch. »Deshalb bin ich zu euch heraufgestiegen. Jemand sagte mir, dass sich die Höhle hier oben befindet. Das müsstest du doch wissen. Als Eingeborener.«

Gerrer starrte einige Sekunden auf das Foto, schüttelte den Kopf. »Wart einen Moment.« Er ging zum Wirt hinüber. Von seinem Platz sah Tanner, wie das Bild weitergereicht wurde, bis es bei den Kartenspielern am Stammtisch angelangt war, die ihre Stirn in angestrengte Falten legten, um zu zeigen, wie sehr sie nachdachten. Auch der bullige Rotblonde, der jetzt einen vollends betrunkenen Eindruck machte, blinzelte, als er das Foto in die Hand bekam, dann bewegte er es vor und zurück, als müsste er seine Optik scharf stellen. Tanner schien es, als ob der Rotblonde der Einzige am Tisch war, der nicht mit einem Kopfschütteln reagierte, nachdem er das Bild studiert hatte. Er gab das Foto an Gerrer zurück und sah zu Tanner herüber.

»Leider nein. Einige haben die gleiche Meinung wie ich, aber kein eindeutiges Ergebnis.«

»Und was glaubst du?«

»Gib mir deine Wanderkarte, dann versuche ich, es dir zu erklären.«

Gerrer strich die Karte glatt und suchte mit dem Zeigefinger eine bestimmte Stelle. »Hier ist mein Haus. Um dahin zu kommen, kannst du entweder die Route über Barbian nehmen, so wie du es gemacht hast, weiter bis Saubach und dann die steile Straße Richtung Saubacher Kofel bis zu meinem Hof. Weiter kommst du mit dem Auto nicht. Zu meinem Haus kann man aber auch aus der entgegengesetzten Richtung kommen.« Gerrer fuhr mit dem Zeigefinger in wilden Linien auf der Karte herum. »Verstehst du?«

»Nicht ganz.« Tanner lehnte sich zurück, um der Alkoholwolke aus Gerrers Mund zu entkommen.

»Ganz simpel. Hier, auf der anderen Seite dehnt sich das Hochmoor aus. Bei trockenem Wetter kannst quer über das Moor wandern.« Er grinste. »Und bei Tageslicht, sonst geht es dir wie vielen anderen, die den Weg genommen haben, aber drüben nicht angekommen sind.«

Tanner beugte sich vor und versuchte, Gerrers Erklärungen auf der Karte nachzuvollziehen.

»Da drüben liegen auch die Wasserfälle«, sagte Gerrer.

»Wasserfälle?«

»Die sind nach dem Ort Barbian benannt. Der Ganderbach stürzt dort ins Tal, der auf dem Rittner Hochplateau entspringt.« Er streckte die Hand aus und zeigte zum Stammtisch hinüber. »Einer der Kartenspieler meinte, dass sich dort dein geheimnisvolles Fuchsloch befindet.«

Tanner faltete die Karte zusammen und winkte dem Wirt.

»Warum ist die Höhle wichtig für dich?«, fragte Gerrer. »Suchst du nach Gold? Hier in der Nähe befinden sich tatsächlich alte Stollen. Beryll und Magnesit wurde dort abgebaut.« Er machte eine wegwerfende Handbewegung. »Lange her.«

Tanner bezahlte. Dann verabschiedeten sie sich, und Tanner versprach, Gerrer bald zu besuchen.

Die Sonne stand schon knapp über dem Rittner Horn, als er den Rückweg antrat. Er hatte die untergehende Sonne im Rücken, die seinen unwirklich langen Schatten vor ihm auf den Boden warf, und es sah aus, als ob er ständig hinter seinem eigenen Schatten herliefe. Mit müden Schritten trottete er nach unten, bis er zu den ersten Häusern des Dorfes kam, die bereits im Dunkel lagen. In den Fenstern war kein Licht zu sehen. Alles wie ausgestorben.

Müde kletterte er in sein Auto. Kein sehr ergiebiger Wandertag, sagte er sich. Außerdem hätte er sich von Ferry Gerrer nicht zu der zweiten Flasche Cabernet überreden lassen sollen. Aber der kräftige Rote schmeckte einfach zu gut.

ZEHN

Die gestrige Wanderung hatte ihm einen ausufernden Muskelkater beschert, der sich sogar an Stellen bemerkbar machte, die er bisher gar nicht gekannt hatte. Er schlurfte in die Küche, bereitete das Frühstück auf gesunder Joghurt- und Apfelbasis vor und setzte sich mit dem Buch, das er gerade las, zum Küchentisch. *Der Gattopardo* hieß der Roman, der das Leben eines Fürstenhauses zur Zeit Garibaldis beschrieb, wobei Tanner die Ereignisse rund um Giuseppe Garibaldi mehr interessierten als die im Buch eingeflochtene Liebesgeschichte. Tanner mochte Liebesgeschichten nicht. »Wenn wir wollen, dass alles bleibt, wie es ist, dann ist es nötig, dass sich alles verändert.« Dieses Motto des Helden, das im Roman immer wieder auftauchte, ging Tanner nicht aus dem Kopf, vor allem deswegen, weil er zu diesem Thema eine völlig andere Meinung hatte als der Protagonist in der Familiengeschichte. Ob auch der Autor des Buches so dachte? Welche Beziehung bestand zwischen einem Schriftsteller und der Hauptfigur, die er für seinen Roman erfunden hatte? Waren die beiden stets gleicher Meinung? Hatten sie gleiche Anschauungen? Liebte der Autor seinen Helden? Wahrscheinlich ja. Plane qualis dominus, talis et servus. Den Spruch hatte er noch aus seiner Schulzeit in Erinnerung.

Mit Buch und vollem Teller nahm er am Tisch Platz. Paula mochte es nicht, wenn er beim Essen las. Doch sie hielt sich bereits seit einer Stunde in ihrer Apotheke auf. Also genoss er seine Morgenmahlzeit in völliger Freizügigkeit, lehnte das Buch an den Blumenstock mit den Usambaraveilchen und schaufelte sein Frühstück in sich hinein.

Fahrzeit fünfzig Minuten, sagte ihm sein GPS, als er auf der A22 die ersten unansehnlichen Industrieanlagen am Stadtrand Trients erreichte. Auf der SS12 musste er einen zeitraubenden Umweg in Kauf nehmen, um auf dem Ponte San Lorenzo die Etsch zu überqueren, bis er die Universitätsbibliothek erreichte, die in einem siebenstöckigen Glaspalast untergebracht war, modern, hell und unübersichtlich.

Die freundliche Dame am Empfang hörte sich Tanners Wünsche zweimal an. »Golfplatz, Delago, Baugenehmigung, Bestechung.« Stark vergröbert fasste sie seinen Wunsch zusammen und deutete auf die schwarze Sitzgarnitur im Hintergrund der Halle. »Ich selektiere vor und melde mich wieder.«

Geduldig nahm er auf einem der Stühle Platz und beobachtete das bunte Treiben in der gläsernen Halle. Wie in einer gotischen Kathedrale erhoben sich schlanke Säulen bis zu dem kunstvollen Gewirr eines Kreuzrippengewölbes, das von Hunderten farbigen Lampen angestrahlt wurde. Unzählige Jugendliche, die wie Studenten aussahen, waren in der Halle unterwegs; alle Nationalitäten und alle Hautfarben. Wie die Botschaft der United Colors of Benetton.

Tanner musste eine halbe Stunde warten, bis sich die freundliche Dame wieder bei ihm meldete.

»So etwas ist mir noch nie untergekommen«, begann sie.

»Haben Sie etwas gefunden?«

»Ja und nein. Ich muss Ihnen das erklären. Sobald in der Provinz Südtirol irgendetwas gedruckt wird, erhalten wir eine Kopie davon übermittelt. Früher auf Papier, seit zwei Jahren in digitaler Form. Die Veröffentlichung von Herrn Luis Delago …« Sie sah auf das zusammengefaltete Papier und las den Namen wie von einem Spickzettel ab. »… wurde uns zwar übermittelt, ist aber aufgrund einer einstweiligen Verfügung nie veröffentlicht worden. Ein sehr seltener Fall.« Sie lächelte verwirrt.

»Einstweilige Verfügung? Wer hat sie erwirkt?«

Sie sah auf den Zettel. »Zwei Herren. Gabriel und Giuseppe Greifenstein. Wohnhaft in Untersirmian.«

»Verstehe ich das richtig? Der Artikel wurde gedruckt, aber nicht veröffentlicht, weil die genannten Herren etwas dagegen hatten.«

»Sie verstehen das richtig.«

»Kann ich den Artikel lesen?«

»Nein.«

»Warum nicht?«

»Das Gericht hat dem Antrag auf einstweilige Verfügung stattgegeben. Folglich darf dieser Text nicht an die Öffentlichkeit. Sie gelten als Öffentlichkeit. Und ich bin Beamtin. Also muss ich mich an die Gesetze halten.«

Sie lächelte freundlich und wünschte ihm noch einen schönen Tag.

Auf dem Weg zum Auto läutete sein Handy. Er hätte hinterher nicht mehr sagen können, warum er schon beim ersten Klingelton das Gefühl hatte, dass dieser Anruf eine schlechte Nachricht bringen würde.

Es war Paula.

»Etwas Furchtbares ist geschehen.«

»Was ist los?«

»Emily ist tot.«

»Woher weißt du das?«

»Es kam gerade in den Nachrichten.«

»Mit Namen?«

»Ich hab mich erkundigt. Es ist Emily. Sie hat angeblich Selbstmord verübt. Wo bist du gerade?«

»Ich bin schon unterwegs.«

*

Emilys Therapeutenpraxis lag in der Bozner Altstadt, einen Steinwurf vom Postamt in der Cavourstraße entfernt. Tanner stellte seinen Wagen einige Wohnblöcke entfernt ab und näherte sich dem Haus, wo er auf die Einsatzfahrzeuge stieß, die kreuz und quer auf der Straße parkten. Ein Rettungswagen, an dem das Blaulicht blinkte, verbreitete eine nervöse Atmosphäre. POLIZIA MUNICIPALE stand auf den rot-weißen Bändern, die das Gebäude wie auch das angrenzende Gelände absperrten. Ein weiteres Einsatzfahrzeug quälte sich gerade durch die verstopfte Straße und kam nur im Schneckentempo voran.

Der junge Polizist, der mitten auf der Straße postiert war, versuchte, ein wichtiges Gesicht zu machen. Auf der sonnenbeschienenen Seite herrschte reges Treiben. In kleinen

Gruppen hatten sich dort Nachbarn und neugierige Passanten zusammengefunden. Auch zwei Fotografen waren eingetroffen und schossen unentwegt Bilder vom Gebäude und den laut diskutierenden Menschentrauben, die den Gehsteig bevölkerten.

Kurz entschlossen stieg Tanner über das Absperrband und marschierte auf den jungen Carabiniero mit dem wichtigen Gesicht zu, der in ihm einen Vorgesetzten vermutete und ehrerbietig einen Schritt zur Seite tat. Tanners Ziel war ein älterer Mann mit Hut, der neben dem Hauseingang in der Sonne stand und eine Zigarette rauchte.

»Daniel, du wolltest doch das Rauchen aufgeben?«

Der Mann blinzelte in die Sonne, und es dauerte einige Augenblicke, bis er Tanner erkannte.

»Der Herr Detektiv. Wie geht's dir, Tiberio?«

Tanner schätzte Daniel Bergmann nicht nur als kompetenten Forensik-Fachmann in der Questura Bozen, sondern auch als liebenswürdigen und hilfsbereiten Menschen. »Wurde die Leiche schon abtransportiert?«

»Die Spurensicherung ist noch am Werk.«

Tanner machte zuerst einen Blick an der Hausfassade nach oben, dann auf den bulligen Carabiniero, der den Hauseingang bewachte.

»Wo befindet sich Emilys Praxis? Im ersten Stock? Ich würde gern einen Blick auf die Leiche werfen.«

»Tu es nicht. De Santis, der neue Capo, ist oben. Er ist gereizt heute. Der wirft dich glatt raus. Es hat sich einiges verändert in der Questura. Maurizio fehlt uns.«

»Emily Riffesser … wie ist sie gestorben? Selbstmord, sagt man. Stimmt das?«

Bergmann warf ihm einen traurigen Blick zu. »Kein schöner Anblick.« Sein Gesicht war genauso zerknittert wie sein Hemdkragen. »Warum interessierst du dich für die tote Psychologin?«

»Sie war eine Freundin von uns … und eine kluge und charmante Frau.«

»Sie hat sich erhängt.«

Sie hat sich erhängt. Der Satz hing in der Luft wie eine düstere Wolke.

»Wir waren vor Kurzem bei einem Abendessen zusammen. Emily hat auf mich einen lebensfrohen Eindruck gemacht. Sie hatte Zukunftspläne für ihre Praxis, verstehst du? Da war keine Spur von Deprimiertheit.«

Bergmann zuckte mit den Achseln. »Man kann in einen Menschen nicht hineinsehen.«

»Wer hat ihre Leiche entdeckt?«

»Ihre Sprechstundenhilfe. Lana Morras heißt die Frau. Eigentlich noch ein Mädchen.« Daniel Bergmann zeigte auf eine hübsche Blondine, die gerade aus dem Haus trat, einen Augenblick verharrte, verwirrt von den Massen an Menschen und Einsatzfahrzeugen und dem Trubel, der hier herrschte.

»Das ist sie.«

»Einen Moment, bitte!« Mit einigen eiligen Schritten hatte Tanner die junge Frau eingeholt, bereute es aber, als er ihr verweintes Gesicht und die geröteten Augen sah. Er murmelte eine Entschuldigung, drückte ihr seine Visitenkarte in die Hand. »Ich würde mich gerne mit Ihnen unterhalten. Aber erst, wenn Sie etwas zur Ruhe gekommen sind. Morgen oder übermorgen vielleicht.« Er zeigte in den ersten Stock hinauf. »Kann ich Sie in der Praxis erreichen?«

Langsam trat Lana Morras, den Blick fest auf ihn gerichtet, einen kleinen Schritt zurück und drückte ihr Taschentuch gegen die Augen. Sie deutete ein schwaches Nicken an. »Nicht jetzt«, sagte sie mit einem dünnen Stimmchen. »Später.« Dann stöckelte sie davon.

Tanner sah ihr nach. Nicht nur die Stimme des Mädchens war dünn. Ihre schwarze Kleidung ließ sie noch schmächtiger erscheinen.

Tanner schaute sich nach Daniel Bergmann um, doch der war verschwunden. Hier konnte er nichts mehr ausrichten. Er beschloss, zu seinem Wagen zu gehen, als sich aus einer Gruppe, die Tanner für Nachbarn hielt, eine ältere Frau löste und sich ihm in den Weg stellte. Da er auf ein Gespräch mit der Frau gern verzichtet hätte, sah sich Tanner instinktiv nach einem Fluchtweg um.

»Ich habe eine Aussage zu machen.« Die Stimme der Frau klang rau und heiser. »Es ist wichtig, Commissario.«

Commissario! Die Frau, die einen Kopf kleiner war als er, hielt ihn für einen Polizisten. »Worum geht es?«

»Eine Aussage«, wiederholte sie wichtigtuerisch und sah nach links und rechts, ob auch keiner mithören konnte. »Doch nicht hier auf der Straße. Kommen Sie!«

Aufmunternd winkte sie, ihr zu folgen, dann trippelte sie über die Straße in Richtung Haustür.

›Mathilde Langeder, Hausmeister‹, stand an der Tür, hinter der sie verschwunden war. Tanner folgte ihr in einen dunklen Flur, in dem es leicht nach Putzmitteln roch.

»Setzen Sie sich«, sagte sie, als sie im Wohnzimmer standen. Wenn sie leise sprach, klang ihre Stimme weniger rau. Mit leise gestelltem, kaum hörbarem Ton lief ein Fernsehapparat, der seinen offensichtlichen Ehrenplatz in der raumhohen Schrankwand hatte.

Warum lässt jemand einen Fernseher laufen, dem er kaum Aufmerksamkeit schenkt und bei dem der Ton abgedreht ist? Einsamkeit, dachte er. Für Menschen, die nicht alleine sein können, bietet ein Fernseher eine unkomplizierte, virtuelle Partnerschaft mit den am Bildschirm agierenden Personen.

»Ich bin die Hausmeisterin und für den ganzen Wohnblock zuständig«, sagte die Frau.

Auf dem niedrigen Tisch lag eine Fernsehzeitung, die sie zuklappte und zielsicher auf den Fernseher warf. Sie trug glänzende Leggings, ihr schmächtiger Oberkörper steckte in einer aus der Form geratenen Strickjacke in undefinierbarer Farbe. Tanner konnte nicht unterscheiden, ob ihre Haare fett oder feucht waren.

»Sie sorgen für die Sauberkeit im Haus?« Er lächelte und beschloss, freundlich zu sein. Vielleicht hatte sie etwas Wichtiges auf Lager.

»Ich wische und sauge und bringe all das wieder in Ordnung, was die Parteien, vor allem die Kinder, an Schmutz hinterlassen.«

»Machen Sie auch in der Praxis von Frau Riffesser sauber?«

»Das macht jemand anderer.« Sie schüttelte den Kopf. »Damit habe ich nichts zu tun.«

Sie angelte eine Packung Zigaretten aus ihrer Jacke und zündete sich eine lange, filterlose Zigarette an.

»Sie haben eine wichtige Aussage zu machen«, sagte er. »Jetzt wäre der Zeitpunkt günstig.«

»Wenn jemand so wie ich den ganzen Tag im Haus unterwegs ist, dann sieht und hört er dies und das.« Sie machte ein wichtiges Gesicht. »Frau Riffesser … Ich durfte sie Emily nennen … Also, sie traf sich mit zwei Männern. Mit dem einen öfters, mit dem anderen weniger, aber mit beiden regelmäßig.«

»Fangen wir mit dem an, den sie weniger oft sah. Wer war das?«

»Keine Ahnung. Wie er hieß, kann ich nicht sagen. Aber er sah gut aus. Wie der junge Adriano Celentano, als er noch Haare hatte. Schöne, dunkle Locken und dazu einen schneidigen Schnurrbart.«

»Hatten Sie das Gefühl, dass er aus Bozen war?«

»Gefühl? Wie könnte man fühlen, ob jemand aus Bozen kommt?«

Sie hat recht. Das war eine dumme Frage. Es war heiß im Zimmer, und Tanner hatte Durst. Außerdem fühlte er Müdigkeit in sich hochsteigen, die seinen Missmut beschleunigte.

»Und der andere Mann, mit dem sie sich getroffen hat? Was war das für einer?«

»Dem bin ich öfter im Treppenhaus begegnet, wenn er in den ersten Stock hochging.«

»Frau Langeder, Ihre Wohnung befindet sich im Erdgeschoss. Nehmen wir an, Sie sehen oder hören jemand an Ihrer Tür vorbeigehen. Warum können Sie sicher sein, dass derjenige in den ersten Stock unterwegs ist? Das Haus hat schließlich drei Stockwerke.«

»Weil …« Sie sah jetzt etwas verwirrt aus. Mit großer Konzentration zerdrückte sie den Zigarettenstummel in dem überfüllten Aschenbecher und zuckte mit den Schultern.

Weil du jedem nachschleichst, dachte Tanner, hinter ihm her schnüffelst, die Treppe hinauf, bis Klarheit herrscht, vor welcher Tür er stehen bleibt.

»Ich weiß es eben«, sagte sie bockig.

»Wie sah der Mann aus?«

»Ganz normal.«

»Was ist normal? Braunes Haar, mittelgroß, mittelschlank, mittelmäßig?«

»Genau so«, sagte sie.

»Wahrscheinlich war das ein Patient.«

»Er kam aber manchmal zu Zeiten, in denen Emilys Praxis geschlossen war.«

»Das hat Ihnen zu denken gegeben, nicht wahr?«

»Sie nehmen mich nicht ernst«, sagte sie und sah auf die Uhr. »Bitte entschuldigen Sie mich. Ich muss meinen turnusmäßigen Rundgang durchs Haus machen. Das nehme ich sehr ernst. Dafür werde ich bezahlt. Und Sie haben ohnehin kein Interesse an meinen Beobachtungen.«

Sie verzog ihren Mund zu einem gequetschten Lächeln, erhob sich und begleitete ihn zur Tür.

Als Tanner wieder auf dem Gehsteig vor dem Haus

stand, hatte er vergessen, wo er seinen Wagen geparkt hatte. Irgendwo in einer der Seitenstraßen. Es war deprimierend, wenn man mühsam erworbene detektivische Kompetenz vergeuden musste, um gehirnbedingte Alterserscheinungen auszugleichen.

Nach zehn Minuten hatte er sein Auto gefunden. Er drückte auf die Fernbedienung, als sein Blick auf eine Plakatwand mit dem großformatigen Foto eines Politikers fiel, das ihm sehr bekannt vorkam. Wie der junge Adriano Celentano. Dunkle Schmalzlocken und ein schneidiger Schnurrbart. »Ambros Senoner« stand unter dem Porträt. Der kommende Mann.

ELF

»Das gehört sich nicht.« Zum zweiten Mal hatte ihm Paula diesen Satz während des Frühstücks an den Kopf geworfen. »Du kannst nicht so einfach bei Emilys Eltern auftauchen und ihnen mit deinen Fragen auf die Nerven gehen. Du kommst in ein Trauerhaus, verstehst du? Die haben gerade ihre Tochter verloren.«

»Ich mache einen Beileidsbesuch.«

»Und ich bedaure, dir die Adresse der Eltern verraten zu haben.«

»Ich werde mich sehr einfühlsam benehmen. Empathie ist mein Hobby.«

»Das gehört sich trotzdem nicht.«

»Ich könnte dir aus Innsbruck ein Geschenk mitbringen.«

»Darauf verzichte ich.«

»Paula, du glaubst genauso wenig wie ich, dass Emily Selbstmord begangen hat. Das passt nicht mit dem Bild zusammen, das wir beide von ihr haben.«

»Sie hat sich in Ihren Praxisräumen erhängt.«

»Das wäre nicht zum ersten Mal, dass jemand auf diese Art und Weise ermordet wurde.«

»Fährst du mit dem Auto nach Innsbruck?«

»Es soll viel Verkehr sein Richtung Norden. Ich nehme den Zug.«

Tanners Telefon läutete. Maurizios erregte Stimme.

»Emily Riffesser ist ermordet worden.«

Tanner stellte sein Handy laut.

»Sag das noch einmal. Paula hört mit.«

»Die Rechtsmedizin hat rasch gearbeitet. Das Ergebnis ist eindeutig: Kein Selbstmord. Jemand hat sie erhängt.«

»Aber da wehrt man sich doch.«

»Als ihr Herz zum Stillstand kam, war sie schon bewusstlos.«

»Wurde sie betäubt?«

»Der toxikologische Befund lässt keinen anderen Rückschluss zu. Sie hatte Reste eines starken Schlafmittels im Blut.«

»Ja und? Sie könnte vor dem Suizid eine Beruhigungspille geschluckt haben.«

»Unsere Leute haben die Wirkung und den Abbau des Medikaments exakt analysiert. Sie war bewusstlos, und zwar schon eine ganze Weile, bevor es zum Herzstillstand kam. Eine Bewusstlose erhängt sich nicht.«

Es entstand eine kurze Pause.

»Das muss ich erst verdauen«, sagte Tanner. »Halt!«, rief er, als Maurizio dabei war, das Gespräch zu beenden. »Ich habe noch eine Frage zu Ambros Senoner.«

»Unseren Rechtsaußen?«

»Ich möchte dem Herrn einen Besuch abstatten.«

»Warum?«

»Luis Delago hat Senoner wegen seiner Russlandkontakte massiv angegriffen. Und seit gestern weiß ich, dass sich Emily und Senoner offenbar gekannt haben. Dem möchte ich nachgehen.«

»Dem kannst du nicht nachgehen. Da, wo sich Senoner zur Zeit befindet, kommst du nicht hin.«

»Und warum nicht?«

»Er ist hinter Gittern.«

»Wegen der Morde?«

»Es sind staatspolitische Gitter. Divisione Investigazioni Generali e Operazioni Speciali. Abgekürzt DIGOS. Sagt dir das etwas?«

»Nie gehört.«

»Ich kenne nicht alle Details, aber bei Senoner steht wohl der Verdacht illegaler Parteiförderungen aus Moskau im Raum. Offenbar ist Senoner von einem aus der Opposition angezeigt worden, worauf die Staatspolizei seine Wohnung und das Büro durchsucht hat. Seitdem sitzt er.«

»Seit wann genau? Das ist wichtig. Emily wurde gestern am späten Vormittag ermordet.«

»Um wie viel Uhr Senoner festgenommen wurde, muss ich klären.«

»Tu das bitte.«

*

Emilys Eltern wohnten in einem Wohnblock in der Gaswerkstraße etwas außerhalb des Innsbrucker Zentrums. Er bezahlte das Taxi und klingelte bei M. u. H. RIFFESSER.

Sie war eine schmächtige Frau von Ende fünfzig, die im Schwarz ihres Trauerkleids noch zierlicher wirkte. Tanner sah ihre unendliche Trauer in den verweinten Augen und den Falten um den Mund.

»Danke, dass Sie eingewilligt haben, mit mir zu sprechen«, sagte er.

Sie sah ihn an und schwieg. »Meinem Mann geht es nicht gut. Er hat sich hingelegt. Kommen Sie!«

Einige Augenblicke standen sie sich im Wohnzimmer gegenüber. »Setzen Sie sich bitte.« Mit dem Kinn deutete sie auf die Sitzgruppe in der Ecke. »Warten Sie einen Moment. Ich hole ihn.«

Nach einigen Minuten kamen beide zurück. Der Mann streckte Tanner die Hand hin. »Horst Riffesser. Behalten Sie doch Platz.«

Es war ein trauriges Paar, das er vor sich sah. Sie hielt ein zusammengeknülltes Taschentuch in der Hand, er sah mitgenommen aus, blass und mit dunklen Schatten unter den Augen.

»Ich habe vorhin mit Paula telefoniert«, sagte sie. »Sie hat uns viel Kraft gewünscht. Und wir freuen uns, dass Sie uns helfen wollen.«

Tanner wusste nicht, wie er das Gespräch beginnen sollte. Er verneigte sich leicht und sprach dem Paar sein Beileid aus.

»Es war kein Selbstmord«, flüsterte die Frau. »Gott sei Dank kein Selbstmord.«

Tanner beobachtete, dass ihr wieder Tränen in die Augen stiegen. Was bedeutet es für die Eltern, wenn sie erfahren, dass die eigene Tochter sich nicht selbst getötet hat, sondern ermordet wurde? Ist das eine besser als das andere? Er fand keine Antwort. Schon gar nicht aus Sicht der Eltern. Wahrscheinlich gab es keine.

»Wann haben Sie es erfahren?«

»Dass es Mord war? Der Polizist aus Bozen hat uns heute früh angerufen. Sie kommen wahrscheinlich morgen nach Innsbruck.«

Die Frau sprach leise, und Tanner bemühte sich, genau hinzuhören, um sie zu verstehen.

»Wie oft hatten Sie Kontakt mit Ihrer Tochter?«

»Wir haben regelmäßig telefoniert.« Wie zur Bestätigung sah die Frau zu ihrem Mann. »Ein paarmal in der Woche. Seit sie in Bozen arbeitet, haben wir uns nicht mehr so oft gesehen. An den Geburtstagen und zu Weihnachten … meist kam sie nach Innsbruck. Wir mögen die Fahrt über den Brenner nicht so sehr.«

»Wer könnte das getan haben?« Der Mann hatte eine zittrige Stimme.

Die Vorhänge an den Fenstern waren zur Hälfte zugezogen, so dass es dämmrig war im Raum, was zu der gedämpften Stimmung passte.

»Das finden wir heraus«, sagte Tanner. »Die Bozner Polizei ist tüchtig.« Auch wenn der neue Commissario Capo ein Arschloch ist, ergänzte er in Gedanken.

»Vielleicht darf ich die Frage, wer es getan haben könnte, an Sie zurückgeben.«

»Wieso fragen Sie das uns? Wahrscheinlich war es ein Irrer. Emily lebte ihr eigenes Leben in Bozen, und soweit wir wissen, hatte sie keine Feinde.«

»Sind Sie da sicher?«

»Was soll die Frage? Vielleicht erklären Sie uns als Nächstes, dass wir unter Verdacht stehen.«

Tanner machte mit beiden Händen eine beruhigende

Geste. »Davon kann keine Rede sein. Mich würde interessieren, ob Sie Emilys Freunde kannten. Sie ist hier zur Schule gegangen und hat an der Innsbrucker Uni studiert. Da gibt es doch Schulfreunde oder Studienkollegen aus alter Zeit.«

Die beiden sahen sich fragend an, und die Frau war die Erste, die den Kopf schüttelte. »Alle in die Winde verstreut.«

»Hat Emily nie Namen genannt?«

»Vielleicht sprach sie gelegentlich über jemanden. Und wenn … Mein Mann und ich können uns daran nicht erinnern.«

Mein Mann und ich … Tanner machte einen Seitenblick zu ihm, der sich pflichtschuldig beeilte zu nicken.

»Wann zog Emily von zu Hause aus?«

»Nachdem sie ihr Studium abgeschlossen hatte. Also vor rund vier Jahren.«

»Vor fünf Jahren«, korrigierte ihr Mann sie.

»Haben Sie Ihre Tochter je mit einem Mann gesehen? Eine Zeugin hat ausgesagt, dass Emily manchmal in Begleitung eines Mannes war. Dunkle Locken, Schnurrbart, angenehmes Äußeres. Sagt Ihnen das etwas?«

»Nein«, sagte sie. Nein, deutete er mit Kopfschütteln an.

»Sie wurde noch mit einem zweiten Mann gesehen, der als mittelgroß mit braunem Haar beschrieben wird.«

Die Mutter richtete sich auf und musterte Tanner mit blitzenden Augen.

»Wer erzählt das von Emily und den Männern?«

»Eine Zeugin aus Bozen.«

»Wer? Diese Zeugin lügt. Das ist eine Verleumdung. Sagen Sie mir, wer meine Tochter verleumdet!«

»Auch wenn ich Ihnen den Namen der Zeugin sagte, würde uns das nicht weiterbringen.«

»Sie verteidigen eine Frau, die meine tote Tochter verleumdet.«

Tanner spürte, dass seine Nervosität zunahm. Das Gespräch begann schiefzulaufen.

»Emily und zwei Männer. Mein Gott!«, sagte die Mutter laut. »Kaum ist meine Tochter tot, wird sie schon als Nymphomanin hingestellt.«

»Davon kann keine Rede sein.« Jetzt griff der Mann ein und blickte seine Frau ärgerlich an. »Emily war neunundzwanzig und keine fünfzehn. Und eine top ausgebildete Psychologin. Vielleicht waren die Männer auch Patienten. Könnte das nicht sein?«

»Durchaus möglich.« Tanner erinnerte sich an das gemeinsame Abendessen mit Paula und Emily, bei dem sie ihren früheren Partner erwähnte. Wie hieß der noch? Dann fiel es ihm ein.

»Ich möchte Sie nicht ärgern, aber ich muss Ihnen noch eine Frage zu einem gewissen Erwin stellen. Den Namen hat mir Ihre Tochter selbst genannt, und von ihr weiß ich auch, dass sie mit dem Mann verheiratet war. Offenbar aber nicht sehr lange.«

»Genauso ist es«, sagte der Mann. »Erwin war ein Haldri, wie wir in Innsbruck sagen, und die Ehe ist gerade mal ein Jahr gutgegangen.«

»Dieser Hallodri … Wo hält der sich zurzeit auf?«

»In Amerika. Es muss letzten Sommer gewesen sein, als Emily erzählte, dass er sich aus Boston gemeldet hat.«

»Und da ist er immer noch?«

»Wahrscheinlich.«

Tanner ging im Geist die Fragen durch, die er sich für das Gespräch zurechtgelegt hatte.

»Hatte Emily irgendwelche Hobbys? Womit hat sie sich sonst noch beschäftigt? Außer Psychologie, meine ich. Hatte sie Interesse an Politik?«

»Nein. Dafür hatte sie keine Zeit. Sie hatte ja noch den Job in Meran.«

Schlagartig hob Tanner den Kopf und sah den Mann an. »Welchen Job?«

»Lass mich das erklären«, sagte die Frau. »Es ging um den Ausbau des psychiatrischen Dienstes im Krankenhaus Meran. Man hat Emily ein tolles Angebot gemacht, dort mitzuarbeiten.«

Tanner schrieb einige Worte in sein Notizbuch. »Das im Krankenhaus war zusätzlich zu ihrer Arbeit als Therapeutin in Bozen.«

»Genau. Drei Tage Bozen und zwanzig Stunden bei dem Klinikarzt in Meran.« Sie nickte wissend. »Jetzt verstehen Sie auch, warum Emily keine Zeit für ein Hobby hatte. Von Männern ganz zu schweigen.«

»Wie hieß dieser Arzt?«

»Dr. August Auckenthaler. Er leitet die Psychiatrie im Krankenhaus Meran. Ich habe ihn einmal kennengelernt. Ein sympathischer Mann und ein begabter Arzt.«

»Ich bin müde«, sagte der Mann, nahm die Brille ab und rieb sich die Augen.

»Nur noch eine Frage. Ich weiß, wo sich Emilys Praxis befindet. Wo genau hat sie gewohnt?«

»Auch in Bozen.« Der Mann sah zu seiner Frau. »Kannst du dich an die Straße erinnern? Irgendwo ganz im Süden der Stadt.«

»Die Adresse wäre wichtig«, sagte Tanner.

»Die Adresse wird Ihnen nichts nützen«, sagte sie. »Emily hatte die Wohnung von einer großen Immobiliengesellschaft gemietet. Und die haben uns heute angerufen und gebeten, Emilys Wohnung so rasch wie möglich leer zu räumen. Unverschämt so etwas. Wir haben uns sehr darüber geärgert.«

»Bozen leidet unter einer akuten Wohnungsnot, hat uns der Mann von der Firma erzählt.«

»Und was bedeutet das?«, fragte Tanner.

»Das bedeutet, dass schon mehrere Familien darauf warten, dort einzuziehen.«

Die Frau hatte wieder Tränen in den Augen. »Morgen sind wir in Bozen und verkaufen Emilys Möbel. Und alle privaten Dinge holen wir zu uns nach Innsbruck. In ihr früheres Kinderzimmer. Ich möchte jeden Gegenstand zurückhaben, der mich an Emily erinnert. Verstehen Sie das?«

»Ich verstehe das«, sagte Tanner.

*

»Herr Primar Auckenthaler möchte wissen, warum Sie ihn sprechen wollen.«

Die Frau, die sich mit Schwester Lydia am Telefon gemeldet hatte, sprach mit schneidender, selbstbewusster Stimme. »Wir haben nämlich heute Nachmittag sehr viel zu tun.«

Wir haben viel zu tun … Tanner überlegte, ob es sich bei dem Wir um eine simple Mehrzahlbildung oder den Pluralis Majestatis handelte, um die akademische Würde und Bedeutung des Herrn Doktor herauszustreichen.

»Sagen Sie dem Herrn Primar, es geht um seine Mitarbeiterin Emily, die überraschend gestorben ist. Wir möchten ihm deshalb ein paar Fragen stellen.«

Einige Augenblicke war es still am anderen Ende. Nur ein leises Tuscheln war zu hören.

»Kommen Sie um fünfzehn Uhr. Doktor Auckenthaler hat dann eine halbe Stunde Zeit für Sie.«

In der Südbahnstraße in Innsbruck bestieg Tanner den Flixbus und setzte sich in die letzte Reihe, von wo aus er alles gut überblicken konnte. Während draußen die gebirgige Landschaft der Stubaier und Zillertaler Alpen vorbeizog, liefen seine Gedanken zu Rafael Noggler, seinem Auftraggeber.

In seinem Notizbuch stieß er auf den Namen Dr. Gamper und Sara, dessen Frau. Hatte sie ein Verhältnis mit Luis Delago? Im Internet fand er die Privatnummer Gampers. Es meldete sich die dünne Stimme eines jungen Mädchens. Nein, Frau Gamper sei nicht zu Hause. Sie sei beim Einkaufen. Nein, wann sie zurückkomme, könne sie nicht sagen. Es tue ihr sehr leid.

Am Bahnhof Bozen bestieg Tanner seinen Wagen und erreichte eine halbe Stunde später den Parkplatz des Krankenhauses Meran, der halb leer war, so dass er seinen Wagen in der Nähe des Eingangs abstellen konnte. Die meisten Leute, die Richtung Haupteingang strömten, trugen Blumen oder eine Bonbonniere in der Hand.

Die Anzeigetafel im Foyer war riesig wie auf einem Bahnhof. Das ist meine Zielperson, dachte Tanner, als er das Schild entdeckte:

Psychiatrischer Dienst für Diagnose und Behandlung,
Leitung: Primararzt Doz. Dr. August M. Auckenthaler
1. Stock, Zimmer 1733

Ein alter Mann schlurfte ihm entgegen, gestützt auf einen Rollator.

Drei blassgesichtige Patienten lagen auf fahrbaren Krankentragen in dem dämmerigen Flur, von dem links und rechts unzählige Türen abgingen.

Als Tanner schwungvoll und in Gedanken versunken auf die Tür mit der Nummer 1733 zusteuerte, geschah das Unglück. Genau in diesem Moment wurde die Tür aufgerissen, ein junger Mann stürzte heraus, genau auf Tanner zu. Es kam zu einem wuchtigen Zusammenstoß. Wie zwei Sumo-Ringer prallten die beiden Körper aufeinander, wodurch der junge Mann von Tanner unbarmherzig gegen die Mauer gewirbelt wurde, wo er sich eine Hand blutig schürfte und dann zu Boden stürzte.

Am aufgeregtesten war der Mann im weißen Mantel, der erschrocken in der Tür verharrte, unschlüssig, ob er dem jungen Mann oder Tanner seine Hilfe anbieten sollte.

Aus dem Physikunterricht hatte Tanner in Erinnerung, dass beim unelastischen Stoß zweier ungleich schwerer Körper die Überlegenheit stets auf Seiten der größeren Masse lag. Die Physik ist immer auf der Seite der Wahrheit. Also durfte sich Tanner unschuldig fühlen. Hastig stammelte er eine Entschuldigung und sah auf die blutigen Hände des Mannes, die ihm dieser stöhnend wie ein blutiges Beweismittel vor das Gesicht hielt.

»Ich bin Doktor Auckenthaler«, sagte der etwa Vierzigjährige im weißen Mantel mit einem Seitenblick auf Tanner. Gleichzeitig legte er den Arm um die Schultern des jungen Mannes.

»Kommen Sie herein, dass ich mir Ihre verletzte Hand ansehen kann.«

Beruhigend redete der Arzt auf den Mann ein, der plötzlich am ganzen Körper zu zittern begann, sich losriss und in Panik davonlief. Einige Sekunden lang waren seine Schritte auf dem Steinboden des Flures noch zu hören. Tanner sah ihm nach und bemerkte, dass der Mann leicht hinkte. Am Ende des Flures knallte eine Tür. Dann war es ruhig.

»Wer war das?«

Der Arzt zuckte mit den Schultern. »Manchmal geschehen seltsame Dinge, derer man sich erst bewusst wird, wenn sie vorüber sind.« Er nahm die Brille ab und rieb sich die Augen.

»Wer war der junge Mann?«, wiederholte Tanner.

»Sie werden es mir nicht glauben … Ich weiß es nicht. Ein eigentümliches Benehmen, so als ob er nicht ganz bei

Sinnen gewesen wäre. Er hat begonnen, mir eine Geschichte zu erzählen … eine verworrene Geschichte von bösen Träumen, in denen es um Gewalt und Misshandlung ging. Und er hat einen Namen geflüstert, zweimal hintereinander, den ich nicht verstanden habe. Es könnte aber Emily gewesen sein.«

Der Arzt nahm hinter seinem Schreibtisch Platz, deutete auf den Besucherstuhl und lächelte. »Dabei sind Sie es doch, der mit mir über die arme Emily sprechen will. Wahrscheinlich war es nur irgendein Spinner. Oder ein Wichtigtuer.«

Tanner wusste nicht, was er sagen sollte.

»Lana hat mich angerufen. Von ihr weiß ich, was mit Emily passiert ist.«

»Lana?«

»Lana Morras. Sie ist … sie war Emilys Sprechstundenhilfe in Bozen. Selbstmord, hat sie gesagt. Ich kann mir das bei Emily gar nicht vorstellen.«

Die Botschaft, dass es sich bei Emilys Tod um Mord handelte, war bei Doktor Auckenthaler offenbar noch nicht eingetroffen. Tanner beschloss, dem Arzt erst einige Fragen zu stellen, bevor er mit der Wahrheit herausrückte.

»Warum glauben Sie nicht an Suizid?«

Auckenthaler betrachtete die Fingerspitzen seiner linken Hand, so als sähe er sie zum ersten Mal. »Wissen Sie, Emily, also Frau Riffesser war eine überaus kompetente Psychologin. Aus diesem Grund habe ich mich sehr bemüht, sie an unsere Abteilung zu holen. Für zwanzig Stunden pro Woche wenigstens. Neben ihrem Job in Bozen. Bereits während ihres Studiums in Innsbruck hat sie sich der sogenannten Positiven Psychologie zugewandt und später außerordentliche Forschungsergebnisse vorgelegt. Emily Riffesser war nicht nur eine kluge Frau, sondern auch eine begabte Wissenschaftlerin. Und eine Bereicherung für unsere Abteilung im Krankenhaus.«

»Positive Psychologie … worum geht es da?«

Diesmal konzentrierte sich Auckenthaler auf die Fingerspitzen seiner rechten Hand.

»Die Positive Psychologie ist kein fester Bestandteil der universitären Ausbildung in Italien, weshalb Emilys Expertise so wichtig für uns war. Ich will versuchen, es Ihnen mit einfachen Worten zu erklären.«

»Dafür bin ich Ihnen außerordentlich dankbar.« Tanner verneigte sich leicht.

»Positive Psychologie beschäftigt sich primär nicht mit den mentalen Schieflagen des Menschseins, sondern mit den positiven Aspekten. Es geht um die Einstellung zu Glück, Optimismus und Geborgenheit.«

»Glück, Optimismus und Geborgenheit«, wiederholte Tanner. »Das ist schön.«

»Nicht nur das. Die Positive Psychologie induziert Charakterstärken wie Vitalität, Liebe und Resilienz.«

»Und was sagt uns das?«

»Emily war eine unbedingte Anhängerin des positiven Denkens. Das sagt mir, dass es so gut wie ausgeschlossen ist, dass sie Selbstmord begangen hat.«

»Wie recht Sie haben. Auf der Herfahrt hat mich ein Anruf der Bozener Polizei erreicht. Kein Suizid. Emily wurde ermordet.«

»Warum haben Sie mir das nicht gleich gesagt?«

Tanner lächelte unschuldig. »Möglicherweise eine vorübergehende mentale Schieflage.«

Er blieb noch einige Zeit in seinem Wagen sitzen und dachte über das Gespräch mit dem Arzt nach. Es hatte wenige Erkenntnisse gebracht. Wusste Auckenthaler wirklich so wenig über Emily? Sie war lange Zeit seine Mitarbeiterin gewesen. Da weiß man doch über einen Menschen Bescheid. Immerhin wusste der Arzt, mit welchen psychologischen Theorien sich Emily beschäftigt hatte. Positive Psychologie … Tanner hatte bisher wenig darüber gehört, fand aber den Gedanken gut, nicht nur die seelischen Störungen und Krankheiten der Menschen zu untersuchen, sondern auch die Frage, was das Leben lebenswert machte. Das Problem lag darin, dass man nicht einmal wusste, was Glück eigentlich war. Wenn man es wüsste, könnte man auch Verhaltensmaßregeln aufstellen, wie man glücklich werden kann. Und wie sich das Wohlbefinden steigern ließ.

Er griff nach seinem Telefon, das auf dem Beifahrersitz lag, und wählte die Nummer der Gampers. Wieder meldete sich die dünne Stimme eines jungen Mädchens.

»Ich möchte Sara Gamper sprechen.«

»Wen darf ich melden?«

»Mein Name ist Tanner. Sagen Sie Frau Gamper, es wäre wichtig.«

Im Hintergrund hörte man Musik, die abrupt stoppte, und wenige Augenblicke später meldete sich eine Frauenstimme, die Tanner auf Anhieb sympathisch war.

»Sara Gamper.«

Jetzt kam der schwierigste Teil des Gesprächs. Der erste Satz. Drumherum reden oder gleich mit der Tür ins Haus?

»Guten Tag. Frau Gamper, Sie haben Luis Delago gekannt. Ich untersuche seinen gewaltsamen Tod und würde Sie gern sprechen.«

Immer mit der Tür ins Haus.

»Um Gottes willen! Und da rufen Sie mich hier zu Hause an?« Der Ton ihrer Stimme hatte sich verändert und hörte sich jetzt abweisend kühl an. Und schockiert.

Wo soll ich sonst anrufen?, wollte er schon sagen. »Wann können wir miteinander reden? Und wo?«

»Ich habe keine Ahnung, wer Sie sind und warum Sie mich sprechen wollen. Geht es um Erpressung?«

»Ich bitte um Verzeihung, ich habe mich noch nicht vorgestellt. Mein Name ist Tiberio Tanner. Ich leite ein namhaftes Detektivbüro in Bozen.«

»Und was wollen Sie von mir?«

»Ich möchte, dass Sie mir ein paar Fragen beantworten.«

»Herr Tanner … um Gottes willen, mein Mann darf nichts erfahren.«

»Wo treffen wir uns?«

»Wo mich keiner kennt«, sagte sie, ohne nachzudenken. »Mein Mann ist noch ein paar Stunden in der Praxis. Am besten sofort.«

»Ich sitze in Meran im Auto. Würden Ihnen Bozen passen?«

»Dort kennt mich jedes Kind. Außerhalb. Irgendwo am Dorf.«

»Treffen wir uns in Naturns.«

Man konnte hören, wie sie zögerte »Okay«, sagte sie. »Und wo?«

»Mitten im Zentrum ist das Dorfcafé. Dort warte ich in einer halben Stunde auf Sie.«

»Wie erkenne ich Sie?«

»Seriös und gut aussehend«, sagte Tanner in selbstbewusstem Ton.

Er hörte ihr Stöhnen, bevor sie auflegte.

Zwanzig Minuten später stellte Tanner seinen Wagen auf dem Parkplatz in der Ortsmitte von Naturns ab und steuerte das Dorfcafé an. Er erinnerte sich, dass er als Bub schon einmal da war, als er seinen Vater begleiten durfte, der beruflich in Naturns zu tun hatte. Damals gab es die Umgehungsstraße noch nicht, und so quälte sich der gesamte Verkehr durch das Ortszentrum.

Im Dorfcafé war wenig Betrieb. Nur zwei Tische besetzt. Auf einem lärmte eine gutgelaunte Touristengruppe, an dem anderen saß ein schwer verliebtes Paar. Die Frau, auf die er wartete, würde ihn ohne Probleme als den Richtigen erkennen. Wie bei einem Blind Date. Vielleicht hätten sie trotzdem ein Erkennungsmerkmal verabreden sollen. Eine Rose im Mund zum Beispiel. Er wählte einen Tisch unter der schattenspendenden Markise. Mit dem Rücken zur Wand. Ideal, um alles und jeden im Auge zu behalten.

Mit gespielter Unbefangenheit trat Sara Gamper fünf Minuten später an den Tisch, starrte ihn einen Augenblick über ihre Sonnenbrille an und begrüßte ihn mit einem frostigen Nicken.

Die Frau sah umwerfend aus. Ihr dunkelbraunes Haar glänzte in der Sonne, sie trug enge Jeans, eine weiße Bluse und hatte die Jacke betont lässig über ihre Schulter geworfen. Eindeutig die vierzig überschritten, sagte er sich. Damit war Sara Gamper um einige Jahre älter als Luis Delago. Sie hatte einen vollen, dunkelroten Mund, und an ihren Ohren baumelten dünne, goldene Ringe.

Tanner, der einen geeigneten Einstieg suchte, um dem Gespräch einen unbedarften Charakter zu geben, war froh, dass in diesem Moment der Kellner an ihren Tisch trat.

»Es gibt heute hausgemachte Filonchini«, sagte der junge Mann, dessen Blick ausschließlich auf Sara Gamper gerichtet war. Ich bin auch noch da, wollte Tanner schon sagen.

»Einen trockenen Weißwein hätte ich gerne«, sagte er stattdessen.

»Ich empfehle unseren Sauvignon blanc.«

»Ist der gut?«

»Eleganter Duft nach Stachelbeere, Passionsfrucht und Holunder.«

»Ich nehme einen Macchiato«, sagte Sara Gamper. »Dazu die Filonchini.«

Der junge Mann trat einen Schritt näher heran. »Gute Wahl. Sie sind heute mit grünem Spargel und Schinken gefüllt. Und wir servieren sie natürlich mit Bozner-Soße.«

Nachdem Tanner noch einen Bauerntoast bestellt hatte, wandte er sich Sara Gamper zu, die nervös mit ihrer Serviette spielte.

»Also … legen Sie los. Luis und ich waren befreundet. Na und?«

»Frau Gamper … ich will mir ein Bild von Luis Delago machen, den ich zu seinen Lebzeiten nie kennengelernt habe.«

Sie richtete ihren Zeigefinger auf ihn. »Lieber Herr, zerstören Sie nicht meine Ehe. Wenn Sie mir nicht absolute Diskretion versprechen, sage ich kein Wort, sondern fahre sofort zurück.«

»Das wäre schade um die gefüllten Filonchini.« Tanner versuchte ein Lächeln, das sie nicht erwiderte.

»Es gibt Leute im Umfeld Delagos, die wissen, dass Sie beide ein … Verhältnis hatten.«

»Ein Verhältnis? Was für ein fürchterliches Wort!«

»Warum ich das betone, Frau Gamper …« Tanner beugte sich vor und strich mit der flachen Hand über das Tischtuch. »Es ist nur eine Frage der Zeit, bis Ihnen möglicherweise ein Polizist ähnliche Fragen stellt. Und der wird weniger zartfühlend vorgehen.«

Sie nickte, nahm Zigaretten und Feuerzeug aus ihrem Handtäschchen und zündete sich eine an.

»Haben Sie Luis geliebt?«

»Was soll die Frage?«

»Wie lange waren Sie seine Geliebte?«

Sie unterbrachen ihr Gespräch, während der Kellner den Kaffee auf den Tisch stellte.

»Es war nicht so, wie Sie vielleicht glauben. Er mochte mich. Aber Luis war kein Geliebter. Wir hatten eine schöne Zeit. Nicht mehr und nicht weniger.«

»Was war er für ein Mensch?«

»Warum ist das wichtig? Er ist tot.«

»Sehen Sie, ich frage mich, warum er ermordet wurde. Nach dem, was ich bisher über ihn weiß, muss er ein guter Journalist gewesen sein. Hatte er sich Feinde gemacht, durch seine Artikel zum Beispiel?«

»Seine Artikel kenne ich nicht. Er hat mir wenig über seinen Beruf erzählt. Aber ich kann mir nicht vorstellen, dass ihn jemand so sehr gehasst hat …«

»Frau Gamper, wusste Ihr Mann davon?«

»Von meiner Beziehung zu Luis? Um Gottes willen, nein. Und er darf es auch nie erfahren.«

»Vielleicht weiß er es bereits?«

Sara Gamper dachte einige Augenblicke nach, dann schüttelte sie den Kopf.

»Ich kenne Sebastian wie mein Handtäschchen. Er weiß nichts. Das Einzige, worüber er nachdenkt, ist sein Beruf. Basta.«

»Was wäre, wenn? … Mit dieser Frage wird sich die Polizei bei Ihnen melden. Wie reagiert ein Ehemann, wenn er von der heimlichen Affäre seiner Frau erfährt?«

Sie schob die Brille ins Haar und sah ihn wütend an. »Verdächtigen Sie meinen Mann oder mich?«

»Wann haben Sie Luis Delago das letzte Mal gesehen?«

Sie zog an ihrer Zigarette und drückte sie im Aschenbecher aus. »Etwa eine Woche vor seinem Tod. Wir alle, mein

Mann und die Kinder, waren eine Woche am Gardasee segeln. Als wir zurückkamen, war Luis tot.«

»Wie haben Sie es erfahren?«

»Er hat sich am Telefon nicht gemeldet und meine Mails nicht beantwortet. Also habe ich in der Redaktion angerufen.«

»Kennen Sie seinen Chef?«

»Noggler? Nur vom Telefon. Ich bin ihm nie begegnet.«

Tanner fühlte sich verpflichtet, die Rechnung zu übernehmen, was sie akzeptierte.

Auf dem Weg zu seinem Wagen kam ihm zu Bewusstsein, dass Luis Delago immer noch ein weitgehend Unbekannter für ihn war. Er überlegte, wer ihm bisher das beste Bild von Delago gezeichnet hatte. Für Noggler war er ein kompetenter Reporter, dessen Stärke im investigativen Journalismus lag und der in seinen Artikeln die politische Welt und deren Protagonisten in Südtirol treffsicher beschreiben konnte. Nino Strickner bezeichnete Delago als ungeduldigen und verschlossenen Zeitgenossen, aber auch als guten und freundlichen Kollegen. Und Sara Gamper? Sie war seine Geliebte gewesen, hatte aber kaum Persönliches über ihn preisgegeben. War ihr die Person egal gewesen? Ging es in ihrer Beziehung nur um Sex?

Nachdem er auf der SS38 die Etsch und den Eisack überquert hatte, fiel ihm in der Nähe des Messegeländes ein eigentümlich rot gezackter Pfeil neben der Glastür eines Geschäfts auf. SISTEMA ANTINTRUSIONE – ALARM-

ANLAGEN stand in Großbuchstaben über der Tür. Er sprang auf die Bremse und bestaunte die sehr technisch aussehenden Geräte im Schaufenster. Noi proteggiamo la vostra proprietà – Wir sichern Ihr Eigentum.

Mit eigenartig federndem Gang kam ein kleiner, glatzköpfiger Mann auf ihn zu, wie ein Gummiball auf und ab hüpfend. Er grinste und breitete die Arme aus, als wollte er Tanner umarmen. MATHEUS BRUTTO stand auf dem Namensschild, das er auf seinem Pullover trug.

»Was kann ich für Sie tun?« Matheus hatte eine helle, krächzende Stimme. »Bei uns dreht sich alles um Elektrizität.« Er deutete auf ein zwei Meter hohes Plakat an der Wand mit dem gezackten roten Pfeil, das Tanner bereits vor dem Geschäft aufgefallen war.

»Lassen Sie mich raten. Sie wollen eine Alarmanlage kaufen, einfach zu montieren, preiswert und zuverlässig.«

Tanner nickte. Der Kerl begann, ihm auf die Nerven zu gehen. »Die Alarmanlage soll die Eingangstür und drei Zimmer einer Wohnung überwachen.«

»Auf diese Art von Objektschutz sind wir spezialisiert. Hier! …« Er griff unter den Tresen und legte einige schwarze Kästchen vor Tanner auf den Tisch und ordnete sie der Größe nach.

»Das ist die Zentraleinheit, und die kleinen, unauffälligen Dinger sind die Bewegungssensoren, die Sie in den Räumen befestigen. Keine Leitungen, kein Bohren … alles per Funk. Und das hier …« Er schlug auf einen rot lackierten Blechwürfel. »Das kommt außen an die Hausmauer. Oder Sie können es auch wie einen Blumenkasten vor das

Fenster hängen.« Er lachte glucksend. »Sobald jemand unerlaubt die Wohnung betritt, brüllt die Sirene los, so laut, dass es die Blätter von den Bäumen bläst. Und die Einbrecher vertreibt. Dafür garantiere ich mit meinem guten Namen.« Lachend deutete er zuerst auf das Namensschild auf seiner Brust, dann auf den roten Pfeil an der Wand. »Und mit unserem Gütesiegel.«

Er packte die Schachteln in eine Tasche.

»Wirklich ganz einfach zu montieren. Auch für einen Laien wie Sie. Und wenn es dennoch Probleme bei der Installation gibt, bin ich innerhalb einer Stunde bei Ihnen.« Zur Bestätigung zeigte er auf den silberfarbenen Renault-Kastenwagen, der vor der Tür parkte und ebenfalls mit dem gezackten roten Pfeil verziert war.

Es war schon dunkel, als er Paulas Wohnung betrat. Sie deutete auf die Tasche, die er in der Hand hielt.

»Ist da ein Präsent für mich drin?«

»Ein besonderes Geschenk … und ein Garantieschein für deine Sicherheit.«

Tanner packte die Geräte aus der Tasche und legte sie nebeneinander auf den Tisch, wie es der Verkäufer in dem Geschäft getan hatte.

»Ecco. Nach dem Einbruch in mein Büro habe ich zum Äußersten gegriffen und nachgedacht.«

»Und das Ergebnis deines Nachdenkens sind diese Kästchen hier?«

»Eine Alarmanlage. Damit kommt keiner unbemerkt in deine Wohnung.«

»Du auch nicht?«

Paula öffnete eine Schachtel und betrachtete das kleine Gerät von allen Seiten. »Kann denn ein Detektiv mit Technik umgehen?«

»Du unterschätzt mich. Wie so oft. Außerdem ist alles Plug-and-Play. Kein Bohren, kein Schrauben.« Er sah sie mit entschlossenem Blick an und krempelte die Ärmel hoch.

Zwei Stunden später hatte er zahlreiche Löcher gebohrt, die Geräte angeschlossen und die Bewegungsmelder montiert.

»Das ist der Dank für die Sicherheit, die du mir schenkst«, sagte sie und deutete auf die Flasche. »Nach der anstrengenden Arbeit hast du einen Drink verdient.«

Neugierig betrachtete er die Flasche. Grappa Lagrein vom Weingut Sölva aus Kaltern.

»Wo hast du den Grappa her?«

Paula grinste. »Den habe ich schon vor längerer Zeit gekauft.«

»Und warum sehe ich den erst heute?«

»Weil ich ihn vor dir versteckt habe.«

Lächelnd betrachtete sie seine Hose, die eher einer schmutzigen Arbeitskleidung glich. »Zieh die Hose aus, damit ich sie sauber machen kann.«

»Ich mag nicht in der Unterhose vor dir stehen«, sagte er und kam sich wie ein kleiner Junge vor.

Nach dem Essen setzte er sich in seinen Lieblingssessel und lauschte der CD, die Paula ausgewählt hatte. Irgendetwas von Ennio Morricone.

Er hatte nur zwei Gläser von dem herrlichen Grappa getrunken, fühlte sich aber dennoch schläfrig. Er schloss die Augen, und in dem Dämmerzustand zwischen Schlummer und Wachsein durchlebte er noch einmal den unangenehmen Vorfall im Krankenhaus. Verschwommen sah er den jungen Mann vor sich, der sich mit der blutigen Hand an der Mauer abstützte. Auch die Mauer muss blutig geworden sein, dachte er und hätte nicht erklären können, warum er sich darüber den Kopf zerbrach. In Gedanken sah er den jungen Mann hinkend den Flur entlanglaufen. Warum hatte er sich von dem Arzt nicht helfen lassen?

Als Tanner die Augen öffnete, stand Paula vor ihm und lächelte.

»Habe ich dich geweckt?«

»Ich habe nicht geschlafen. Ich habe nachgedacht.«

»Emilys Mutter hat mich angerufen. Wie war dein Gespräch in Innsbruck?«

»Es ist das Schlimmste, was Eltern passieren kann … wenn das eigene Kind stirbt. Egal, wie alt es ist.«

»Ich hab dich gewarnt.«

»Sie kommen morgen nach Bozen, um Emilys Wohnung auszuräumen.«

»Warum so überstürzt?«

»Die Immobilienfirma geht eiskalt vor. Die wollen die Wohnung so rasch wie möglich weitervermieten. Das ehemalige Kinderzimmer in Innsbruck wird jetzt wie ein Heiligtum behandelt, erzählte die Mutter. Sie haben vor, alles aus Emilys Bozner Wohnung nach Innsbruck zu holen. Alles und jedes wird aufbewahrt, was sie an ihre Tochter erinnert. Als die Frau das sagte, hatte sie Tränen in den Augen. Wusstest du übrigens, dass Emily eine Anstellung im Krankenhaus Meran hatte?«

»Ich glaube, dass sie es einmal erwähnt hat.«

»Ich habe einen Doktor Auckenthaler kennengelernt. Das war ihr Chef in der Psychiatrie.«

»Hast du sonst etwas Wichtiges erfahren?«

Tanner nickte. »Sara Gamper ist eine höchst attraktive Frau.«

Paula verdrehte die Augen. »Weiß der Herr Gatte, dass er Hörner aufhat?«

»Das habe ich sie gefragt. Sie sagt nein. Sara Gamper spielt den Unschuldsengel.«

»Was wirst du machen? Mit Dr. Gamper reden?«

»Dann ist ihre Ehe kaputt.«

»Sagt wer?«

»Sagt die attraktive Sara.«

»In den meisten Fällen kommt der Mörder aus der eigenen Familie.«

Tanner verzog anerkennend das Gesicht. »Woher hast du diese Erkenntnis?«

»Von dir und aus den Krimis, die ich lese.«

»Du hast recht. Dr. Sebastian Gamper ist verdächtig.«

Irgendwo im Zimmer läutete ein Telefon.

»Das ist deines«, sagte sie.

Nach einigem Suchen fand er das Handy in seiner Hosentasche. Es war Maurizio.

»Ich wollte dich informieren, dass die Staatsanwaltschaft Delagos Leiche freigegeben hat. Die Bestattung ist morgen.«

»Wo?«

»Am städtischen Friedhof. Um zehn Uhr.«

»Ich werde dort sein.«

»Es werden wenig Menschen erwartet«, sagte Maurizio. »Ich komme wahrscheinlich auch.«

ZWÖLF

Auf dem Weg zum Friedhof rief Tanner seinen Auftraggeber Rafael Noggler an, um einen kurzen Bericht über die bisher eingeleiteten Aktivitäten abzuliefern. Er hatte sich einige Formulierungen zurechtgelegt, hatte aber kein gutes Gefühl, während er die Nummer wählte. Was hatte er bisher schon erreicht? Vor allem nahm er sich vor, am Telefon den Begriff »Berichterstattung« strikt zu vermeiden. Schließlich hatte er wenig zu berichten.

Tanner war froh, als sich herausstellte, dass sich Noggler gerade auf einer Dienstreise in Turin aufhielt und wenig Zeit hatte, so dass das Telefonat rasch zu Ende war. Über Delagos Begräbnis sei er nicht informiert worden. »Schade«, sagte er. »Ich hätte mich von Luis gerne verabschiedet.«

Als Tanner auf der Rombrücke den Eisack überquerte, brach die Sonne durch die Wolken und schien ihm genau ins Gesicht. Viel Licht, dachte er, aber wenig Erhellung. Manchmal hatte er das Gefühl, in einem riesigen Kreisverkehr unterwegs zu sein, von dem alle abgehenden Straßen mit einem Fahrverbot belegt waren.

Es war kurz vor zehn, als er auf der Claudia-Augusta-Straße Richtung Süden fuhr, die neben den Bahngleisen entlangführte und dann in die Pfarrhofstraße einmündete, in der sich sinnigerweise nicht nur der städtische Friedhof, sondern in unmittelbarer Nachbarschaft auch ein Paintball-Center befand.

Tanner hegte immer schon einen ausgeprägten Widerwillen gegen Begräbnisse. Wenn er ehrlich darüber nachdachte, war es weniger die Beerdigung an sich, die er nicht mochte. Ihn störte die gesamte Zeremonie, die falschen Reden am offenen Grab, die weißen Blumen und die Schaufel, die man in die Hand gedrückt bekam, um einen Klumpen Erde auf den Sarg zu werfen, was ein irritierendes Geräusch hervorrief. Er wollte überhaupt nicht an den Tod erinnert werden. Aus seiner Sicht starben immer nur die anderen. Für ihn war Sterben keine Option. Wenn man über den Tod nachdenkt, so bedeutet das, dass man akzeptiert, bedeutungslos und völlig unwichtig zu sein. Tanner wollte nicht unwichtig sein.

Der Gottesdienst hatte gerade begonnen, als Tanner die kleine Kirche betrat. Er sah sich um. Fünf Personen saßen in den ersten zwei Reihen, zwei Männer und drei Frauen. Er erkannte Maurizio, der sich gerade umdrehte und ihm zunickte. Tanner blieb im hinteren Teil der Kirche stehen und beschloss, dort das Ende der Messe abzuwarten. Die Sonne schien durch eines der kleinen Glasfenster und warf einen vielfarbigen Schatten auf den Steinboden.

Es war ein armseliges Bild, als sich die kleine schwarz gekleidete Gruppe ohne Musikbegleitung zwischen den Gräbern des Friedhofs hindurchschlängelte. Tanner beobachtete den schwankenden Sarg, auf dem die Blumengestecke im Takt der schrittweisen Fortbewegung hin und her wogten.

Die Grabstelle, die man für Luis Delago ausgewählt hatte, lag im rückwärtigen Bereich des Friedhofs, in dem sich auch die letzte Ruhestätte seiner Eltern befand. Schlechtes Gewissen stieg in ihm hoch. Wann war er das letzte Mal dort gewesen? Er wusste es nicht.

Tanner hielt sich im Hintergrund, als sich die kleine Gruppe um das offene Grab herum aufstellte. Der Priester sprach einige Worte, die Tanner aus der Entfernung nicht verstehen konnte. Die wenigen Leute, die gekommen waren, standen dem Priester gegenüber, der den Sarg mit Weihwasser besprengte und ein Gebet sprach, während der Sarg in die Tiefe abgesenkt wurde. Tanner kannte keinen der Leute, bis auf Maurizio, der einmal kurz zu ihm herübernickte und ihm mit einer Geste zu verstehen gab, dass er hinterher am Friedhofstor auf ihn warten würde. Die Trauerfeier schien zu Ende zu gehen, als Tanner im Hintergrund einen jungen Mann entdeckte, der sich hinter Büschen versteckt hielt und von dort die Beisetzung verfolgte. Der Mann kam ihm merkwürdig bekannt vor.

Als er sich wieder dem Grab und dem Priester zuwandte, war die Zeremonie vorbei. Wie im Zeitlupentempo, als falle es allen schwer, den Verstorbenen allein in der Grube zurückzulassen, trat die kleine Gruppe den Heimweg an. Die Gestalt des jungen Manns löste sich aus dem Gebüsch, wartete noch einige Augenblicke, bis die anderen verschwunden waren, und wandte sich ebenfalls dem Ausgang zu. Er hinkte. Nicht stark, aber so, dass es auffällig war. Dann fiel Tanner ein, wo ihm dieses Gesicht und die hinkende Gestalt schon begegnet waren: bei Dr. Auckenthaler in der Meraner Klinik. Seltsamer Zufall. Zuerst das gewaltsame Aufeinandertreffen im Krankenhaus, und jetzt tauchte er bei Luis Delagos Beerdigung auf. Wer war dieser Bursche? In diesem Moment erschien es Tanner, als hätte ihn der Mann registriert. Jedenfalls ging ein Ruck durch seinen Körper, und mit einigen raschen Schritten verschwand er zwischen den Gräbern und Bäumen des großen Friedhofs.

Sollte er dem Mann nachlaufen? Vielleicht irrte sich Tanner auch. Wahrscheinlich gab es Hunderte junge Männer mit ähnlichem Aussehen in Bozen, die sich hinkend fortbewegten. Außerdem würde er den jungen Mann ohnehin nicht einholen.

Der nächste Zufall erwartete Tanner, als er bereits dem Ausgang nahe war. Er folgte einem der breiten Wege und blieb an einem steinernen Grabmal stehen, das einem antiken Mausoleum glich. Es war windstill, und die Luft roch nach Hitze und Trockenheit. Dann entdeckte er einen Mann, der, halb von einer großen Steinfigur verdeckt, im Hintergrund stand und zu ihm herübersah. Kein Zweifel. Der Mann beobachtete ihn. Mit langsamen Schritten ging Tanner im Zickzack um die Gräber herum und auf den Mann zu. Als dieser ihn sah, wirbelte er herum und marschierte in großer Eile dem Ausgang zu, wo er hinter den Grabsteinen verschwand. Tanner blieb ihm auf den Fersen und wechselte in einen Laufschritt über. Kurz vor der Pforte blieb der Mann stehen und drehte sich um. Ungläubig starrte Tanner den Mann einen Augenblick an, dann erkannte er ihn wieder. Versoffenes Gesicht, auffallend rotblondes Haar und eine bullige Figur. Tanner erinnerte sich. Es war auf der Suche nach der geheimnisvollen Höhle gewesen, die ihn von Barbian auf den Saubacher Kofel geführt hatte, wo er schließlich im Gasthaus Rittner gelandet war. Sein alter Schulfreund Ferry Gerrer hatte ihm den besoffenen Rotblonden unter dem Namen Kassian vorgestellt.

Der Mann, der einige Zentimeter größer und mindestens zwanzig Kilo schwerer war als Tanner, hatte ein kantiges, zerfurchtes Gesicht. Demonstrativ langsam verschränkte er die Arme vor der Brust und wartete, bis Tanner angeschnauft kam.

»Warum verfolgen Sie mich?« Der Mann sprach mit einer tiefen, bösartigen Stimme.

»Sie sind mir schon bei Rittner unangenehm aufgefallen.«

Noch bevor Tanner ein Wort sagen konnte, griff der Rotblonde an. Ansatzlos packte er Tanner an den Schultern und versetzte ihm einen gewaltigen Stoß, so dass er gegen die Friedhofsmauer geschleudert wurde. Nach einigen Schrecksekunden fand Tanner das Gleichgewicht wieder. Maurizio, der die Auseinandersetzung aus einiger Entfernung verfolgt hatte, watschelte zwischen den Gräbern näher. Der Rotblonde wirbelte herum und lief in einer für sein Alter erstaunlichen Geschwindigkeit einen Kiesweg entlang und schlüpfte durch eine Öffnung in der Mauer. Tanner verfolgte ihn, doch als er die kleine Pforte erreicht hatte, war der Mann verschwunden.

»Ich habe noch nie erlebt, dass sich zwei erwachsene Männer auf einem Friedhof prügeln«, sagte Maurizio, dem die rasche Bewegung die Schweißperlen auf die Stirn getrieben hatte.

»Damit habe ich auch nicht gerechnet.«

»Wer war der Mann?«

Tanner setzte sich auf eine der Bänke und schüttelte den Kopf. »Maurizio, der heutige Tag ist durch eigenartige Zufälle gekennzeichnet. Setz dich, dann versuche ich, es dir zu erklären.«

DREIZEHN

Von St. Josef aus wanderten sie den Spiegelweg entlang, als Paula stehen blieb und auf den See hinaussah. Die untergehende Sonne warf ihren Schatten lang und verzerrt auf den Wiesenstreifen Richtung See. In wenigen Minuten würde die Sonne hinter dem Mendelkamm verschwunden sein. Es waren kaum Leute unterwegs. Nur manchmal radelten Touristen auf ihren Fahrrädern vorbei, die wahrscheinlich Richtung Kaltern unterwegs waren. Seit Tanner vor einem halben Jahr in das Haus oben in Altenburg eingezogen war, hatten sie sich angewöhnt, an den Abenden am See entlangzuspazieren. Der Hang im Westen lag bereits im Dunklen, doch mit etwas Phantasie konnte man das Dach seines Hauses oben über dem Wald als schwarzes Dreieck erkennen.

»Heute kommt noch ein Gewitter«, sagte Paula. In diesem Moment warf die Sonne einen letzten, goldenen Lichterkranz über den Himmel, dann war sie hinter dem Bergkamm verschwunden. Mücken schwirrten kaum sichtbar durch die schwüle Luft.

Paula zeigte zum Himmel, auf dem sich von Norden her eine dunkle Wolkenwand heranschob. Es roch nach Wasser und frischem Gras.

»Es ist schön hier«, sagte Tanner.

»Die Jahreszeiten hier in Südtirol sind stärker ausgeprägt als weiter im Süden. Das mag ich.« Paula pflückte eine Hagebutte von einem Busch und hakte sich bei ihm unter.

»In der Nacht habe ich von meinem Vater geträumt«, sagte er. Sie blieben stehen und sahen sich an.

»Wie lange ist das her? Dass er gestorben ist.«

»Drei Jahre. Im Traum stand er deutlich vor mir. Lächelnd. Ich bin auf ihn zugegangen und habe die Hand nach ihm ausgestreckt. Dann hat er sich in Luft aufgelöst. Wie ein Nebel, der vom Wind weggeblasen wird.«

Aus der Ferne war ein Donner zu hören. Paula hob den Blick und beobachtete den Himmel.

»Du wirkst müde«, sagte sie. »Und in Gedanken versunken.«

»Auf dem Begräbnis in Bozen ist mir heute etwas Eigenartiges passiert. Du erinnerst dich an Dr. Auckenthaler vom Krankenhaus Meran, bei dem die arme Emily einige Stunden in der Woche gearbeitet hat. Vor seiner Bürotür bin ich mit einem jungen Mann zusammengestoßen, der Auckenthaler wirre Dinge erzählt hat, über Gewalt und seine Misshandlung. Der Arzt ist sicher, dass der Bursche von Emily geredet hat. Zumindest soll er ihren Namen erwähnt haben. Zwei Mal sogar.«

»Habt ihr ihn nicht gefragt, was er im Krankenhaus wollte?«

»Ging nicht. Er lief plötzlich weg. Wie in Panik. Aber da war noch etwas. Ich habe dir von meiner Wanderung nach Barbian und auf den Saubacher Kofel erzählt.«

Paula lächelte. »Kommt jetzt die Geschichte von deiner mysteriösen Höhle?«

Er ging auf ihre Bemerkung nicht ein. »Hunger und Durst haben mich ins Gasthaus Rittnerhof getrieben.«

»Ich verstehe«, sagte sie lächelnd. »Du musstest dich stärken.«

»Dort habe ich einen Mann mit roten Haaren zum ersten Mal gesehen. Groß, kräftig und unfreundlich. Kassian heißt er, sagte mir mein alter Schulfreund Ferry.«

»Dir ist heute am Friedhof etwas Eigenartiges passiert, sagtest du. Was war das?«

»Beide Männer waren dort, der brutale Rothaarige, dem ich im Eisacktal begegnet bin, und der Typ aus dem Meraner Krankenhaus. Verstehst du nicht, dass das verwirrend ist? Die zwei haben nichts miteinander zu tun. Warum tauchen beide bei Delagos Beerdigung auf?«

»Zufall vielleicht.«

»Solche Zufälle gibt es nicht.«

»Ich habe Hunger«, sagte Paula.

In der Nacht kam das Gewitter. Lauter Donner und das Krachen der Äste, die der Sturm hin und her warf, rissen Tanner aus einem unruhigen Traum. Laut klatschte der Regen gegen die Scheiben, und im Halbschlaf hörte er das Wasser in die Dachrinne gurgeln.

Seine Schulter, mit der ihn der brutale Typ gegen die Friedhofsmauer gestoßen hatte, schmerzte. Vorsichtig, um Paula nicht zu wecken, kroch er aus dem Bett und tappte ins Badezimmer. Er schluckte eine Schlaftablette und legte sich wieder ins Bett, konnte aber nicht einschlafen. Später zählte er die Glockenschläge am nahen Kirchturm. Halb drei. Er starrte in die Dunkelheit und fragte sich, warum er das Gefühl nicht loswurde, etwas Wichtiges vergessen zu haben. Schließlich wirkte die Tablette. Vielleicht war es aber auch das monotone Rauschen des Regens, das ihn in einen unruhigen Schlaf fallen ließ.

VIERZEHN

Paula war früh aus dem Haus gegangen. Am Morgen fand Tanner ein Kuvert mit dem Aufdruck AMTLICHE POST am Boden, das jemand durch den Briefschlitz geworfen hatte. Tanner mochte amtliche Post nicht.

Nach dem gesunden Frühstück und einem ersten Espresso fühlte er sich mental gestärkt und öffnete den amtlichen Brief, der in der Betreffzeile und in fetter, gesperrter Schrift das Wort VORLADUNG enthielt. Im Briefkopf las er:

> Polizia di Stato. Questura di Bolzano.
> Largo Giovanni Palatucci 1–39100 BOLZANO.

Am meisten ärgerte sich Tanner über den Satz: »Es ist beabsichtigt, Sie als Beschuldigten/Beschuldigte zu vernehmen.« Weder war er ein Beklagter, noch fühlte er sich wegen irgendwelcher Aktivitäten der Vergangenheit schuldig. Unterschrieben war der Brief mit: Commissario Nero De Santis.

Tanner merkte, wie der Brief in seiner Hand leicht zu zittern begann. Er legte ihn auf den Tisch und befahl sich, einige Male tief durchzuatmen. Zu allem Überfluss klingelte sein Telefon, das er erst nach hektischem Suchen im Badezimmer entdeckte. Kein Zweifel. Es war wieder einer dieser Tage.

»Habe ich dich geweckt?« Maurizios Stimme.

»Alleine die Frage ist eine Frechheit. Ich habe nur mein Handy nicht sofort gefunden.«

»Tiberio, es gibt Neuigkeiten.«

Tanner setzte sich an den Küchentisch und wischte ärgerlich die herumliegenden Brotkrümel zur Seite. »Ich habe später auch eine Neuigkeit für dich.«

»Mich hat gerade Gerd Rieper, mein ehemaliger Mitarbeiter in der Questura, angerufen. Er hat herausgefunden, wer der Whistleblower ist, der Luca Terlizzis Zeugenaussage an die Presse weitergegeben hat.«

»Und? Wer ist es?«

»Ein junger, ehrgeiziger Carabiniero. Mit dem Burschen hatte ich zweimal Streit. Und jetzt hat er sich an mir gerächt.«

»Zeugenaussagen an die Presse geben … Ist das nicht strafbar?«

»Natürlich ist es das. In der Questura wird gerade ein internes Ermittlungsverfahren eingeleitet, und bis zu einem Ergebnis ist der Mann vom Dienst suspendiert.«

»Dann bist du ja rehabilitiert.«

»Quatsch. Ich war sein Chef, und der Chef trägt die Verantwortung.«

»War das die Neuigkeit, die du mir versprochen hast?«

»Nein, die kommt jetzt, hör zu: Der Rieper Gerd hat mir noch etwas erzählt. Er war eingeteilt, auf den jungen Terlizzi achtzugeben.«

»Personenschutz für Luca Terlizzi?«

»So könnte man sagen. Der alte Terlizzi war gemeinsam

mit einem Anwalt beim Vizequestore. An dem Gespräch hat auch Gerd teilgenommen. Und weißt du, wie De Santis reagiert hat? Es tue ihm leid, was passiert ist. Und er habe die Schuldigen bereits zur Verantwortung gezogen. Der Hauptverantwortliche sei in Zwangspension geschickt worden. Dieses Arschloch! Damit meinte er mich.«

»Und was weiter? Der Sohn Terlizzis ist tatsächlich in Gefahr. Schließlich läuft Delagos Mörder frei herum.«

»Das bestreitet niemand. Lucas Vater und der Anwalt waren schließlich zufrieden, als De Santis zugesagt hat, einen Polizisten vor Terlizzis Haus zu postieren. Gerd Rieper hat fast eine Woche Kindermädchen gespielt. Er hat im Haus geschlafen und Luca in die Schule gefahren.«

»Und was ist die Neuigkeit für mich?«

»Hör zu! Auf einer der gemeinsamen Autofahrten hat Luca gestanden, dass er mehr weiß, als er bisher der Polizei erzählt hat.«

»Der Bub spielt mit uns«, sagte Tanner. »Ich hatte von Anfang an das Gefühl, dass er nicht die ganze Wahrheit gesagt hat. Dann soll er endlich reden.«

»Ich bin noch nicht fertig, Tiberio. Der Bub will ja reden, aber nur mit dir.«

»Mit mir?«

»Der Polizei traut er nicht, sagt er. Nur zu dir habe er Vertrauen.«

»Zu mir? Weiß das De Santis?«

»Nein. Gerd hat es mir erzählt. Sonst niemandem. Und er bittet dich, mit Luca zu reden. Und zwar möglichst rasch.«

»Maurizio, die Kernfrage lautet: Hat der Bub gesehen, wer im Fiat saß? Und hat er ihn erkannt? Oder hat er sich das Kennzeichen gemerkt? Bei meinem ersten Gespräch hat er all diese Fragen verneint. Er habe nur einen Schatten im Wagen gesehen. Nicht mehr.«

»Vielleicht hat er seine Meinung geändert. Oder sein Gedächtnis hat sich plötzlich aufgefrischt.«

»Der Bub spielt mit uns«, wiederholte Tanner.

»Hast du was zum Schreiben? Ich diktiere dir die Adresse der Schule, die Luca Terlizzi besucht. Es ist besser, du triffst dich dort mit ihm. Der alte Terlizzi hat eine Mordswut auf dich. Halte dich fern von ihm.«

Tanner notierte sich die Adresse der Schule, die sich in St. Pankraz im Ultental befand, eine halbe Autostunde südwestlich von Meran.

»Fahr am Vormittag hin, da hat der Bub Unterricht. Aber nähere dich der Lehranstalt devot und unterwürfig. Die Internatsschule steht unter der Herrschaft irgendeines Ordens. Und die kirchlichen Chefs sollen nicht nur konservative, sondern auch autoritäre Herren sein.«

»Gibt es Neuigkeiten bei den Ermittlungen nach Emilys Mörder?«

»De Santis hat eine Sonderkommission eingesetzt, die aber bisher keine Ergebnisse aufweisen kann.«

»Maurizio, die Polizei hat mich vorgeladen.«

Er hörte Maurizios Gelächter. »Wer genau?«

»Dein Nachfolger, der Affe.«

»Das Gerücht ist bereits gestern bis zu mir durchgesickert. De Santis macht Jagd auf dich … Es geht um dieselbe Sache … um den Besuch Terlizzis mit seinem Anwalt in der Questura. Lass mich raten … man wird dir vorwerfen, die Polizeiarbeit zu behindern, unerlaubt mit Zeugen zu reden und wichtige Erkenntnisse der Polizei gegenüber zu verschweigen.«

»Unsinn! Ich habe nichts verschwiegen.«

»Sei vorsichtig! De Santis ist gefährlich.«

»Muss ich der Einladung Folge leisten?«

»Tiberio, das ist keine Einladung, sondern eine Vorladung. Ich an deiner Stelle würde hingehen.«

»Ich mag den Affen nicht.«

»Ich noch viel weniger, wie du weißt. De Santis wird dir vorwerfen, Luca in Gefahr gebracht zu haben und schuldig zu sein, dass der Mörder aus der Zeitung erfahren hat, dass er bei seiner Tat am Weinberg beobachtet wurde.«

»Das ist ganz großer Käse.«

»Ich weiß, ich erzähle dir nur, was dich auf der Questura erwartet.«

Er hörte Maurizio lachen. »Ich habe übrigens vor Kurzem etwas über De Santis erfahren, was dir gefallen wird. Der Affe, wie du ihn nennst, behauptet bei jeder Gelegenheit, dass er in Amerika Karriere gemacht hat, bevor er nach Bozen versetzt wurde. In Neapel, wo er einige Zeit stationiert war, hat er überall herumerzählt, er habe in Chicago die Ausbildung zum Profiler durchlaufen und dann innerhalb kürzester Zeit in den Staaten Karriere gemacht.« Tanner hörte Maurizio aufstöhnen. »Seit gestern weiß ich, dass dies alles gelogen ist. Ein alter Freund aus Chicago hat mich angerufen. De Santis war tatsächlich ein halbes

Jahr als Praktikant dort, hat aber nach kurzer Zeit Scheiße gebaut hat und ist nach El Paso strafversetzt worden. Von Chicago in die Wüste … direkt an die mexikanische Grenze.«

»Strafversetzt in die Wüste … Das gefällt mir.«

»Aber sag nicht, dass du das von mir erfahren hast. Schließlich bin auch ich strafversetzt worden – in die Pension.«

*

Tanner verließ Bozen auf der Staatsstraße Richtung Nordwesten und folgte der Etsch, bis er im südlichen Winkel des Meraner Talkessels die lang gezogene Gemeinde Lana erreichte. Dort verließ er die SS 38 und bog ins Ultental ab, eines der urtümlichsten Seitentäler der Etsch. Durch den nächtlichen Dauerregen waren einige Bäche, die von den Höhen der Ultner Berggipfel in das Flusstal der Falschauer stürzen, zu rauschenden Strömen angewachsen. Gut gelaunt hörte er eine der frühen Cembalosonaten Domenico Scarlattis und bewunderte die unterschiedlichen Grüntöne der Laub- und Nadelwälder, manchmal unterbrochen von gezackten Felsrippen und steil aufragenden Steinwänden. Am Ende eines dunkelgrünen Waldgebietes begegnete ihm eine auf steilem Felsen aufragende Burgruine und dahinter das Schild St. Pankraz.

Unter dem Ortsnamen war vermerkt, dass er sich hier auf einer Seehöhe von 740 Metern befand.

Die Abzweigung zum Pädagogischen Institut Pankratium kam früher als erwartet. Die kurvenreiche Straße wurde enger, und nach einer Gruppe mächtiger Ahornbäume kam der Ansitz in Sicht, ein viergeschossiger Bau mit gefühlten tausend Fenstern und einem runden Turm an jeder Gebäudeecke. Mitte 16. Jahrhundert, schätzte Tanner den Altbau mit der durch Zinnen bekrönten Arkadenfront. An dem prunkvollen Haus konnte man noch ablesen, wer früher in Südtirol den Ton angab: der Adel und die Kirche. Gestört wurde der positive Eindruck nur durch zwei neu hinzugefügte Gebäudeflügel, die ganz offensichtlich aus dem 21. Jahrhundert stammten, errichtet aus Stahl, Sichtbeton und vorfabrizierten Glaselementen. Der Neubau passte zum Altbau wie die Faust aufs Auge. Wie eine späte Rache am Adel.

Das eiserne Tor stand zur Hälfte offen. Tanner betrat den großen Innenhof, der auf drei Seiten von Gebäuden eingerahmt war. Seine Uhr zeigte kurz vor zehn. Durch das geöffnete Fenster eines der Räume im ersten Stock drangen helle Kinderstimmen, die ein Lied über den Frühling sangen, der die Bäume und Wälder grün mache. Mehr konnte Tanner nicht verstehen.

Große Pausen waren immer um zehn Uhr. Das war schon zu seiner Zeit so gewesen, und das galt sicher auch für eine Schule unter kirchlicher Aufsicht. Während der Pause würde er sich zu Luca durchfragen. Den Unterricht wollte er nicht stören.

Von einer der Bänke im Schatten eines Baumes hatte Tanner eine gute Sicht auf die Vorderfront des Gebäudes und auf den Haupteingang. Hinter einem der Fenster im zweiten Stock stand ein Mann und beobachtete ihn. Tanner winkte hinauf, worauf der Mann verschwand.

Nach fünf Minuten meldeten sich Hungergefühle und Durst. Gelangweilt beobachtete er den Brunnen auf der gegenüberliegenden Seite des Platzes, aus dem sich unter lautem Rauschen ein mächtiger Wasserstrahl in einen steinernen Behälter ergoss. Das spritzende Wasser löste bei ihm den dringenden Wunsch aus, eine Toilette aufzusuchen.

Tanner sah nicht nach links oder rechts, als er durch das Hauptportal ging, vorbei an einem Türsteher, der ihn neugierig mit den Blicken verfolgte. Selbstbewusst marschierte er geradeaus, wie ein Mann, der sich darüber im Klaren war, wo sich sein Ziel befand.

Als er aus der Toilette kam, warteten zwei Männer auf ihn.

»Kommen Sie mit«, sagte der eine, der einen blauen Overall trug.

»Sind Sie der Gärtner?«, fragte Tanner. »Und wohin möchten Sie mich einladen?«

»Der Dekan möchte Sie sprechen.« Die beiden Männer nahmen ihn in die Mitte und führten ihn auf verschlungenen Wegen in einen Raum, der wie eine Bibliothek aussah.

Der mit dem blauen Overall deutete auf den Sessel, der in der Ecke des Raumes stand. »Setzen!«

Setzen! Das hatte zuletzt ein Lehrer in der Schule zu ihm gesagt. Das war fünfzig Jahre her. Tanner sah sich im Zimmer um und fand sich von Bücherregalen umzingelt, voll mit Werken aus Religion, Philosophie und Kirchengeschichte. An der einzigen Wand ohne Regale, die dunkelbraun getäfelt war, hing ein riesiges hölzernes Kruzifix und daneben ein gerahmter Druck von Leonardo da Vincis letztem Abendmahl, was Tanners Hungergefühl wieder aufleben ließ.

Ein groß gewachsener, beleibter Mann betrat den Raum und kam mit mächtigen Schritten näher, so dass seine bodenlange Soutane um die Beine Wellen schlug.

Der Mann in der Soutane blieb etwas vorgebeugt knapp vor Tanner stehen. »Ich hoffe, unsere Mitarbeiter waren ausreichend höflich zu Ihnen. Sie haben Sie beobachtet, weil Sie ohne Anmeldung den Hof unserer Anstalt betreten haben.«

»Das Tor war offen.« Wie als Entschuldigung deutete Tanner zum Fenster.

»Die Nachlässigkeit eines unserer Lieferanten.« Er verneigte sich leicht. »Ich bin Pater Franz. Und ich bin für die Sicherheit unserer Schüler verantwortlich. Das betrifft natürlich auch unser Lehrpersonal.«

»Sie behandeln mich wie einen Einbrecher. Ich möchte einen Ihrer Schüler sprechen. Es ist wichtig.« Er nestelte seinen Ausweis aus der Jackentasche und hielt ihn dem Mann hin. Die Soutane des Paters war vorne mit geschätzten hundert Knöpfen verschlossen, und Tanner überschlug, dass es mehr als zehn Minuten dauern musste, bis der Pfarrer alle geschlossen hatte.

»Es geht um Luca Terlizzi.«

Sein Gegenüber sah ihn ein paar Momente schweigend an.

»Das dachte ich mir fast. Daraus wird leider nichts.« Die Stimme des Paters klang weich und samtig. Der Mann war kein feuriger, wortgewaltiger Redner, sondern eher von der sanften Sorte. Tanner fiel auf, dass er einem nicht in die Augen sehen konnte.

»Sie sind sicher so freundlich und erklären mir, warum.«

Ohne dass sein Lächeln verschwand, funkelte ihn der Pater aus wachen Augen an.

»Leider stand der Junge nur zwei Tage unter Polizeischutz. Ich kenne die genaueren Umstände nicht, aber nicht nur der liebe Gott, sondern auch ein freundlicher Herr von der Questura Bozen wünscht, dass wir bedrängten Geschöpfen wie Luca beistehen. Und diesem Wunsch entsprechen wir.«

Das Gesicht des Paters hatte sich leicht gerötet. Außerdem roch er eindeutig nach Alkohol. Wein, wie Tanner feststellen konnte.

Sie erhoben sich, und die weit geschnittene Soutane bauschte sich wieder, als er eine vorbildliche Pirouette rückwärts drehte und Tanner die Hand hinstreckte. Der Pater hatte einen Händedruck wie eine Schraubzwinge.

Als er die Spitzkehren bei Lana passierte, kehrten Hunger und Durst anfallsartig zurück. Tanner beschloss, diesmal nicht auf der Staatsstraße die Etsch entlangzufahren. Am ersten Kreisverkehr in Lana bog er rechts ab und parkte einige Hundert Meter weiter neben den runden Holztischen des Försterbräus. »Genießen Sie die gepflegten Fassbiere aus der Spezialbier-Brauerei FORST«, stand auf der Titelseite der Speisekarte.

»Ich nehme das von Seite eins«, sagte er zu dem jungen Mädchen, das ihn bediente.

Während er einen ersten Schluck des naturtrüben Felsenkeller-Biers genoss, überlegte er, wann er zum letzten

Mal eine Pizza gegessen hatte. Und Bier statt Wein. »Alles hat seine Zeit«, stand in den weisen Büchern des Alten Testaments. Tanner war unsicher, ob sich dieses Bibelzitat auf die beiden Themen Pizza und Bier bezog.

Er suchte den Blickkontakt zur Kellnerin, und als er die Hand hob, um noch ein Bier zu bestellen, klingelte sein Handy.

»Luca Terlizzi ist tot«, sagte Maurizio. »Erschossen.«

FÜNFZEHN

»Fährst du zu Lucas Eltern?«

»Um Gottes willen.« Er sah Paula irritiert an. »Der alte Terlizzi übt Blutrache an mir.«

»Ich kann ihn verstehen. Er hat sein dreizehnjähriges Kind verloren.«

Tanner nickte. »Ich habe ihn gewarnt.«

»Hat die Polizei den Buben bewacht?«

»Sie haben einen Carabiniero vor dem Haus postiert und sogar bei den Terlizzis übernachten lassen. Wahrscheinlich haben sie die Gefahr unterschätzt und die Aktion zu früh abgeblasen.«

»Wie kam der Junge ums Leben?«

»Erschossen. Es ist wohl im Pankratium geschehen. Ich war dort.«

»Warum hat man den Schützen nicht gefasst?«

»Ich weiß es nicht. Maurizio macht sich im Moment schlau, wie das ganze Drama abgelaufen ist. Wir haben uns für morgen verabredet. Dann erfahre ich mehr. Vielleicht erzählt mir auch Maurizios Nachfolger etwas. Ich treffe den Affen heute.«

Paula erhob sich, und bevor sie mit dem Frühstücksgeschirr in der Küche verschwand, drehte sie sich noch einmal zu ihm um.

»Viel Glück beim Affen.«

*

Der Minigolfplatz auf den Talferwiesen war bereits geöffnet, und von einem der Spielplätze drang das Geschrei einer Schulklasse herüber. Es roch nach Hitze und getrocknetem Gras. Das Frühjahr war weit fortgeschritten und würde bald in einen warmen Sommer übergehen. Er nahm die Route über die Talferbrücke, fuhr um die halbkreisförmige Säulenhalle der Stadtbibliothek herum und erreichte weiter südlich den Giovanni-Palatucci-Platz mit dem schmutziggelben Gebäudekomplex der Questura.

Fröstelnde Kühle begrüßte ihn in der dämmrigen Eingangshalle, die an Gemütlichkeit einem Bahnhofswartesaal zweiter Klasse ähnelte. Mit dem Vorladungsschreiben in der Hand wandte er sich an einen Uniformierten, der das Papier las und mit dem Kopf Richtung Stiegenhaus wies. »Zimmer 326 im zweiten Stock.«

Man ließ Tanner zehn Minuten in einem schlecht gelüfteten Raum warten, bis ein junger Uniformierter in Begleitung eines Mannes erschien, der sich als Commissario Capo Nero De Santis vorstellte. Mit Interesse beobachtete Tanner den Mann, der ihm gegenüber Platz nahm: Sein Gesicht hatte eine ungesund rötliche Farbe, das blondierte Haar war frisch geföhnt, und die Uniformhose war vermutlich erst vor Kurzem exakt gebügelt worden. Noch im Sitzen konnte man erkennen, dass er nicht allzu groß, dafür an allen Stellen seines Körpers gut gepolstert war.

Im Geist ließ Tanner einige der Geschichten Revue passieren, die Maurizio über den rotgesichtigen De Santis erzählt hatte.

»Auf diesen Moment habe ich lange gewartet«, sagte der Commissario Capo lächelnd.

Sag, was du willst, dachte Tanner und lächelte zurück. Er beschloss, das zu tun, was er bei unsympathischen Menschen immer schon tat: Nero De Santis nicht ernst zu nehmen.

Mit einer ausladenden Geste, die einem Schauspieler alle Ehre gemacht hätte, ließ sich der Commissario von dem Uniformierten einen dünnen Aktenordner geben. Mit etwas heiserer Stimme und ohne dass sein Lächeln verschwand, las er laut vor, was Tanner zur Last gelegt wurde. Von Behinderung der Polizeiarbeit bis Strafvereitelung und Unterschlagung von Beweismaterial war alles dabei.

Sag, was du willst.

»Erstens tragen Sie eine Mitschuld am Tod des Knaben Luca Terlizzi. Durch Ihre Mitwirkung hat der Mörder aus der Zeitung erfahren, dass er bei seiner Tat am Weinberg beobachtet wurde.«

Tanner konnte die eigenartige Aussprache des Commissarios, die weder Hochdeutsch noch Südtirolerisch klang, keiner Region zuordnen. Eher irgendwo aus dem Süden. Sizilien vielleicht.

»Wir beschuldigen Sie weiterhin des Einbruchs in Luis Delagos Wohnung. Sie haben die dort angebrachte Versiegelung aufgebrochen.«

»Ich weiß nicht einmal, wo sich die Wohnung befindet«, sagte Tanner.

»Sie reden unerlaubt mit Zeugen und verschweigen

wichtige Erkenntnisse der Polizei gegenüber. Außerdem haben Sie die Leiche Luis Delagos durchsucht und Beweismaterial an sich genommen.«

Tanner überlegte einen Moment, bevor er antwortete. »Ich habe den Toten nur angesehen. Und nicht einmal dies können Sie mir beweisen.«

De Santis Kopf wurde um eine Spur röter. Tanner beobachtete die schlampig geknüpfte Krawatte und fragte sich, ob die zahlreichen Flecken Rückstände von Spaghettisoße waren oder ein extravagantes Muster darstellten.

»Das alles wirft kein gutes Licht auf Sie, Herr Detektiv.«

Sag, was du willst.

»Ich mache Sie darauf aufmerksam, dass Sie zur Wahrheit verpflichtet sind. Offenbar ziehen Sie aber uneidliche Falschaussagen vor, geben wahrheitswidrige Angaben an, wodurch Sie sich strafbar machen, da es sich um Delikte handelt, die mit Freiheitsentzug bis zu drei Jahren zu bestrafen sind. Was sagen Sie dazu, Herr Detektiv?«

»Ich muss dringend aufs Klo.« Tanner erhob sich.

»Außerdem weisen wir Ihnen die Schuld zu«, setzte De Santis übergangslos fort, als ob er sich seine Worte zurechtgelegt hätte, während Tanner auf der Toilette war, »dass Emily Riffessers Wohnung in einer Nacht- und Nebelaktion ausgeräumt wurde, was Sie offenbar mit den Eltern des Mordopfers abgesprochen haben.«

»Kondolenzbesuche sind polizeilich erlaubt.«

»Sie schleichen sich bei Zeugen ein. Das ist ausdrücklich verboten.«

»Warum?«

»Es ist rechtswidrig, weil es sich hierbei um Zeugen der Polizei handelt.«

»Dieses Exklusivrecht der Polizei existiert nicht. Jeder Bürger hat das Recht, sich im Land frei zu bewegen. Das gilt für die EU wie für Italien. Und zweitens kann ich reden, mit wem ich will.«

»Lassen wir das«, sagte De Santis ärgerlich. »Zum Unterschied zu Ihrem eher laienhaften Vorgehen setzen wir bei allen Befragungen auf die Kraft der praktischen Psychologie.«

Jetzt kommt die Geschichte mit den Profilern, von dem ihm Maurizio erzählt hatte.

»Ich bin beeindruckt«, sagte Tanner.

»Lassen Sie Ihre Ironie. Über Wissenschaft lästert man nicht. Ich habe in den USA studiert, wie man relevante Spuren verfolgt, sie in eine chronologische Abfolge bringt, um erstens das Motiv zu analysieren und zweitens die Persönlichkeit des Täters zu hinterfragen. Ich bin studierter und zertifizierter polizeilicher Fallanalytiker.«

»Und als solcher haben Sie in den USA Karriere gemacht. Unstoppable, wie die Amerikaner sagen.«

»Genau.« De Santis schloss kurz die Augen. »Und ich habe die Expertenmethodik des Profilings nach Italien gebracht und hier implementiert.«

»Ich bin beeindruckt«, wiederholte Tanner. »Ich habe gehört, dass sich in der Hitze von El Paso, direkt an der mexikanischen Grenze die bekannteste Schule für die Ausbildung zum Forensiker befinden soll.«

In diesem Moment sprang De Santis auf und deutete auf

den jungen Mann, der im Hintergrund des Raumes auf einem Sessel saß. »Machen Sie jetzt weiter!«

De Santis eilte aus dem Zimmer, und der junge Uniformierte war mindestens so überrascht wie Tanner.

Nach fünf Minuten war das Gespräch zu Ende.

*

Tanner hatte sich um die Mittagszeit im Internat Pankratium angekündigt. Bevor er Bozen auf der Staatsstraße nach Norden verließ, ließ er sich im Spezialitätengeschäft Schrott in der Goethestraße zwei Speckbrote zurechtmachen.

»Dazu empfehle ich Ihnen einen goldgelben Chardonnay aus Eppan«, sagte die Verkäuferin und hielt eine Weinflasche in die Höhe. »Habe ich gerade reinbekommen.«

Tanner schüttelte den Kopf. »Eine Flasche ist zu viel.«

»Dann nehmen Sie eine halbe Flasche. Auch gut. Macht zusammen elf Euro zehn.«

Keine Widerrede möglich.

Kurz nach der Etschbrücke auf Höhe der Ruine Sigmundskron verließ er die SS 38 und fuhr auf Nebenstraßen und Feldwegen, einmal von Weinbergen, dann wieder von Apfelbäumen umgeben, bis er am Rubatschweg die einspurige Brücke erreichte. Dort parkte er den Wagen und überquerte die Brücke, unter der eine Entenkolonie zu Hause war. Er schaltete sein Mobiltelefon aus, lehnte sich an einen der Apfelbäume direkt am Ufer der Etsch und genoss den ersten Schluck des Chardonnay. Gesättigt und etwas schläfrig drangen die vertrauten Geräusche an sein Ohr, das Zwitschern der Vögel, das ferne Brummen der Autos auf der Staatsstraße und das leise Plätschern des Wassers am Ufer der Etsch.

Kurz bevor er das Internat erreichte, rief er Pater Franz an, der ihn mit ausgebreiteten Armen auf dem Parkplatz erwartete. Wie im Gleichnis vom verlorenen Sohn.

»Das dachte keiner nach dem letzten Gespräch, dass wir uns heute wieder hier treffen würden.« Ein trauriges Lächeln erschien auf seinem Gesicht.

»Ich werde Sie nicht lange aufhalten. Ein paar Fragen nur.«

»Bleiben wir hier im Hof, oder darf ich Sie zu einer Tasse Tee oder einem Kaffee einladen?«

»Mich interessiert, wo das Unglück passiert ist.« Tanner beschrieb mit der Hand einen Kreis durch die Luft. »Gibt es einen Augenzeugen?«

Der Pater nickte. »Das hat die Polizei auch gefragt.« Aus der Tiefe seiner Soutane zauberte er ein Mobiltelefon hervor und wählte eine Nummer.

Eine Minute später betrat der Mann im blauen Overall den Hof, den er gestern bereits kennengelernt hatte. Er blieb vor Tanner stehen und deutete eine Verneigung an, gab aber weder ihm noch dem Pater die Hand.

»Das ist Manfred, unser Gärtner.« Er nickte dem Mann zu. »Schildern Sie Herrn Tanner, was sich gestern hier im Hof abgespielt hat. So wie Sie es auch der Polizei erzählt haben.«

»Der Schuss fiel da vorne.« Der Gärtner zeigte zum Tor,

durch das Tanner einige Minuten vorher auf den Innenhof gefahren war. Dann drehte er sich um und wies auf das Gebäude. »Ich stand dort auf den Stufen und beobachtete die Schüler der fünften Klasse, wie sie in Gruppen zusammenstanden. Dann läutete die Glocke, und alle machten sich auf den Weg zur Kapelle.«

»Wo ist die Kirche?«, unterbrach Tanner.

Der Pater wies zur Mauer, hinter der man die Kronen einiger Bäume sehen konnte. »Dahinter befindet sich ein Gelände, das wir unseren Park nennen. Dort steht die kleine Kirche, die dem heiligen Pankratius geweiht ist.«

»Und Luca, wo befand sich der, als die Glocke läutete?«

Der Gärtner hatte die Frage erwartet. »Ich habe mich gefragt, warum er nicht mit den anderen in den Park hinübergeht. Er stand da vorne und sah in das Gebüsch, als ob er von dort ein Geräusch gehört oder jemanden gesehen hätte.«

»Haben Sie etwas gehört?«

Der Mann im Overall schüttelte den Kopf. »Nur den Schuss. Es war ein gewaltiger Knall, der durch das Echo von den Gebäuden noch verstärkt wurde, so als ob mehrere Schüsse gefallen wären. Aber ich bin sicher, dass nur einmal geschossen wurde.«

Tanner ging Richtung Tor und winkte den beiden anderen mitzukommen.

»Wo stand Luca? Zeigen Sie es mir.«

»Hier.« Der Gärtner stand steif zwei Meter von der Grundstücksausfahrt entfernt. »Und von dort aus dem Gestrüpp kam der Schuss.«

»Ganz sicher? Hat Ihnen das Echo keinen Streich gespielt?«

Er zeigte auf einige Blumenvasen, die neben einer flackernden Kerze am Boden standen. »Ganz sicher. Der arme Bub lag hier am Boden. Er blutete aus der Brust. Und das Blut versickerte im Sand.«

»Also sind Sie hergelaufen?«, fragte Tanner. »Von den Stufen dort bis hierher sind es fünfzig Meter.«

»Ich habe nicht an eine Gefahr gedacht. Ich habe überhaupt nichts gedacht. Ich bin hierhergelaufen und habe mich zu dem leblosen Körper gekniet. Ich glaube, dass ich in diesem Moment Schritte gehört habe. Da drüben.« Er zeigte zu dem Gebüsch hinter der Mauer, die an dieser Stelle nur hüfthoch war. »Aber sicher bin ich nicht. Das habe ich so auch den Carabinieri erzählt. Die haben das ganze Gelände durchsucht. Aber ich glaube nicht, dass sie etwas Wichtiges entdeckt haben.«

Es entstand eine kurze Pause. Der Gärtner atmete keuchend und wischte sich mit dem Handrücken über die Augen.

»Danke, Manfred. Wir brauchen Sie nicht mehr.«

Der Mann nickte kurz und schlurfte davon. Die Sache war ihm sehr nahegegangen.

»Möchten Sie nicht doch vielleicht ein Glas mit mir trinken? Zur Stärkung?«, fragte der Pater.

Sie waren ein paar Schritte Richtung des Hauptgebäudes gegangen, als der Pater abrupt stehen blieb.

»Oder möchten Sie die Kirche besichtigen? Sie stammt aus dem 12. Jahrhundert und ist eine der schönsten romanischen Kapellen in Italien. Im Inneren ist ein Freskenzyklus zu sehen, der Mischwesen aus Mensch und Tier zeigt, angeblich aus der griechischen Mythologie.«

*

Das Wartezimmer in Emilys Praxis war menschenleer. Tanner musste zweimal klopfen, bis sich die Tür langsam öffnete. Lana Morras sah ihn erstaunt an; es dauerte einige Augenblicke, bis sie sich an ihn erinnerte.

»Guten Tag, Frau Morras«, sagte er und versuchte, einen möglichst höflichen Ton anzuschlagen. »Haben Sie einen Moment Zeit für mich?«

Sie zögerte einige Sekunden, dann nickte sie. »Wir haben uns schon einmal gesehen. Ich habe alle Zeit der Welt. Kommen Sie herein!«

Er folgte ihr bis in das Vorzimmer. Sie blieb stehen und legte ihren Zeigefinger an die Lippen. Eine Geste des Nachdenkens, die sie sich wahrscheinlich schon als Kind angewöhnt hatte.

»Wo reden wir?« Sie lachte nervös und deutete zu der Tür mit der Aufschrift WARTERAUM. »Gehen wir da rein.«

Ein typisches Wartezimmer. In einem kleinen Halbkreis standen einige Stühle um einen niedrigen Tisch, auf dem sich Zeitschriften stapelten. Durch das Fenster sah man, wie der Wind die Äste der Bäume hin und her schüttelte. Tanner versuchte sich vorzustellen, wie es früher in dem kleinen Zimmer ausgesehen hat, als alle Stühle mit geduldig Wartenden besetzt waren, die sich gegenseitig aus den Augenwinkeln beobachteten oder still vor sich hin starrten und darauf warteten, bis sie von Lana Morras aufgerufen wurden.

»Wer bezahlt Sie eigentlich?« Die Frage war ihm herausgerutscht.

»Die Ärztekammer Bozen hat sich bereit erklärt, die Übergabe der Praxis an einen Nachfolger zu begleiten. Und hat mich gebeten, solange an Bord zu bleiben.«

»Gibt es Interessenten?«

»Mehrere. Favorit ist ein Dr. Holnsteiner aus Turin. Er ist Facharzt für Psychiatrie und Neurologie. Wahrscheinlich wird er hier einziehen.« Sie lächelte. »Ich weiß noch nicht, ob er mich brauchen kann.«

»Gute Leute werden immer gebraucht«, sagte Tanner und bereute schon, so einen Allgemeinplatz von sich gegeben zu haben.

Blass, mit überkreuzten Armen und zusammengepressten Knien saß ihm die junge Frau gegenüber. Sie hatte sich von dem Schock, dass ihre Chefin hier in den eigenen Praxisräumen erhängt aufgefunden wurde, noch nicht erholt.

»Ich möchte mit Ihnen über Emily reden. Leider hat die Polizei noch keine konkrete Spur zu ihrem Mörder.«

Tränen traten in ihre Augen, und sie senkte den Kopf.

»Es ist wichtig, dass wir dieses Gespräch führen«, sagte er.

»Warum?«

»Weil Luis Delago und Emily sich gekannt haben. Sehr gut wahrscheinlich sogar.«

»Er war Patient.«

»Nicht mehr?«

»Er war vor allem Patient.« Sie ballte die Hände zu Fäusten.

»Ich habe Emily kurz vor ihrem Tod in Bozen getroffen. Sie hat nicht erwähnt, dass sie sich mit Delago privat getroffen hat.«

»Darüber hat sie mit niemandem geredet.«

»Sie haben eine sehr gut informierte Hausmeisterin hier im Gebäude.«

Lana Morras blies die Backen auf. »Hören Sie auf mit dieser neugierigen Alten.«

Tanner ließ sich nicht unterbrechen. »Jedenfalls hat sie von Emily und zwei Männern erzählt. Delago ist der eine. Der kam als Patient, sagen Sie. Die Hausmeisterin sprach außerdem von einem schmalzlockigen Schönling, mit dem sie Emily gesehen haben will.«

Lana Morras schüttelte den Kopf.

»Kennen Sie Ambros Senoner?«

»Den Politiker?«

»Ja.«

»Der und Emily? Nie und nimmer. Sie unterschätzen ihren guten Geschmack. Außerdem soll sich der schmalzlockige Schönling, wie Sie ihn nennen, hinter Gittern befinden.« Sie beugte sich vor und sagte, jedes Wort betonend: »Die Hausmeisterin ist ein böses Weib. Sie hat Sie angelogen.«

»Wie oft war Luis Delago hier?«

»Fünf, sechs Mal … vielleicht auch öfter.«

»Von wann bis wann war er Ihr Patient? Geht das auch etwas genauer?«

Lana Morras erhob sich. »Da muss ich in unserer Datei nachsehen.« Sie winkte ihm mitzukommen.

Sie wechselten in das Büro hinüber, in dem wohl Emily ihre Patienten empfangen hatte.

»Ich habe gut geschätzt.« Mit dem Kugelschreiber klopfte sie auf den Bildschirm. »Sechs Besuche. Sechs Therapiesitzungen, um konkret zu sein.«

»Luis Delago hatte wenige Freunde. Ich weiß so gut wie nichts über ihn. Zum Beispiel, was er für ein Mensch war.«

»Warum erzählen Sie mir das?«

»Weil Sie mir sagen können, was ihm gefehlt hat. Warum war er bei Signora Riffesser in Behandlung?«

Lana Morras beugte sich über die Tastatur und tippte ein paar Worte ein. Dann sah sie ihn über den Bildschirm hinweg an und zog die Stirn in Falten.

»Das sage ich Ihnen nicht. Ärztliche Schweigepflicht.« Sie schob die Brille auf ihrer Nase hoch.

Tanner fühlte, wie sich sein Puls beschleunigte.

»Liebe Dame, erstens sind Sie keine Ärztin, zweitens ist der Mann, über den Sie schweigen wollen, tot, und drittens habe ich den Auftrag, seinen Mörder zu finden.«

»Also gut … Es ging um eine Traumatherapie. Verarbeitung schlimmer Erlebnisse, verstehen Sie?«

Tanner sah sie an, sagte aber kein Wort.

»Sie haben recht, ich bin keine Ärztin, aber ganz dumm bin ich auch nicht.« Ein Lächeln umspielte ihre Lippen. »Deshalb bin ich auch ein bisschen mehr als eine Sprechstundenhilfe.« Konzentriert wandte sie sich dem Bildschirm zu. »Ich lese Ihnen einige Begriffe vor, die in der Anamnese auftauchen. Missbrauch, sexuelle und emotionale Gewalt, seelische Wunden durch jahrelanges Martyrium, Panikattacken, Schläge, Verletzungen und so weiter. Seitenlang. Als Zusammenfassung der Symptome hat Emily Folgendes festgehalten: Posttraumatische Belastungsstörungen und psychosomatische Symptome.«

»Diese Eintragungen … hat Emily diese alle selbst vorgenommen?«

»Das ist die Patientendatei. Passwortgeschützt. Da hatte nur sie Zugriff.« Lana Morras lächelte säuerlich. »Und ich kenne das Passwort.«

Es entstand eine lange Pause.

»Luis und Emily … Es war mehr als eine Beziehung zwischen Patient und Ärztin, nicht wahr?«

Zuerst Zögern. Dann nickte Lana Morras.

»Hatten die beiden ein Verhältnis?«

»Ja.«

»Die wesentliche Frage ist jetzt: Wer war der Gewaltmensch in Delagos Leben?«

Lana Morras schüttelte den Kopf. »Ich weiß es nicht.« Sie deutete auf den Bildschirm. »Und davon steht hier nichts. Aber es gibt ein Tagebuch.«

»Von Delago?«

»Ich glaube, es war beim zweiten Termin, als er ein Tagebuch mitgebracht hat.«

»Wessen Tagebuch?«

»Vermutlich seines. Er gab es Emily zum Lesen.«

»Wo ist das Tagebuch?«

»Sie hat es zu sich nach Hause mitgenommen.«

»Emily war eine Verfechterin der sogenannten Positiven Psychologie.«

Sie sah ihn verwirrt an. »Woher wissen Sie das?«

»Von Dr. Auckenthaler. Noch bevor die Polizei zu demselben Ergebnis kam, hat er es als sehr unwahrscheinlich eingeschätzt, dass Emilys Tod ein Suizid war. Selbstmord, das passt nicht zu Emily. Das waren seine Worte.«

»Das ist in der Tat so. Es ist alles so furchtbar traurig.« Lana Morras seufzte und sah auf ihre Hände, als ob dort die Wahrheit aufgeschrieben stünde. Dann blickte sie ihn an und zog die Augenbrauen hoch.

»War's das, was Sie wissen wollten?«

Tanner deutete eine Verneigung an.

Sie tippte auf die Tastatur, und für einen Moment war sie wie erstarrt. Mit ihrer linken Hand schob sie ihre Brille hoch und rückte mit dem Kopf näher an den Bildschirm heran.

»Was ist los?«, fragte er.

Kopfschüttelnd saß sie da und starrte auf den Bildschirm.

»Da gibt es noch einen Patienten mit dem Namen Delago.«

»Ein zweiter Delago?«

»Anton Delago. Siebenundzwanzig Jahre alt. Drei Jahre jünger als Luis.«

»Haben Sie diesen Anton nie kennengelernt?«

»Nein. Der muss bei Emily gewesen sein, als ich nicht in der Praxis war.«

»Aber die Abrechnungen, Krankenkassa und so fort … das lief doch alles über Sie, nicht wahr?«

»Vielleicht war es ein Privatpatient. Oder er hat sie spätabends aufgesucht. Wie auch immer. Wir können Emily nicht mehr fragen.«

Tanner lehnte sich zurück und dachte nach. Plötzlich sehnte er sich nach einer Zigarette, obwohl er das Rauchen vor vier oder fünf Jahren aufgegeben hatte. Die Fotografie der Höhle kam ihm in den Sinn, die mit der Widmung auf der Rückseite: »Unsere Höhle. Dein Dich liebender Toni.«

»Sagen Sie, Frau Morras, angenommen, Sie hätten einen Freund, der Anton heißt. Wie würden Sie den rufen. Als Kosename, meine ich.«

»Anton …« Sie sah zur Decke und wiederholte den Namen. »Kommt drauf an … wenn es ein sehr guter Freund wäre … im Südtiroler Unterland … wahrscheinlich würde ich ihn Toni nennen.«

Tanner tippte auf die Rückseite des Bildschirms. »Gibt es da irgendwo auch eine Anschrift?«

»Hier steht seine Adresse. Irgendwo in den Bergen. Muss ein ziemlich abgelegener Ort sein.«

*

Kurz vor der Sankt-Anton-Brücke, die über den Talferbach führte, fiel ihm das Schild WEINGUT MESSNERHOF, VIA SAN PIETRO; 400 METER ins Auge. Kurz entschlossen sprang er auf die Bremse und saß wenige Minuten später unter einem Sonnenschirm, die Weinberge auf den gegenüberliegenden Hängen fest im Blick.

»Ein kleines Glas nur«, sagte er zu der vollschlanken Dame, deren weiße Bluse viel Dekolleté sehen ließ, als sie sich vorbeugte, um ihm die Karte auszuhändigen.

»Ich muss noch Auto fahren.«

»Ich empfehle Ihnen unseren roten Mos Maiorum.«

Den Namen hatte Tanner noch nie gehört, und entsprechend war sein Blick.

»Mos Maiorum kommt aus dem Lateinischen und bedeutet, dass der Wein nach alter Väter Sitte produziert wird.«

»Alter Väter Sitte klingt gut. Welche Traube?«

»Gemischter Satz.« Wohl um ihn von der Qualität ihrer Empfehlung vollends zu überzeugen, beugte sie sich noch ein Stück weiter vor.

Tanner hätte nicht erklären können – jedenfalls nicht genau und schon gar nicht einer Frau vom Weinfach –, warum er gegen einen gemischten Satz Vorurteile hegte. Jedenfalls bevorzugte er eher den sortenreinen Wein, was die Dame freundlich zur Kenntnis nahm und ihm einen Lagrein Riserva DOC empfahl.

»Dunkles Violett, schwarzer Holunder, Heidelbeeren, Veilchen und Karamell. Im Geschmack füllig, zartbitter, weich und elegant.«

»Sie haben mich überzeugt«, sagte er. »Und bitte auch eine Tageszeitung.«

Er hob das Glas, schloss die Augen und genoss den ersten Schluck. Der Wein hielt, was die vollschlanke Dame versprochen hatte.

Dann schlug er die »Dolomiten« auf und verschluckte sich, als er auf Seite zwei die Schlagzeile las:

ARZT ALS MORDVERDÄCHTIGER GEFASST

Er stellte das Weinglas zur Seite, breitete die Zeitung auf dem Tisch aus und las den gesamten Artikel. Es war kein Name genannt, doch jedem war klar, dass es sich bei dem bekannten Arzt Dr. G. aus dem Überetsch um Dr. Sebastian Gamper aus Kaltern handeln musste.

Sein Gespräch mit Nino Strickner kam ihm in den Sinn. Ob er der Polizei dieselbe Geschichte von Luis Delago und Sara aufgetischt und so den Mordverdacht auf ihren Mann Sebastian gelenkt hatte?

SECHZEHN

Mit bärbeißigem Gesichtsausdruck kam Tanner in der Frühe aus dem Schlafzimmer, während er verzweifelt am Hosenschlitz seiner Jeans nestelte. Paula sah ihm einige Augenblicke zu und hob die Augenbrauen. »Männer sollten da nicht hingreifen. Zumindest nicht, wenn Damen im Raum sind.«

»Ich pfeife auf die Damen. Du hast mir empfohlen, mir fünf Jeans dieser Edelmarke zu kaufen.«

»Weil du dein Kleidungskonzept weiter vereinfachen willst. Jeans, weißes Hemd und mitternachtsblaues Sakko. ›Simplify your Outfit‹, hast du gesagt.«

Tanners Gesicht zeigte Anstrengung und Ärger, während er vehement am Gürtel zog und zupfte.

»Diese Hose ist Murks. Sie geht vorne nicht zu.«

»Du musst abnehmen, mein Schatz.«

»Das ist nicht das Kernproblem. Diese Hose hat Knöpfe und keinen Reißverschluss. Das mag ich nicht.«

»Aber das ist doch einfach … Wenn du die kleinen Schlitze auf der gegenüberliegenden Seite beachtest, geht dir gleich der Knopf auf.«

»Nicht auf, er soll zugehen. Mein Problem beginnt schon auf der Toilette. Der ganze Hosenschlitz ist zu klein.«

»Angeber.«

»Du nimmst mich nicht ernst. Ich will nur ganz einfach meinen Zwängen nachkommen, ohne die ganze Hose ausziehen.«

»Früher oder später muss jeder Mann die Hosen runterlassen. Du erwartest doch nicht, dass ich mich jetzt vor dich hinknie und dir das mit den Knöpfen zeige. Stell dir vor, jemand kommt plötzlich herein und sieht uns …«

»Hast du übrigens die gestrige Zeitung gelesen? Die Gemeinde Kaltern muss sich nach einem neuen HNO-Arzt umsehen.«

»Sprichst du von Dr. Gamper?«

»Von dem bekommst du in deiner Apotheke kein Rezept mehr. Zumindest die nächste Zeit.«

»Warum?«

»Er sitzt. Mordverdacht.«

»Glaubst du, dass Gamper ein Mörder ist?«

»Jeder Mensch kann einen Mord begehen. Zumindest glaubt das die Hälfte der Italiener.«

»Das heißt, jeder von uns ist ein potenzieller Mörder?«

»Wahrscheinlich. Unter bestimmten Umständen.«

»Vor allem Männer.«

»Die meisten Morde geschehen in der Familie. Da morden Frauen genauso wie Männer, aber aus unterschiedlichen Motiven heraus. Frauen töten, um ihren Partner loszuwerden, Männer, um ihn zu behalten.«

»Ist das nicht ein Märchen?«

»Kein Märchen. Die italienische Kriminalstatistik zeigt, dass es wenig Fälle gibt, in denen die Frau den Mann tötet, um ihn zu halten.«

»Ich möchte dich behalten«, sagte Paula und lächelte. »Informierst du eigentlich diesen Noggler regelmäßig über deine Ermittlungen? Schließlich ist er dein Auftraggeber.«

»Du produzierst soeben ein schlechtes Gewissen bei mir. Natürlich müsste ich ihn von Zeit zu Zeit über die Ergebnisse meiner Nachforschungen unterrichten. Es gibt dabei nur ein Problem.«

»Welches?«

»Es gibt keine Ergebnisse.«

»Was steht heute bei dir auf dem Terminplan?«

»Ich fahre zu den Greifensteins.«

»Wer ist das?«

»Conti G&G Greifenstein.«

»Conti … sind das nicht Autoreifen?«

»Conti im Sinn von Adelsgeschlecht.«

»Südtiroler Adel natürlich.«

Tanner nickte. »Das sind die mit dem Golfplatz im Biotop.«

»Welches Biotop?«

»Irgendwo zwischen Andrian und Terlan. Ich war schon dort … bei den Herren Grafen, meine ich, doch das eiserne Tor zum Grundstück war geschlossen wie bei Kafka vor dem Gesetz. Diesmal müssen die mich empfangen. Ich habe mich telefonisch angemeldet.«

»Die Grafen … sind das Weinbauern?«

»Weinhändler. Und vermögend. Zwei Brüder übrigens, die von Luis Delago wegen der Golfplatzgeschichte in mehreren Zeitungsartikeln massiv angegriffen wurden. Und plötzlich war Delago sehr tot.«

»Hoffentlich kommst du wieder lebend zurück.«

»Über solche Sachen scherzt man nicht«, sagte Tanner.

Im Auto suchte er lange nach der Nummer von Enrico Rewald.

»Hier ist Tiberio Tanner. Ich bin auf dem Weg zu den Gebrüdern Greifenstein. Gibt es Neuigkeiten zum Golfplatzprojekt?«

»Der Zeitpunkt für einen Besuch bei den Herren ist höchst ungünstig. Sie waren heute früh mit zwei Anwälten bei uns im Gemeindeamt und haben gedroht, die Kommune Terlan zu verklagen, falls wir nicht die Genehmigung zum Bau des Golfplatzes erteilen.«

»Ich dachte, es handelt sich um ein Biotop und Naturschutzgebiet.«

Rewald lachte leise auf. »Stellen Sie sich vor, die Anwälte beziehen sich auf ein Raumordnungsgesetz aus dem Jahre 1942, in dem Bauvorhaben, die dem Wohl der Allgemeinheit dienen, ausdrücklich gefördert werden sollen. Außerdem, sagen die Anwälte, sei in Italien alles erlaubt, was nicht grundsätzlich verboten ist. Und für das, was ausdrücklich verboten ist, fordern sie eine italienische Lösung. Verstehen Sie? Italienische Lösung! Dabei sind wir hier in der autonomen Provinz Bozen – Südtirol. Und nicht in Italien.« Er lachte laut, was nach einiger Zeit in ein verschleimtes Husten überging.

Die Sonne schien auf die grünen Obstwiesen und die Weingärten, die sich im Westen den Hang hinaufzogen. Tanner schob die CD mit dem angeblich von Albinoni stammenden Adagio ein und genoss die tiefen Bässe der Orgel am Anfang des Stücks, gefolgt von schwermütig klingenden Streichern.

Er rechnete nach. Seit dem Mord an Luis Delago waren sieben Tage vergangen. Eine ganze Woche. Er erinnerte sich an einen der Kurse, die er im Rahmen seiner Detektivausbildung absolvieren musste. Der Dozent, ein alter, erfahrener Polizeibeamter, hatte darüber gesprochen, dass die ersten zweiundsiebzig Stunden nach der Tat über den Ermittlungserfolg entschieden. Und er hatte darüber gepredigt, wie man am besten mit komplexen Sachverhalten umgehen sollte. Tanner hatte die Rede noch im Kopf: »Wenn Sie einen komplizierten Fall vor sich haben, mit hundert Details und Verästelungen, die Sie nicht in der Lage sind, im Ganzen zu überblicken, dann gibt es nur eine Lösung: Schneiden Sie die Wurst in Scheiben und zerlegen Sie den komplexen Sachverhalt in überschaubare Teile, die Sie jeweils für sich einer Lösung zuführen können.«

Tanner war anderer Meinung. Er hatte die Erfahrung gemacht, dass Einzelteile für sich meist zu wenig aussagten und sich deshalb selten wie Puzzleteile zu einem aussagekräftigen Ganzen zusammenfügen ließen. Im Gegenteil. Er bevorzugte es, die verfügbaren Aspekte gleichzeitig zu betrachten. Sämtliche Einzelfakten gehörten nebeneinander auf den Tisch. Nur dann erkannte man, wie diese miteinander verwoben waren, auch wenn es manchmal mühsamer war und mehr Zeit in Anspruch nahm.

Ohne Murren leitete ihn sein GPS hinauf in die Berge, bis er die Ortstafel WEIN- UND ROSENDORF NALS erreichte. Sollte er Tante Rosi besuchen? Er sah auf die Uhr und verschob den Besuch bei seiner Tante auf ein anderes Mal. Nach zehn Minuten passierte er das ihm bereits bekannte Schild

BETRETEN VERBOTEN und erreichte wenig später das schmiedeeiserne Tor und die mannshohe Mauer.

Es geschahen noch Zeichen und Wunder. Wie von Geisterhand öffnete sich diesmal das Gittertor, hinter dem sich der Weg in eine lange, wie mit dem Lineal gezogene Zufahrt verwandelte, an deren Ende ein steinerner Turm stand, der zur Gänze mit Efeu zugewachsen war und wie ein Pförtnerhaus aussah. Oder ein Wachhäuschen.

Die Fahrstraße führte durch ein Wäldchen und zog sich weiter schräg den Berg hinauf. Tanner erinnerte sich an die Worte Enrico Rewalds von der Terlaner Gemeinde: »Das Anwesen der Greifensteins liegt fünfhundert Meter bergauf. Halb im Wald. Ein imponierender Ansitz.«

Imponierend war es nicht. Nur ein monströses, altes Steingebäude mit ineinander verschachtelten Dachvorsprüngen, unmotivierten Erkern und wuchtigen Balkonen. Alle Richtung Norden gerichteten Mauern waren mit graubraunen Flechten und grünem Moos überwuchert. Tanners Blick fiel auf die hohen Ziegelschornsteine und eine zentral angeordnete gläserne Kuppel, die sich bis zu dem gewaltigen Steinportal herunterzog, was dem gesamten Ensemble den Eindruck einer theatralischen Mixtur aus Mittelalter und Barock verlieh.

Die Zufahrt endete in einem Straßenrund, das den Charakter eines mittleren Kreisverkehrs hatte. Er hörte das Knirschen der Räder auf dem Kies, als er im Schritttempo dahinrollte und genau vor der Haustür zum Stehen kam, die aus schwerem Holz gefertigt und mit Eisenbändern beschlagen war.

Noch bevor Tanner die Wagentür zugeschlagen hatte, öffnete sich die Haustür, und ein älterer Mann, der eine blaue Schürze trug, kam schwungvoll die Stufen herunter. Er deutete nach rechts zu einem niedrigen Gebäude, das wie eine Garage aussah.

»Würden Sie bitte da drüben parken. Die Herren mögen es nicht, wenn hier auf der Zufahrt Autos herumstehen.«

Tanner setzte sich wieder hinter das Steuer, biss sich auf die Lippen und zählte langsam bis zehn.

»Die Herren erwarten Sie im Großen Saal.«

Die Herren können mich mal, dachte Tanner, als er das riesige Zimmer betrat und sich ins frühe 18. Jahrhundert zurückversetzt fühlte. Der steinerne Kamin war so groß, dass er als Garage für seinen Wagen hätte dienen können. Davor standen zwei Männer, beide an die fünfzig, die, mit einem Glas Bier in der Hand, eifrig miteinander redeten. Zwei Weinexporteure tranken Bier. Das ließ tief blicken. Über dem Kamin hing das stattliche Geweih eines ausgewachsenen Hirsches. Während Tanner sich auf den Weg zum Kamin machte, betrachtete er das Panoramagemälde, das den Platz über der Täfelung zierte, auf der der Künstler versucht hatte, die gesamte Umgebung vom Tillberg bis ins Etschtal auf einem Bild darzustellen. Dazwischen fanden sich interessanterweise halbnackte Gestalten, die möglicherweise der griechischen Mythologie entstammten. Besonders beeindruckend fand Tanner die barbusige Walküre in der Mitte des Gemäldes.

»Herzlich willkommen«, sagte der eine der zwei Männer, die sich überaus ähnlich sahen. Die gleichen aschblonden, leicht schütteren Haare und die teigigen Gesichtszüge, die sich zu einem etwas snobistischen Lächeln entspannten, als beide im Gleichtakt das Bierglas in die linke Hand wechselten und ihm ihre rechte huldvoll entgegenstreckten.

»Gabriel Greifenstein«, sagte der eine, »Giuseppe Greifenstein«, der andere. Der einzige Unterschied, der Tanner auf die Schnelle auffiel, waren die dunklen Tränensäcke des Rechten, der wohl der Ältere war und sich mit Giuseppe vorgestellt hatte.

Ein riesiger Tisch zog sich von einem Ende des Raumes zum anderen, und in Gedanken sah Tanner die beiden Brüder an der langen Tafel beim Abendessen sitzen. Dinner for two.

»Es wäre gelogen, zu sagen, dass wir uns über Ihren Besuch freuen.« Mit einer eckigen Geste sah der Mann mit den Tränensäcken auf die Uhr. »Außerdem haben wir nur wenig Zeit. Sind Sie ein Spion der Gemeinde Terlan?«

Tanner versuchte zu lächeln. Er hatte beschlossen, sich nicht provozieren zu lassen. Mit einem freundlichen Gesicht wandte er sich dem Mann zu, der sich als Gabriel vorgestellt hatte. Er war nicht rasiert, und sein Schlips hing auf Halbmast.

Nicht nur in der Atmosphäre des Hauses, sondern vor allem im sonderbaren Benehmen der beiden Männer spürte man etwas Undurchsichtiges. Erst jetzt bemerkte Tanner den alten Mann, der im Hintergrund des Raumes in einem breiten Lehnstuhl saß, eine karierte Decke auf dem Schoß. Aus der Entfernung konnte Tanner nicht erkennen, ob der Alte schlief oder das Gespräch verfolgte.

Der jüngere der Männer war Tanners Blick gefolgt. »Das ist nur unser Vater. Vor dem können wir offen reden. Stellen Sie uns endlich Ihre Fragen.«

Der jüngere der beiden hatte die unangenehme Eigenart, Tanner ungeniert in die Augen zu starren. »Ich vermute jedenfalls, dass Sie Fragen an uns haben.«

Mit einem Mal hatte Tanner das Gefühl, als sei er in eine völlig nebelhafte Situation geraten, unwirklich wie in einem Traum. Die beiden Männer, die sich vor ihm aufgepflanzt hatten, der alte Mann im Hintergrund auf dem Lehnsessel, sie wirkten wie für ein Bild arrangiert oder wie die Eröffnungsszene eines Historienfilms. Gleich würde etwas geschehen, dachte Tanner, sich etwas über ihm zusammenbrauen. Er blickte zu dem Hirsch hinauf, der die hohe Wand über dem Kamin dominierte. Es sah aus, als ob das Tier lächelte, als ob es sich über die Situation der Menschen hier unten lustig machte.

»Der Journalist Luis Delago hat einen, sagen wir, nicht ganz wohlwollenden, Zeitungsartikel über den geplanten Golfplatz veröffentlicht. Wie war Ihre Reaktion darauf?«

»Ach aus dieser Richtung …«, sagte der eine Bruder.

» … weht der Wind«, ergänzte der andere. »Wollen Sie den Greifensteins den Mord an dem Journalisten anhängen? Da kommen Sie zu spät.«

»Es ist nie zu spät«, entgegnete Tanner.

»Doch. Die taffen Herren der Questura Bozen haben bereits einen Arzt aus Kaltern hinter schwedische Gardinen gesetzt.«

»Hinter südtirolerische Gardinen«, korrigierte der andere und lachte meckernd.

»Hatten Sie Kontakt zu dem Journalisten?«, fragte Tanner.

»Natürlich nicht.«

»Aber es sind doch in mehreren Zeitungen Artikel von ihm erschienen, in denen Delago zum Widerstand gegen den Golfplatz aufgerufen hat. Damit konnten Sie doch nicht einverstanden sein. Haben Sie das alles geschluckt? Keine Beschwerden bei den Zeitungsverlagen eingelegt? Sind Ihre Anwälte nicht aktiv geworden?«

»Was wollen Sie wirklich von uns?«

»Wir sollten den Mann hinauswerfen«, sagte der Ältere.

Tanner blätterte in seinem Notizbuch und prüfte das Datum des Mordes nach.

»Der Mord an Luis Delago geschah genau vor einer Woche. Wo waren Sie an diesem Tag?«

Der eine Bruder lächelte den anderen an. »Er will wissen, wo wir vor einer Woche waren.«

»Entschleiern wir unser Geheimnis?«

»Wir müssen es ihm aber nicht verraten.«

»Er ist ja nicht einmal von der Polizei.«

»Er ist ein Privatschnüffler aus Bozen. Sollen wir ihn rauswerfen?«

»Vielleicht sollten wir die Hunde holen.«

»Machen wir später«, sagte der Ältere und wandte sich ruckartig Tanner zu. »Ihre Frage beantworten wir natürlich. Wir beide waren vor einer Woche in Chicago und Philadelphia. Eine Marketingrundreise, verstehen Sie? Neue Kunden aufreißen. Wir starten demnächst mit einer Vertriebsfirma in den USA. Ein großer Markt für Wein aus Südtirol, wie Sie sich vorstellen können.«

»Als wir aus Amerika zurückkamen, war dieser Journalist leider schon tot.«

»Gänzlich ohne unser Zutun«, ergänzte der ältere Bruder.

Ein Sonnenstrahl fiel ins Zimmer und tauchte die schütteren weißen Haare des alten Mannes im Hintergrund in goldenes Licht. Tanner schien es, als ob der Alte im Lehnstuhl wach geworden war und interessiert herübersah.

»Sie haben sicherlich mehrere Autos«, sagte Tanner.

»Haben Sie unsere Garagen nicht gesehen?« Die Frage kam von Giuseppe. Und mit Stolz in seiner Stimme fügte er hinzu: »Wir verfügen über einen großen Fuhrpark. Exportbusiness ist Transportbusiness.« Wieder begleitete dröhnendes Gelächter seine Worte.

»Ein ganzer Fuhrpark«, wiederholte Tanner. »Befindet sich vielleicht ein schwarzer Fiat Fullback darunter?«

»Unsere Transporter beginnen bei achtzehn Tonnen«, sagte Gabriel.

»Achtzehn Tonnen aufwärts natürlich«, echote der Bruder. »Und das war's jetzt.« Er klatschte in die Hände. Die beiden Brüder sahen sich lächelnd an.

»Sie finden sicher alleine hinaus«, sagte Gabriel Greifenstein. Stumm verschwanden die beiden durch die Tür, ohne Tanner anzusehen.

In diesem Moment hob der Alte eine Hand, und ein leises »Hallo« war zu hören.

Tanner näherte sich dem Mann, dessen weißer Flaum wie elektrisiert nach allen Seiten weg stand. Ein kleiner, greiser Herr mit müden Augen, mindestens fünfundachtzig Jahre alt, vielleicht noch älter. Er trug ein tadellos gebügeltes, weißes Hemd und eine modisch gestreifte Krawatte. Die eine Seite seines Gesichts schien gelähmt zu sein, das eine Auge sah wie ein Glasauge starr in eine andere Richtung. Dennoch schien es Tanner, als ob ein Lächeln auf seinen Lippen lag. Zitternd hob der Alte eine Hand und zeigte zu der Tür, durch die Gabriel und Giuseppe Greifenstein wenige Minuten vorher den Raum verlassen hatten.

»Ich habe die Firma vor vielen Jahren selbst gegründet. Deshalb weiß ich, dass wir tatsächlich keinen einzigen Fiat Fullback in unserem Fuhrpark haben. Meine Söhne sagen die Wahrheit. Und nichts als die Wahrheit.«

»Natürlich«, sagte Tanner und hob dankend die Hand.

*

Tanner wollte gerade den Motor starten, als sein Telefon klingelte.

»Hast du Lust auf einen Aperitif?« Maurizios Stimme.

»Wenn ich Aperitif höre, bekomme ich Hunger.«

»Ist das nicht sogar Ziel und Zweck eines Aperitifs, den Appetit zu wecken? Wo treffen wir uns?«

»Ich sitze gerade im Auto«, sagte Tanner.

»Und wo befindet sich das Auto?«

»In den Bergen zwischen Sirmian und Nals.«

»Kennst du den Hirschen in Vilpian?«

»Da wollte Paula schon lange mal hin.«

»Bevor du mit Paula irgendwo hingehst, ist es Aufgabe von uns, die Gaststätte zu testen. Und für unsere Frauen freizugeben. So lautet unsere männliche Pflicht.«

»Das ist nur korrekt und ehrenwert«, sagte Tanner.

Im Gastgarten des Hirschen, der um diese Zeit fast leer war, wählte Tanner einen der Tische in der Nähe der alten Steinmauer. Unkonzentriert blätterte er in der Speisekarte und bestellte bei dem älteren Kellner eine kleine Flasche Mineralwasser.

Nach einer Viertelstunde watschelte Maurizio quer durch den Gastgarten und ließ sich stöhnend gegenüber auf den Stuhl fallen.

»Schweißtreibend und schwül ist es. Wie geht's dir, lieber Freund? Tut mir leid. Ich bin etwas spät dran.«

»Du bist immer spät dran«, maulte Tanner.

Nach einem kurzen Blick in die Karte bestellte Maurizio beim Kellner eine kleine Portion Graukäse mit Zwiebelringen und hinterher die hausgemachten Bandnudeln mit Hirsch-Bolognese im Pfand'l.

»Wir müssen uns noch auf einen Wein einigen«, sagte Tanner und blätterte in der Karte.

»Such einen guten Rotwein aus«, sagte Maurizio.

Tanner zog seine Stirn in Falten. »Ich schlage einen Weißen vor.«

Der Kellner, der geduldig am Tisch verharrte, räusperte

sich diskret. »Darf ich einen Kompromissvorschlag einbringen: Ein 2018er Lagrein Kretzer.«

Maurizio sah zuerst Tanner an, dann wandte er sich dem Kellner zu. »Ein fairer Kompromiss. Was können Sie über den Rosé sagen?«

Der Kellner lächelte, als ob er auf diese Frage gewartet hätte. »Leuchtendes Rosarot mit lachsfarbenen Reflexen, Noten von Himbeeren und einem Hauch von Amarenakirsche.«

»Kirsche ist gut«, sagte Maurizio. »Wir nehmen den Rosé.«

Vorsichtig ließ Tanner den Wein im Glas rotieren, ohne ihn zu verschrecken, und steckte seine Nase hinein. »Da sind auch Spuren von Erdbeeren drin«, sagte er mehr zu sich selbst und nahm einen kräftigen Schluck.

»Herrlich«, sagte Maurizio und sah zum Kellner hoch, der aufrecht wie ein Soldat neben dem Tisch verharrte. »Der Rosé hält, was Sie versprochen haben.«

Der Kellner verneigte sich leicht und verließ sie.

»Na ja, jetzt brauchen wir nur noch den schwarzen Fiat Fullback«, sagte Maurizio.

»Ich war bei den Greifensteins.« Tanner schob das Weinglas einige Zentimeter von sich weg.

»Die Grafen? Wegen des Golfplatzes?«

»Die beiden Brüder sind sehr unterschiedlich. Der eine lügt mehr als der andere. Und der greise Vater ist voll auf der Linie der Söhne.«

»Na ja, ich habe eine Neuigkeit mitgebracht.« Maurizio sagte es betont langsam.

»Musst du eigentlich jeden Satz mit ›Na ja‹ anfangen?«, fragte Tanner.

»Na ja«, sagte Maurizio. »Lass mich ausreden. Heute früh hat mich einer meiner früheren Mitarbeiter angerufen. Das Ergebnis der ballistischen Untersuchung liegt fest. Die Geschosse, die man bei Delago und Luca Terlizzi sichergestellt hat, wurden aus derselben Waffe abgefeuert.«

»Welches Kaliber?«

»7,65 mm.«

Konzentriert drehte Tanner den dünnen Stiel seines Weinglases, als ob er keine andere Aufgabe zu erfüllen hätte.

»Das Ergebnis scheint dich nicht zu erschüttern.«

»Wegen des Kalibers?«

»Wegen derselben Pistole. Ich wäre jede Wette eingegangen, dass zwischen diesen beiden Morden ein Zusammenhang besteht.«

»Und Emily? Wir haben drei Morde zu besichtigen. Innerhalb weniger Tage. So etwas hat es in unserer Gegend seit Jahren nicht gegeben.«

»Ich kann es nicht beweisen.« Er sah Maurizio an. »Aber ich bin sicher, dass es auch eine Verbindung zu Emilys Tod gibt.«

»Na ja.« Maurizio schüttelte den Kopf. »Das musst du mir erklären.«

»Es gibt zwei Männer mit dem Namen Delago. Einer hieß Luis mit Vornamen. Der ist seit einer Woche tot. Der andere ist ein paar Jahre jünger und trägt den Namen Anton. Und beide waren Patienten bei Emily Riffesser.«

Maurizio pfiff überrascht durch die Zähne. »Woher weißt du das?«

»Von einer hübschen Blondine mit Namen Lana Morras. Sie ist … sie war Emilys Sprechstundenhilfe. Von ihr bekam ich auch eine Adresse. Ein Haus in Alleinlage. Ich hoffe, dass ich dort Anton Delago finden kann.«

»Alleinlage? Wo ist das?«

»Ziemlich abgelegen, meinte das Mädchen. Alleinlage eben. Berge, Wiesen und Wälder. Morgen gehe ich mit Paula da hin.«

»Wegen der Wiesen und Wälder?«

Tanner schüttelte den Kopf. »Weil ich dort noch etwas zu finden hoffe.«

»Nämlich?«

»Die Höhle.«

Es entstand eine kurze Pause.

»Na ja«, sagte Maurizio. »Mein Nachfolger De Santis hat bis heute auch keine nennenswerten Ergebnisse vorzuweisen.«

Tanner nahm einen Schluck aus seinem Glas. »Stimmt nicht. Immerhin hat er Dr. Gamper aus Kaltern festgenommen.«

»Welches Motiv sollte dieser Doktor haben?«

»Das älteste Motiv der Welt. Luis Delago hat dem Arzt Hörner aufgesetzt.«

»Cornificare«, sagte Maurizio. »Den Begriff kannte schon Shakespeare. Wie lief eigentlich dein Gespräch mit Nero De Santis?«

Tanner lachte. »Deine Information hat mich gerettet. Als

ich die Strafversetzung von Chicago in die Wüste erwähnt habe, hat De Santis die Unterhaltung mit mir abgebrochen.«

»Je länger ich darüber nachdenke, desto überzeugter bin ich von einem politischen Motiv. Mit der Aufdeckung der illegalen Geldflüsse hat sich Delago den Zorn der halben Parteienlandschaft in Italien zugezogen. Den Kreml mit eingeschlossen. Du selbst hast vor einigen Tagen den Giftmord in England erwähnt, hinter dem die Russen stecken sollen. So etwas könnte auch hier dahinterstecken.«

»So etwas könnte auch hier dahinterstecken. Tut es aber nicht. Die Morde an dem Buben Luca und an Emily … dahinter stecken keine politischen Motive.«

»Was soll sonst dahinterstecken, Herr Detektiv? Sag doch was dazu.«

»Da kommt unser Essen.«

Tanner deutete auf den Kellner, der, bepackt mit mehreren Tellern, auf sie zueilte.

SIEBZEHN

»Da muss es irgendwo sein«, sagte Tanner. Er breitete die Karte auf dem Lenkrad aus und fuhr mit dem Finger von Bozen Richtung Nordwesten. »Über Barbian nach Saubach. Dort steht rechts das Gasthaus Rittner.«

»Nicht rechts«, sagte Paula streng. »Alle Gasthäuser lassen wir links liegen.«

Tanner ließ sich nicht beirren und fuhr mit dem Finger weiter hinauf. »Von da geht's auf den Saubacher Kofl. Da liegt Ferrys Bauernhof.«

»Ferry … ist das ein älterer Herr?«

»Ferry ist mit mir in dieselbe Klasse gegangen. Also ist er so alt wie ich.«

»Älterer Herr. Habe ich doch gesagt. Das wird eine anstrengende Tour.« Paula sah ihm zu, während er die Karte zusammenfaltete. »Ich habe vor Kurzem eine Geschichte gehört, die in dieser Gegend spielt.«

»Unsere Berge sind voll von eigenartigen Geschichten.«

»Ob deine Kräfte für diese Wanderung ausreichen?«

»Du unterschätzt mich. Wie immer. Außerdem soll sich diese Bergtour lohnen. Schöne Gegend, hat Lana Morras versprochen. Von ihr habe ich die Adresse des Mannes erhalten, den ich aufsuchen möchte. Er war einer von Emilys Patienten und heißt Anton mit Vornamen.«

»Mein Onkel in Bruneck im Pustertal hieß so. Onkel Toni nannten wir ihn als Kinder.«

»›Dein Dich liebender Toni‹, stand auf dem Foto, das ich aus Luis Delagos Wohnung mitgenommen habe.«

»Meinst du die Fotografie, auf der die Höhle zu sehen ist?«

»Genau die.«

Es entstand eine Pause, und Tanner wollte den Motor starten, als Paula sagte: »Dein Dich liebender Toni. Offenbar ist das eine Liebesbotschaft von Anton an einen Mann mit dem Namen Luis. Was sagt uns das?«

»Was meinst du?«

»Dein dich liebender … wenn das ein Mann zu einem anderen sagt, gibt es zwei Möglichkeiten. Entweder sie sind schwul oder eng verwandt.«

Tanner dachte über ihre Worte nach. »Luis Delago war nicht schwul. Immerhin hatte er ein Verhältnis mit Emily. Mein Tipp: Die beiden sind Brüder.« Er lächelte. »Deshalb heißen beide Delago.«

Sie stöhnte auf. »Warum hast du mir das nicht gleich gesagt?«

»Während eine Frau einen logischen Gedanken verfolgt, soll man sie nicht unterbrechen. Das wäre unhöflich.«

Der Schlag ihres Ellbogens in seine Rippen schmerzte ihn noch, als sie die Gemeinde Barbian erreicht hatten, die hoch oberhalb des Eisacktals lag. Sie überquerten den kleinen Platz vor der Kirche mit dem schief stehenden Turm und dem gegenüberliegenden dreistöckigen Haus des Rösslwirts. Die solide gebauten Häuser waren weiß getüncht und hatten grau gedeckte Satteldächer. Dahinter stiegen auf beiden Seiten die dicht bewaldeten Hänge an, manchmal von Wiesen und Kastanienhainen unterbrochen.

Nach einer halben Stunde bogen sie rechts ab, und nach einem Waldstück sahen sie schon von Weitem den großen Bauernhof mit den Nebengebäuden. In dem kleinen Gemüsegarten vor dem Haus arbeitete eine Frau, die sich erhob, die Hand über die Augen legte und beobachtete, wie der Wagen näher kam.

Sie stellten sich vor, und Tanner fragte, ob Herr Ferry Gerrer zu Hause war.

»Er ist drin«, sagte die Frau und zeigte mit dem Daumen über ihre Schulter. »Gehen Sie rein.«

»Da ist ja der Löto.« Die Stimme des Mannes, der, eine Zeitung in der Hand, auf einer ledernen Couch saß, dröhnte durch die große Stube. »Tibi, das ist schön, dass du mich besuchen kommst.«

Ferry Gerrer sah noch ungepflegter aus, als ihn Tanner in Erinnerung hatte. Als er Paula erblickte, stieß er einen Schrei aus, stürzte auf sie zu und küsste ihr die Hand. »So macht man das doch in der Stadt unten«, sagte er. Er wandte sich Tanner zu. »Magsch an Schnaps?«

Tanner schüttelte den Kopf. »Keinen Alkohol, danke. Ich brauche meine Fitness noch für eine Bergwanderung.« Er deutete auf Paula. »Sonst kann ich nicht mithalten.«

Ferry lachte und zeigte auf die Sessel, die rund um den schweren Esstisch standen. »Setzt euch. Bist du immer noch auf der Suche nach deiner Höhle? Ich kann mich an das Foto erinnern, das du mir gezeigt hast. Im Gasthaus Rittner.«

Tanner legte die Wanderkarte auf den Tisch und klappte sie auf. »Ferry, du hast damals über die Wasserfälle gesprochen. Da soll es mehrere geben hier oben. Kannst du mir die auf der Karte zeigen.«

Er trat so nah heran, dass Tanner die Alkoholfahne riechen konnte. Sein knöchriger Finger zog ein paar Kreise über die Karte, wie um sich zu orientieren.

»Hier«, sagte er laut. »Da muss es sein.«

»Die Höhle?« Die Frage kam von Paula.

»Die Höhle«, sagte er und bestätigend schlug sein Finger noch einmal auf die Stelle. Er hob den Kopf und grinste dümmlich. »Aber sicher bin ich nicht.«

»Ich habe noch eine Frage«, sagte Tanner, setzte sich Ferry gegenüber und beugte sich vor. »Als wir vor ein paar Tagen im Gasthaus Rittner saßen, kam ein älterer Mann hereingestürmt. Kräftig gebaut, rote Haare und besoffen. Erinnerst du dich? Ich glaube, du hast ihn Kassian genannt.«

»Natürlich erinnere ich mich. Ein alter Säufer und ein furchtbarer Sierbingl. Willst du den Mann besuchen? Nimm dich in Acht. Der Bursche ist gefährlich.«

Die Frau, die sie im Gemüsegarten getroffen hatten, kam mit einem Tablett herein und schenkte jedem ein Glas Wein ein.

»Das ist Maria, meine Frau. Was Getränke betrifft, hat sie immer die besten Ideen.«

»Sie haben einen wunderbaren Bauernhof«, sagte Paula zu der Frau.

»Stimmt. Sechshundert Jahre alt.« Gerrer hob das Glas,

und mit einem lauten »Also Prost« trank er es auf einen Zug leer.

»Wir haben die Wanderung noch vor uns«, sagte Paula. Ihre Stimme klang etwas verzagt.

Tanner sah zu Paula hinüber, hob zum Beweis seiner Unschuld kurz die Schultern und nahm einen kleinen Schluck aus dem Glas. Der Wein schmeckte herrlich.

»Erzähle mir was über diesen Kassian.« Tanner schob die Karte zu Gerrer hinüber. »Zeig mir, wo der Mensch wohnt.«

»Der Kassian ist kein guter Mensch«, sagte Maria aus dem Hintergrund. »Eigentlich ein böser Mensch. Ein Lump. Jahrelang hat er seine Frau geschlagen und die eigenen Kinder verprügelt. Damals ist das Sozialamt ein- und ausgegangen. Einmal sollen sogar die Carabinieri im Haus gewesen sein.«

»Seine Frau hat das zugelassen?«

»Seine Frau hat sich gewehrt. So lange, bis sie tot war.«

»Wann war das?«, fragte Tanner.

»Schon Jahre her. Es gab Gerüchte, dass es kein natürlicher Tod war. Aber man konnte dem Mann wohl nichts beweisen. Ich erinnere mich an den älteren Sohn, der es bei seinem Vater nicht mehr ausgehalten hat. Er ist von zu Hause fortgelaufen. Fünfzehn oder sechzehn Jahre war er damals alt. Und man hat ihn nie wieder gesehen.«

Tanner nahm noch einen Schluck Wein und dachte nach. »Der von zu Hause weg ist, war der ältere Sohn, sagst du. Also gibt es einen jüngeren.«

»Das ist der Toni. Wie alt ist der jetzt?« Sie sah ihren Mann fragend an.

»Toni.« Tanner unterbrach die Frau. »Anton also?«

»Möglich. Sechsundzwanzig dürfte er heute sein«, sagte Gerrer. »Vielleicht auch etwas jünger.« Er klopfte mit dem Zeigefinger gegen die Stirn. »Der Toni ist nicht ganz richtig da oben.«

»Was fehlt ihm?«, fragte Tanner.

»Ich bin kein Doktor. An Dochschoden hat er eben, wie wir sagen.«

»Aber nicht gefährlich, verstehen Sie?«, ergänzte die Frau. »Ein guter Junge, der Toni. Und sein Vater, der behandelt ihn wie einen Hund. Zuerst ist der ältere Sohn weg, und jetzt geht's dem Toni an den Kragen.«

»Der ältere Sohn kam nie wieder zurück?«

Gerrer schüttelte den Kopf. »Der Alte hat einmal gesagt, dass sein Sohn nach Amerika ausgewandert ist. Stinkreich soll er dort geworden sein, hat er gesagt. Aber da war der Kassian wieder mal besoffen. Dem darf man nicht glauben. Nicht einmal, wenn er nüchtern ist.«

»Wie hieß der ältere Sohn?«

»Das hab ich vergessen. Ist schon viele Jahre her. Fünfzehn mindestens.«

Tanner schob die Karte zu Gerrer hinüber. »Wo ist nun das Haus, in dem der Kassian wohnt, zusammen mit dem Toni?«

Gerrer leerte den Rest aus der Flasche in sein Weinglas, suchte nach seiner Brille, die er schließlich auf seiner Stirn entdeckte, und vertiefte sich in die Karte.

»Hier«, rief er. »Das Haus ist nicht einfach zu finden.«

Tanner ging um den Tisch herum und setzte sich neben Gerrer. »Zeig es mir noch einmal.«

Gerrer drehte seinen hochroten Kopf und hüllte Tanner in eine mörderische Alkoholfahne ein. »Schau auf die Karte. Hier ist unser Hof. Und da ungefähr haust der Kassian mit seinem Sohn. Es gibt zwei Möglichkeiten, wie man da hinkommt. Entweder zuerst die Straße entlang, die den Namen Località San Ingenuino trägt. Dann geht es durch den Wald und diesen Bergpfad hinauf.« Mit seinem Zeigefinger fuhr er eine dünne, gestrichelte Linie entlang. »Steiniger Weg, verstehst du? Eine richtige Kletterpartie.«

Tanner versuchte, den Kopf aus der alkoholischen Wolke zu ziehen. »Und Möglichkeit zwei?«

»Hier.« Sein Finger zog kleine Kreise auf der Karte. »Da liegt das Rittner Moor. Bei trockenem Wetter und Helligkeit kann man das Risiko eingehen. Aber trotzdem … ein gefährlicher Weg. Jedes Jahr verschwinden einige Leute im Sumpf. Und tauchen nie wieder auf.«

»Wollen Sie wirklich da hin?«, fragte Maria.

»Das geht nur zu Fuß«, sagte Gerrer. »Euer Auto ist bei uns sicher. Lass es hier stehen und geht zu Fuß da rauf. Wenn ihr das wirklich tun wollt. Aber nehmt auf keinen Fall die Route über das Moor.«

Tanner erhob sich und spürte, dass mit seinem Gleichgewicht etwas nicht stimmte. Ein Glas Wein weniger wäre besser gewesen. Ärgerlich schüttelte er den Kopf, um das Schwindelgefühl zu vertreiben.

»Paula«, sagte er entschlossen. »Der Berg ruft.«

Die ersten paar Kilometer folgten sie einem Forstweg, der so steil hinaufführte, dass Tanner einige Male stehen bleiben musste, um zu verschnaufen. Er erinnerte sich an den Traum, der ihn in der vergangenen Nacht zurück in seine Kindheit geführt hatte. Es war eine ähnliche Wanderung gewesen, die er mit seinem Vater unternommen hatte, querfeldein und durch dunkle Wälder bergauf. Auf einer sonnenbeschienenen Wiese kamen sie zu einem mächtigen Fluss, an dessen Ufer sie lange standen und das Wasser beobachteten, das träge und ruhig dahinfloss. Doch plötzlich kam Wind auf, und innerhalb weniger Augenblicke verwandelte sich der Fluss zu einem tosenden Wasser. Ängstlich wich er vom Ufer zurück. Dann bemerkte er, dass ihn bei alldem sein Vater lächelnd angesehen hatte und ihm schließlich die Hand hinstreckte, die er dankbar ergriff. Was der Traum wohl bedeutete? Er kam nicht drauf, war aber sicher, dass es eine Botschaft war, die ihm sein Vater geben wollte.

»Woran denkst du?« Paula war stehen geblieben.

»Ich frage mich, warum Menschen auf Berge gehen.«

»Auf den Bergen ist die Freiheit«, sagte sie. »Und weil der Glaube Berge versetzen kann.«

»Ich gehe lieber außen herum«, sagte Tanner.

Die Sonne stand heiß über ihnen, doch die Luft war dank der Höhe, die sie in der Zwischenzeit erklommen hatten, kühl und klar. Seit sie beim Hof der Gerrers die Wanderung begonnen hatten, bot sich immer noch kein Hinweis auf das Hochtal, von dem Ferry gesprochen hatte und in dem sie das Haus finden sollten, wo der Alte und Toni, sein Sohn, zu Hause waren.

»Der Toni hat tatsächlich einen sonderbaren Eindruck auf mich gemacht.«

»Wie alt ist der Bub?«, fragte Paula.

»Kein Bub. Ein Mann. Sechsundzwanzig soll er sein, hat Gerrer gesagt. Und einen Dachschaden soll er haben.«

»Mit dieser Diagnose muss man vorsichtig sein,« Paula, die ein paar Schritte vorausgegangen war, blieb stehen und drehte sich zu ihm um. »Oftmals sind nicht die Verrückten das Problem, sondern die Normalen. Meine Mutter sagte immer: Jeder Mensch hat einen Vogel. Und heute weiß man tatsächlich, dass die meisten Menschen Stimmungsschwankungen haben, manche weniger, manche mehr, doch krank sind sie deshalb alle nicht.«

»Nur was Kassian betrifft, den Alten, da hat Ferry recht. Der ist gefährlich. Davon hat er mich mit seinem Auftritt am Friedhof überzeugt.«

»Warum war der Mann überhaupt auf Luis' Begräbnis? Und warum war Toni dort?«

»Wenn wir das wissen, haben wir den Mörder.«

»Hast du keine Vermutung?«

Tanner nickte. »Doch. Ich habe einen furchtbaren Verdacht.«

*

Schmal und steil waren die Engstellen zwischen den Felsen, die den Weg nach oben freigaben. Tückische Geröllfelder und tiefe Wasserrinnen erschwerten den Aufstieg. Tanner beobachtete Paula, die einige Meter vor ihm ging. Wie eine schlanke Gazelle überwand sie die Hindernisse, während er schwitzend den steilen Weg hinaufkeuchte.

Nach oben wurde es heller, als sie aus dem Schatten der hoch aufragenden Felsen traten, die sich auf eine steinige

Ebene öffneten. Das Ende der Klamm war erreicht, und vor ihnen öffnete sich das Hochtal. Durchschwitzt blieb Tanner stehen und wischte mit dem Taschentuch über die Stirn. Müde ließ er sich auf einen Baumstamm fallen und genoss den eindrucksvollen Rundblick. Nur der dunkle Himmel gefiel ihm nicht. Feuchte, warme Luftmassen, die vom Süden her die Berge erreichten und auf kalte Luft aus dem Norden stießen. Das versprach nichts Gutes.

In unvermuteter Ruhe und Abgeschiedenheit lag die Hochebene vor ihnen, umzingelt von dunkel bewaldeten Bergen und schneebedeckten Gipfeln.

Am Rande des Tals lag das Haus im Schatten einiger ausladender Bäume. Ein düsterer Berghof, niedrig, geduckt, mit verwitterten Fenstern und vermoosten Dachziegeln.

Als sie sich dem Gebäude näherten, zuckten in der Ferne Blitze, und von Weitem hörte man das erste Donnergrollen. Hinter einem der Fenster bewegte sich der Vorhang.

»Es ist jemand zu Hause«, sagte Tanner und drehte sich kurz zu Paula um, die hinter ihm stand. Dann klopfte er an.

Keine Antwort. Diesmal hieb er mit der Faust gegen die Tür. Keine Reaktion.

Die Türangeln quietschten leise, als er die Tür aufdrückte. »Komm«, sagte er über seine Schulter.

Im Inneren des Hauses war es dämmrig. Die Luft roch dumpf und abgestanden. »Ich mag das nicht, was wir beide gerade tun«, flüsterte Paula hinter ihm.

»Hallo«, sagte Tanner so laut, dass er beinahe selbst erschrak. »Ist da jemand?«

Im Hintergrund ging eine Tür auf. Tanner blieb stehen und starrte auf die Person, die sich leicht hinkend näherte. Ein junger, blonder Mann.

»Wir kennen uns«, sagte Tanner leise. »Du bist der Toni.« Erst jetzt bemerkte er, dass er ihn mit Du angesprochen hatte. »Entschuldigen Sie. Sie heißen Anton mit Vornamen, nicht wahr?«

»Du ist schon okay.«

»Dürfen wir hereinkommen?«

»Ich weiß nicht.« Nervös tänzelte der Mann auf der Stelle, dann deutete er mit dem Daumen über seine Schulter. »Der Tatta schläft da drinnen.«

»Lassen wir ihn schlafen«, sagte Paula und zeigte auf die Tür im Hintergrund. »Gehen wir da hinein.«

Der kleinere Teil des Raumes war eine mager ausgestattete Küchenzeile, die verdreckt und unaufgeräumt war. Ein antik anmutender Kühlschrank brummte laut. Vielfarbiges Geschirr stapelte sich in der Spüle. Nichts passte zusammen.

Tanners Blick glitt über die spärliche Einrichtung des Wohnraums. Das billige Sofa mit dem ausgefransten Bezug machte keinen einladenden Eindruck, der Holztisch war mit einer blau gestreiften Plastikfolie abgedeckt, auf dem neben einem aufgeklappten Notebook einige tote Fliegen lagen. Der Teppichboden wies zahlreiche Brandlöcher unterschiedlicher Größe auf. Den Mittelpunkt des Raumes bildete der wuchtige, grüne Kachelofen mit einer einladenden Ofenbank davor.

Tanner überlegte, wie er das Gespräch mit dem jungen Mann beginnen sollte, der die Arme vor der Brust verschränkt hatte und seinen Oberkörper hin und her wiegte, rhythmisch wie ein langsam pendelndes Metronom.

»Wie nennen dich deine Freunde?« Tanner bemühte sich, langsam und ruhig zu sprechen, während er auf der Couch Platz nahm. »Nennen sie dich Anton oder Toni?«

Der junge Mann schien weit entfernt zu sein mit den Gedanken. Nach einigen Augenblicken erschien ein schüchternes Lächeln auf seinem Gesicht. »Toni.«

»Gut … Toni, wir sind uns schon einmal begegnet. Im Krankenhaus in Meran. Bei Dr. Auckenthaler. Erinnerst du dich?«

Toni erstarrte; panische Angst trat in sein Gesicht. Er deutete zur Tür und legte den Zeigefinger auf seine Lippen. »Leise! Sonst wacht der Alte auf.«

»Hast du Angst vor ihm?«

Toni sah Tanner an, als hätte er ihn nicht verstanden. Sein Mund und das Kinn zitterten. Er drehte den Kopf, und im spärlichen Licht vom Fenster sah Tanner den blauen Bluterguss auf der rechten Wange des jungen Mannes.

»Hat er dich geschlagen?«

Toni schüttelte den Kopf. »Hingefallen.«

»Und das da?«

Toni trug ein schmutziges Hemd, das einmal weiß gewesen war, die Ärmel hochgekrempelt, so dass man seinen mit blauen Flecken übersäten Unterarm sehen konnte.

»Hingefallen«, sagte er und krempelte die Ärmel hoch.

Mit einem Mal spürte Tanner, dass dieses Gespräch zu nichts führen würde. Der junge Mann würde nichts sagen. Entweder war er bockig, oder er hatte Angst. Wahrscheinlich Zweiteres. Der Junge fürchtet sich so, dass er kaum in der Lage ist, logisch zu denken.

»Luis war dein Bruder, nicht wahr?«

Lange Pause. Dann ein zaghaftes Nicken.

»Ich habe dich auf dem Begräbnis gesehen. Du weißt, dass er erschossen wurde?«

Nicken.

Wieder entstand eine kurze Pause. Tanner bereute es, sich auf diese Begegnung nicht besser vorbereitet zu haben. Er hatte sich auf sein Gespür verlassen. Das hatte er jetzt davon. Er wandte sich zu Paula um, die von der Ofenbank aus das Gespräch verfolgte. Auch sie sah unzufrieden aus.

»Hast du eine Idee, wer das getan haben könnte?«

Toni antwortete nicht, da sich in diesem Moment die Tür öffnete. Tanner hielt den Atem an. Den kräftigen Mann mit dem auffallend rotblonden Haar, der den Raum betrat, hatte er zum ersten Mal im Gasthaus Rittner gesehen, wo ihn Ferry Gerrer mit den Worten ›Kassian hat wieder mal zu viel getankt‹ vorgestellt hatte.

Zu viel Alkohol und zu wenig Schlaf. Die blutunterlaufenen Augen des Mannes erweckten einen unangenehmen Eindruck, wie die Augen eines toten Fisches aus dem Kalterer See.

Toni blieb wie erstarrt stehen, blickte auf den sich langsam nähernden Mann, dann rannte er davon, quer durch den Raum und verschwand durch die Tür.

»Sie schon wieder!« Mit schweren Schritten kam der Mann näher. »Was wollen Sie hier?«

»Ich muss mal kurz hinaus.« Das war die Stimme Paulas.

Tanner wartete, bis Paula das Zimmer verlassen hatte. »Schönes Zuhause haben Sie hier. Schön ruhig.«

»Antworten Sie. Warum sind Sie hier?«

»Ich möchte Ihnen ein paar Fragen stellen.«

»Welche Fragen?«

»Harmlose.«

Der Mann wirkte verunsichert. Offenbar fiel ihm keine Antwort ein.

»Zum Beispiel würde ich gerne wissen, warum Sie mich auf dem Friedhof angegriffen haben.«

»Ganz einfach. Ich kann Sie nicht leiden. Und deshalb verlassen Sie jetzt mein Haus. Auf der Stelle.«

Der Alte schaltete das Licht ein und ging zum Schrank. Er griff hastig in eine der Schubladen, und als seine Hand wieder zum Vorschein kam, umklammerte sie den Griff einer Pistole.

»Raus!«

»Mich erschießen … Das wäre keine gute Lösung.« Tanner merkte, dass seine Stimme zitterte.

»Es gäbe keine bessere. Ich erschieße Sie und die Frau da draußen und versenke Sie in einem tiefen Loch im Moor.« Er machte eine fahrige Handbewegung zur Tür. »Da findet Sie in den nächsten hundert Jahren kein Mensch.«

»Luis hat man auch gefunden«, entgegnete Tanner.

»Damit habe ich nichts zu schaffen. Gehen Sie!«

Tanner sah zum Fenster. Ob Paula da draußen stand?

Der Alte zielte jetzt genau auf Tanners Kopf. »Raus!«

Tanner beobachtete, dass sich der Finger des Mannes um den Abzug krümmte.

»Ich gehe ja schon.«

Langsam senkte der Alte die Waffe.

Tanner verließ das Haus und warf noch einen Blick auf das Namensschild neben der Tür. KASSIAN DELAGO.

Wo war Paula? Er folgte den leisen Stimmen und fand sie auf einer Bank hinter dem Haus. In einem angeregten Gespräch mit Toni. Die beiden machten einen harmonischen Eindruck, als ob sie sich gerade über gemeinsame Freunde und deren Musikgeschmack unterhielten.

Paula erhob sich und blickte sorgenvoll zum Himmel, der während der letzten Stunde schwärzer geworden war. Von der Ferne hörte man Donnergrollen.

Sie streckte Toni die Hand hin. »Wir bleiben in Kontakt«, sagte sie, und der junge Mann strahlte sie an.

»Am besten gehst du jetzt rein«, sagte Tanner zu Toni.

Der Donner wurde lauter, während sie sich vom Haus entfernten. Sie gingen schräg über den Hang, als Paula ihren Zeigefinger hob. Sie kramte in ihrem kleinen Rucksack und entnahm ihm eine Tafel Schokolade.

»Extra-Energie für ältere Bergwanderer«, sagte sie.

»Ich brauche keine externe Energiezufuhr. Ich bin nur ein wenig kurzatmig.«

»Warte bis morgen. Dann wird dich ein viehischer Muskelkater plagen.«

Mit fragendem Blick zeigte er auf die Schokolade. »Wo ist die zweite? Ich habe gesehen, dass du zwei Tafeln eingepackt hast.«

»Die habe ich Toni geschenkt. Er hat sie auf einen Sitz aufgegessen. Wie war dein Gespräch mit dem Alten?«

»Der ist ein brutaler Hund. Er hat mich mit einer Pistole bedroht.«

»Das, was er dem Toni während der letzten Jahre angetan hat, ist ein Fall für den Staatsanwalt.«

Sie blieben stehen, und Tanner sah, dass Paula Tränen in den Augen hatte.

»So schlimm?«

Sie nickte. »Dabei erzählte er nur bruchstückhaft ... weit entfernt von der ganzen Wahrheit.«

»Die Wahrheit ... wollte er nicht darüber sprechen?«

»Um das Wollen geht es nicht. Soweit ich es verstehe, ist der junge Mann schwer traumatisiert. Er hat jahrelang geschwiegen über das, was ihm widerfahren ist. Und Schweigen führt dazu, dass ein Trauma nicht verarbeitet werden kann.«

»Was ist ihm widerfahren?«

»Das Schlimmste, das du dir vorstellen kannst. Es waren nur Andeutungen, die ich zu hören bekam, aber Toni ist wohl seit seiner Kindheit von dem Alten sexuell ausgebeutet worden. In übelster Weise.«

»Luis ist Tonis Bruder.«

»Luis war Tonis Bruder«, erklärte sie. »Er fand jedoch die Kraft, rechtzeitig wegzugehen.«

»Gerrer hat es erwähnt. Fünfzehn oder sechzehn Jahre war Luis damals, als er dem Elternhaus und dem Vater den Rücken gekehrt hat.«

»Luis war klüger als sein Bruder.«

»Das war nicht nur eine Sache der Klugheit. Dem Toni fehlt es vor allem an mentaler Gesundheit. Und so wie ich ihn heute kennengelernt habe, hat er noch mehr psychische Baustellen.«

»Luis hat die Kurve gekriegt. Wenn auch spät.«

»Fünfzehn Jahre später kam er zurück und hat Emily kennengelernt, bei der er auf Hilfe hofft. Warum wartet ein Mensch so lange?«

»Ich bin keine Psychologin, aber ich weiß, dass Gewalt und sexuelle Abhängigkeit eigenen Gesetzen folgen. Bei den meisten Betroffenen kommen die unterdrückten Geschichten erst zum Vorschein, wenn sie erwachsen sind.«

»Irgendjemand hat es nicht gefallen, dass Luis bei Emily Hilfe gesucht hat«, sagte Tanner.

Das Gefälle wurde steiler, und der Donner folgte den Blitzen in immer schnellerer Folge. Gott sei Dank ging der Regen nicht über ein sanftes Tröpfeln hinaus.

Nach einer halben Stunde erreichten sie die enge Schlucht zwischen den Felsen und stiegen das von der Nässe unsichere Geröllfeld bergab, bis sie die Klamm hinter sich ließen und den Forstweg erreichten, der zu Gerrers Bauernhof führte. Dort stand ihr Auto.

»Weißt du, was Tonis letzte Worte waren?«, fragte Paula. »Bevor du aus dem Haus kamst, meine ich. Er sagte: ›Ich kann nicht mehr.‹«

»Vielleicht möchte er noch einmal mit dir reden.«

Paula nickte. »Ich hab ihm meine Telefonnummer in die Hand gedrückt.«

Es entstand eine kurze Pause. »Er hat Angst«, sagte Paula.

»Wovor?«

»Er weiß, wer der Mörder ist.«

ACHTZEHN

Einige Stunden lag Tanner wach. Seine Überlegungen kreisten um die Erlebnisse auf dem Bauernhof, die Gespräche mit Kassian Delago und dessen Sohn Toni. Er besuchte in Gedanken jeden einzelnen der Morde, begann bei Luis, dessen Leiche er bei seinem Rebstock entdeckt hatte. Der Mann fand mit einem Geschoss aus derselben kleinkalibrigen Waffe den Tod wie einige Tage später der dreizehnjährige Luca Terlizzi. Offenbar fühlte sich der Mörder von beiden bedroht. Zu diesem Ergebnis kam Tanner im Halbschlaf und war sicher, zusammenhängend und logisch zu denken. Luca hat den Mörder gesehen. Der erfährt aus der Zeitung, dass er beobachtet wird. Grund genug, den Buben zu beseitigen. Logisch. Und Emily? Sie wurde nicht erschossen. Warum nicht? War es ein anderer Täter? Hatte er nur Angst, dass man den Schuss hören würde. Immerhin befindet sich Emilys Praxis in einem Wohnblock, in dem ein nächtlicher Schuss die halbe Nachbarschaft alarmiert hätte. Also gibt er ihr ein Medikament und täuscht einen Selbstmord durch Erhängen vor.

Nicht nur die Gedanken an die grausamen Mordfälle, auch die Schmerzen in seinen Oberschenkeln hinderten Tanner am Einschlafen. Manchmal war er eingeschlummert, aber jeweils nur kurz. Steif stand er schließlich auf und stellte fest, dass es bereits neun Uhr und das Bett neben ihm leer war.

Gegen Muskelkater helfen Schüßlersalze und eine heiße Dusche. Diese beiden Ratschläge standen in einem Buch, das ihm Paula zu Weihnachten geschenkt hatte. Die erste Empfehlung entpuppte sich als Märchen, auf das heiße Wasser setzte Tanner große Hoffnung, die jedoch ebenfalls mit einer herben Enttäuschung endete, als er krummgebeugt und mit Muskelschmerzen aus der Duschkabine humpelte. Nach dem Frühstück lag das Buch im Altpapiercontainer.

Er überlegte gerade, womit er sein detektivisches Tagewerk starten sollte, als das Telefon klingelte. Paula aus der Apotheke.

»Soeben hat mich der Toni angerufen. Ein Hilfeschrei. Er braucht uns. Sofort.«

»Deine Stimme klingt aufgeregt.«

»Wenn du ihn gehört hättest, wärst du auch aufgeregt.«

»Will er mich sehen oder dich?«

»Ich kann hier nicht weg. Aber ich habe ihm gesagt, dass du kommst.«

»War er damit einverstanden?«

»Ich habe ihn überredet. Schließlich hat er zugestimmt.«

»Wo ist er? Zu Hause bei seinem Vater?«

»Er ist abgehauen. Toni darf ja kein Handy haben. Der Anruf kam vom Gasthaus Rittner. Er wartet dort.«

»Ich bin schon unterwegs«, sagte Tanner.

Kühle Luft blies ihm entgegen, als er zum Wagen eilte, der vor Paulas Haus parkte. Der Wetterbericht im Radio berichtete von Kaltluftmassen, die aus dem Norden durch das Etschtal in den Süden gelangen würden.

Obwohl er aufgeregt war, versuchte er, sich auf den Straßenverkehr zu konzentrieren. Verbissen trat er das Gaspedal bis zum Anschlag durch, während draußen die Häuser von Unterinn vorbeiflogen. Tanner bremste, nahm quietschend eine enge Kurve in Lengmoos. Jetzt befand er sich bereits auf dem Rittner-Hochplateau. Das Schild GASTHAUS WEBER IM MOOS erinnerte ihn an eine herrliche Marende nach einer Wanderung den Rittner Höfeweg entlang, zu der ihn Paula gezwungen hatte. Nach einem kleinen Weiler trat er am Ortsausgang wieder aufs Gas, worauf das Getriebe wie eine Kiesmühle krachte und der Wagen mühsam beschleunigte. Er kurbelte das Seitenfenster herunter, und warme, trockene Luft strömte ins Wageninnere.

Zehn Minuten später parkte er den Wagen direkt vor dem Gasthaus Rittner.

Der Wirt stand hinter der Theke, zwei Tische waren mit Paaren besetzt, die wie Touristen aussahen. Ansonsten war die Gaststube leer. Nur vor dem Schanktisch lag ein Schäferhund, der müde die Augen öffnete und kurz den Schwanz bewegte.

Tanner ließ seinen Blick durch den Raum schweifen, konnte aber Toni nirgendwo entdecken.

Der Wirt trat näher, während er sich mit einem Geschirrtuch die Hände abtrocknete. Seine rote Nase war der sichtbare Garant, dass er während des Tages bereits einige Schnäpse konsumiert hatte.

»Sie waren mit Ferry schon einmal bei mir. Gar nicht lange her.«

»Stimmt.« Tanner sah sich suchend um.

»Gehe ich richtig in der Annahme, dass Sie mit jemandem verabredet sind?«

»Sie gehen richtig.«

»Mit dem Toni?« Er zeigte zu einer Tür im Hintergrund. »Der sitzt da drin. Im Extrastüberl. Hier in der Gaststube wollte er nicht warten. Da drinnen findet euch keiner.«

»Hallo«, sagte Toni. Verschreckt saß er in der Ecke an einem Tisch. Seine Stimme klang müde, und das blasse Gesicht sah schmal und verhärmt aus.

»Weiß dein Vater, wo du bist?«

»Hoffentlich nicht.«

Toni hatte die Ärmel hochgekrempelt, und Tanner sah, was ihm schon beim letzten Mal aufgefallen war: Der Unterarm war mit blauen Flecken übersät. Der Bluterguss auf der rechten Wange war größer geworden und hatte seine Farbe verändert.

»Er schlägt dich, nicht wahr?«

Toni riss die Augen weit auf; man konnte sehen, dass er überlegte, wie er antworten sollte.

»Du hast Paula kennengelernt … die Frau, mit der ich bei euch im Haus war.« Tanner deutete mit dem Daumen auf seine Brust. »Ich bin der Tiberio. Und du solltest wissen, dass du uns vertrauen kannst.« Tanner bemühte sich, langsam und bedächtig zu sprechen. Toni saß unverändert starr ihm gegenüber. Die Frage ›Kann ich dir wirklich vertrauen?‹ stand ihm ins Gesicht geschrieben.

Tanner beugte sich vor und legte seine Hand auf den Unterarm seines Gegenübers. »Bevor ich's vergesse … hast du Hunger? Hier kann man gut essen.«

Die Frage zauberte ein Lächeln auf die Lippen des jungen Mannes. Sein Nicken war so heftig, dass seine strubbeligen, blonden Haare noch mehr in Unordnung gerieten.

Sie nahmen sich viel Zeit. Als Vorspeise bestellte Toni Rohnenknödel mit Käsesoße, danach den Vernatschbraten mit Kartoffelkuchen.

»Toni«, sagte Tanner anerkennend. »Du bist ein Feinspitz.«

»Die Rohnenknödel hat meine Mamma immer gemacht.«

»Das verstehe ich gut. Bei mir sind es die Schupfnudeln. Keine konnte das besser als meine Mutter.«

Tanner bestellte eine große Portion Schupfnudeln und vorher die Kastaniensuppe. Nicht direkt kalorienarm, aber vertretbar. Solange es Paula nicht erfuhr.

»Vor zwölf Uhr kein Rotwein, nach zwölf kein Wasser«, murmelte Tanner und merkte nicht, dass er laut gesprochen hatte, während er konzentriert in der Weinkarte blätterte.

»Möchten Sie irgendeinen Rotwein?«, fragte der Wirt.

»Irgendeinen … Um Gottes willen …« Tanner erschrak. »Nicht irgendeinen«, stammelte er und entschied sich für einen 2015er Blauburgunder aus der Kellerei St. Michael-Eppan. Was ihn überzeugte, war der Hinweis in der Karte, dass der Wein aus den kühlen, aber sonnigen Lagen von Kaltern stammte und mit eleganter Fülle ausgestattet war. Für weniger wichtig empfand er den Hinweis, dass der Blauburgunder den burgundischen Vorbildern verblüffend ähnlich sein soll. Wenn er im Etschtal saß, war das Burgund weit weg. Hic Alto Adige, hic bibe!

Tanner wartete, bis Toni den letzten Krümel vom Teller verputzt hatte.

KIRCHWEIH und GASSLFEST stand auf einem Plakat, das neben dem Tisch an der Wand hing. MIT MUSIK. UND TANZ.

Der Wirt war zum Tisch getreten und folgte Tanners Blick. »Sie informieren sich gerade über unsere Veranstaltungen. Bei uns ist die Kultur zu Hause. Es gibt übrigens noch vieles mehr, als hier auf dem Plakat steht. Unser Feuerwehrfest zum Beispiel. Da kommt die Musikkapelle aus Barbian herauf. Zeitgenössisch und traditionell geht's dann zu bei uns. Südtiroler Brauchtum eben. Lebenslust und Wein.«

»Das mit dem Wein überzeugt mich«, sagte Tanner. »Übrigens … sagen Sie der Küche, das Essen hat super geschmeckt. Hervorragend gewürzt. Woher kommen die vielen Gewürze, die Ihr Koch verwendet? Aus dem Supermarkt?«

»Erstens ist das kein Koch, sondern meine Frau. Und nein, die Gewürze kommen aus keinem Geschäft. Knoblauch, Beifuß, Thymian und Kerbel … alles aus dem eigenen Garten. So wie es schon meine Mutter gemacht hat.«

Tanner wandte sich Toni zu. »Magst du noch eine Aranciata?«

Toni wischte sich mit dem Handrücken über den Mund und schüttelte den Kopf. Er machte einen zufriedenen Eindruck.

Wenn jemand zufrieden ist, sagt er die Wahrheit, dachte Tanner. Jetzt kommt der schwierigere Teil. Die Fragen!

Tanner griff in die Innentasche seines Sakkos und legte die Fotografie, die den Höhleneingang zeigt, auf den Tisch.

»Meine Höhle«, sagte Toni zitternd, dann schluckte er und begann leise zu schluchzen. »Das Foto habe ich Luis geschenkt.« Er sah Tanner an. »Wo haben Sie das Bild her?«

»Ist mir in die Hände gefallen.« Um die Frage zu umgehen, wo er das Foto gefunden hatte, fügte er hinzu: »Ich war bei Luis in der Wohnung. Dort lag das Bild.«

Tanner drehte sich um, als ob er sich überzeugen würde, dass auch keiner in der Nähe war. »Verrätst du mir, wo sich die Höhle befindet?«

»Wozu?« Tonis Körper versteifte sich.

»Ich erzähle es niemandem. Ehrenwort!« Während er die Wanderkarte auseinanderklappte, beobachtete er Toni, der verschwörerisch zu grinsen begann.

»Meine Höhle findet keiner. Gut versteckt.«

Toni zögerte einige Augenblicke, während er offenbar mit sich rang, ob er das Geheimnis preisgeben sollte. Er zog die Landkarte zu sich heran, und während er unruhig auf der Bank herumrutschte, zog er mit dem Finger konzentrische Kreise in die Luft. Dann stieß er einen freudigen Kiekser aus, und wie ein Raubvogel, der auf seine Beute zuschießt, stach er mit dem Finger auf die Karte.

»Hier ist sie!«

Tanner sah sich die Stelle an. Westlich von Saubach und südlich von Barbian. Das müsste zu finden sein.

»Meine Höhle und mein Canyon«, flüsterte Toni. Er lehnte sich zurück und sah Tanner gespannt an. »Ganz oben auf dem Rittner Horn, nicht weit weg von meiner Höhle, da lebt der Wilde Mann. Zuerst hat mir der Luis von ihm erzählt hat. Luis kennt … kannte alle Geschichten. Der Wilde Mann, der da oben am Berg haust, ist für normale Menschen unsichtbar. Nur hören kann man ihn manchmal in den wilden Winternächten. Aber ich hab ihn gesehen. Zwei Mal schon. Ein großmächtiger Mann mit verwilderten Haaren und einem Bart, der so lang ist, dass er ihn über die Schulter legen kann. Und dazu eine fürchterliche Stimme, dass der ganze Wald zittert. Dann geht ein Poltern durch den Wald bis zum Rittner Horn hinauf, und mit einem furchtbaren Heulen kommt der Wilde Mann mit seinen Spießgesellen daher, auf schäumenden Pferden, so schnell, dass man keine Zeit zum Ausweichen hat.« Toni grinste. »Nur in meiner Höhle findet mich keiner. Da bin ich sicher.« Er nickte einige Male. »Genauso ist es.«

»Das ist eine interessante Geschichte.«

Die nächste Frage müsste sich mit Emily beschäftigen. Danach würde er zu Luis übergehen. Langsam und bedächtig. Um Toni nicht zu verschrecken, der ihn mit argwöhnischem Blick ansah, so als ob er wüsste, dass ihn jetzt unangenehme Fragen erwarteten.

»Hast du Emily gemocht?«

Heftiges Nicken.

»Sie hat dir gefallen, gib's zu.« Er stupste den jungen Mann mit der Faust leicht gegen den Oberarm. »Mir kannst du es ja sagen, von Mann zu Mann.«

»Sie hat gut gerochen.«

»Hat dich Luis zu Emily mitgenommen?«

Kopfschütteln.

»Sondern?«

»Alleine. Ich war zweimal bei ihr. Am Abend. Nur sie und ich.«

»Wie bist du zu ihr gekommen? Und dein Vater?«

»Der Tatta war den ganzen Tag unterwegs. Da hab ich mich auf den Weg gemacht. Zu Fuß. Ich bin schnell zu Fuß. Und der Alte hat nichts gemerkt. Glaube ich jedenfalls.«

»Worüber habt ihr geredet? Du und Emily.«

»Sie hat mir viele Fragen gestellt.« Toni verzog sein Gesicht. Das Gespräch begann aus seiner Sicht wieder unangenehm zu werden.

»Die Fragen mochtest du nicht. Stimmt's?«

»Mochte ich nicht.«

»Konnte dir Emily helfen?«

Toni hob die Schultern und schaute ihn aus müden Augen an.

»Da ist noch eine Sache, die ich dich fragen möchte«, sagte Tanner. Es sah fast so aus als, schliefe Toni. Seine Augen flatterten, und seine Atemzüge waren kaum zu hören.

»Die Frage ist sehr wichtig. Hast du deinem Vater von Emily erzählt? Wusste er von ihr?«

»Der Tatta?« Er biss die Zähne zusammen, sein Gesicht wurde hart. »Der Alte hat mein Tagebuch gefunden. Er hat es gelesen.«

»Das hat dich sehr getroffen, nicht wahr?«

»Ja.«

»Weißt du, Toni, ich habe früher auch ein Tagebuch geführt, dem ich meine geheimen Gedanken anvertraut habe.

Hast du in deinem Tagebuch über Emily geschrieben? Dass du bei ihr in der Praxis in Bozen warst?«

Er nickte.

»Warum hast den du Dr. Auckenthaler in Meran besucht?«

»Emily hat dort gearbeitet. Luis hat es mir erzählt. Aber plötzlich war Luis verschwunden, und Emily hat sich nicht gemeldet.«

»Hast du sie angerufen?«

»Ja. Hier vom Gasthaus aus. Ich darf ja kein Handy haben. Der Tatta erlaubt es nicht.«

»Hast du Angst vor ihm?«

Toni schüttelte den Kopf.

»Du magst nicht darüber reden, nicht wahr?«

»Nein.«

»Wo ist das Tagebuch jetzt?«

Wieder Schulterzucken. »Ich habe es Luis gegeben. Er wollte es Emily bringen.«

»Hat er es getan?«

»Ja. Er sagte, Emily hat gelesen, was ich in mein Tagebuch geschrieben habe, und beim nächsten Besuch will sie mit mir darüber reden.«

»Dazu kam es aber nicht mehr.«

»Dazu kam es nicht mehr«, wiederholte Toni, und seine Stimme erstarb zu einem Flüstern.

»Emily ist tot. Weißt du, warum?«

»Nein.«

»Ich habe noch eine Frage«, sagte Tanner, worauf Toni ihn wieder erschrocken anblickte. »Vor vielen Jahren, als dein Bruder von zu Hause wegging … wie alt warst du damals?«

Eine schwierige Frage, zu deren Beantwortung Toni als Rechenhilfe seine Finger zu Hilfe nehmen musste. »Elf Jahre«, sagte er nach einigen Augenblicken und fügte hinzu: »Ungefähr.«

»Das hat dich sehr traurig gemacht. Als Luis wegging.«

»Ganz allein war ich.«

»Und du hast dich gefreut, als er zurückkam.«

»Sehr.«

»Leider lebt er nicht mehr. Weißt du, wer Luis getötet hat?«

»Nein.«

Die Antwort kam sehr schnell. Zu schnell. Dann geschah etwas Verstörendes. Toni sprang auf, setzte sich wieder, und einen Augenblick sah es aus, als ob er sich unter dem Tisch verstecken wollte. Panische Angst war in dem Blick, mit dem er über Tanners Schulter hinwegsah. Ein leises Wimmern kam aus Tonis Mund, das in Gurgelgeräusche überging. Langsam hob er die zitternde Hand und zeigte zum Fenster.

Tanner wirbelte herum. Die Vorhänge waren zurückgezogen, und im schwachen Licht, das durch das Fenster hereinschien, sah er das verzerrte Grinsen auf dem Gesicht eines Mannes. Es war Kassian Delago.

»Er sucht mich«, rief Toni, sprang auf und rannte quer durch den Raum, auf die hintere Tür zu, die zu den Toiletten führte. Mit hartem Knall fiel die Tür hinter ihm zu. Dann war Toni verschwunden. Nur ein paar Staubflocken wirbelten noch durch die Luft.

Einige Sekunden saß Tanner wie benommen da, unfähig, irgendeinen vernünftigen Gedanken zu fassen.

So saß er immer noch da, als der Wirt seine feiste Hand auf Tanners Schulter legte.

»Kassian Delago in voller Aktion. Und wie immer schon am helllichten Tag besoffen.«

»Der Toni … wo ist er hin?«, fragte Tanner.

»Geflüchtet.« Der Wirt lachte. »Toni ist zwar nicht der Hellste im Kopf, aber schnell auf den Beinen.« Er zeigte zur Tür. »Da raus ist er entwischt. Ich glaube, der Alte hat euch beide nicht gesehen.« Der Wirt deutete Richtung Küche. »Gehen wir da rein. Sicher ist sicher. Falls der Kassian zurückkommt, ist es besser, er findet Sie hier nicht. Der ist unberechenbar, wenn er besoffen und wütend ist.«

Tanner zahlte und fuhr langsam ins Tal. An einer Parkbucht machte er halt und blieb lange im Auto sitzen. Er machte sich Vorwürfe. Hätte er bei Toni bleiben sollen? Ihn beschützen? Hätte er damit Erfolg gehabt? Er konnte von Glück sagen, dass ihn Kassian Delago nicht bemerkt hatte. Wahrscheinlich wäre es zu einer ernsthaften Auseinandersetzung gekommen.

Nachdem er in Atzwang zweimal den Fluss überquert hatte, blieb er am Straßenrand stehen und rief Paula an, die sich nicht meldete. Vielleicht ist sie noch in der Arbeit, sagte er sich. Und hat ihr Handy abgestellt. Er wählte die Festnetznummer der Apotheke. Dort meldete sich der Anrufbeantworter.

Wo war Paula? Ärgerlich startete er den Motor und verließ in einer weiten Kurve den Platz.

Tanner war müde. Während er die schmale Straße ins Tal hinunterfuhr, fielen ihm fast die Augen zu. Entweder zu viel gegessen oder ein Glas Wein zu viel getrunken. Oder beides. Er kramte gerade im Handschuhfach nach einer geeigneten CD, als sein Handy läutete.

»San-Maurizio-Krankenhaus, Bozen, Dottore Mario Brunetti.«

»Was ist?«

»Ihre Frau ist bei uns.«

»Ich bin nicht verheiratet«, sagte Tanner, der einen dummen Scherz vermutete.

»Kennen Sie keine Frau namens Paula?«

Mit einem Mal hatte er das Gefühl, dass sich die Erde unter ihm auftat. Er fiel ins Bodenlose.

»Paula … im Krankenhaus?« Seine Kehle war zugeschnürt, und die Stimme klang wie ein Krächzen. »Was ist mit ihr?«

»Am besten, Sie kommen. Sie ist verletzt.«

»Ich bin unterwegs«, rief er, warf das Handy auf den Beifahrersitz und trat aufs Gaspedal.

Irgendwann später – das Gefühl für die Zeit war ihm abhandengekommen – fand er sich in der Lorenz-Böhler-Straße vor dem Eingang zum Zentralkrankenhaus wieder, ohne sich erinnern zu können, wie er hierhergekommen war.

Die Frau am Empfang bat ihn, sich zu setzen. Wie konnte man in so einer Situation sitzen? Wenige Zeit später kam ein junger Arzt, ein kleiner, dicker Mann mit schütteren, blonden Haaren und roten Wangen.

»Sie können nicht zu ihr.«

»Was ist eigentlich los? Was ist mit ihr passiert?«

»Kopfverletzung. Jemand hat ihr einen gewaltigen Schlag versetzt. Wir haben die Wunde genäht und ihr ein Schlafmittel gegeben.«

Dr. Mario Brunetti stand auf dem kleinen Schild, das der Arzt an seinem weißen Mantel trug. Er roch leicht nach Veilchen.

»Wie schwer ist die Verletzung?«

»Das wissen wir nicht. Noch nicht.«

»Wie kritisch … Ich meine …«

»Nach erster Erkenntnis besteht keine Lebensgefahr.«

Nach erster Erkenntnis. »Ich will zu ihr«, hörte sich Tanner sagen.

»Das geht nicht.«

»Das ist mir egal.«

»Ich kann Sie verstehen«, sagte der Arzt und zupfte an seinem weißen Mantel, der sich in Falten gelegt hatte.

»Das ist mir scheißegal, ob Sie mich verstehen«, schrie Tanner.

Aus der gläsernen Empfangskabine kam eine robust aussehende Frau herbeigeeilt. Sie sagte, dass er sich beruhigen solle.

»Verstehen Sie doch«, erklärte der Arzt. »Ihre Frau befindet sich auf der Intensiv und es geht ihr den Umständen entsprechend gut.«

»Nach erster Erkenntnis«, ergänzte Tanner.

Die robuste Frau reichte ihm ein Glas Wasser. »Trinken Sie! Es wird Ihnen guttun.«

»Nach erster Erkenntnis.« Er nahm das Glas und trank es in einem Zug aus. Eine schreckliche Leere war in seinem Kopf. Außerdem fühlte er, dass ihm schlecht wurde. »Kann ich einen Blick auf Paula werfen?«

Der junge Arzt sah die robuste Frau aus der Portiersloge an, die mit den Schultern zuckte.

»Kommen Sie«, sagte Dr. Brunetti.

Tanner folgte dem Arzt und starrte durch die dicke Glasscheibe. Kalte Neon-Helligkeit. Wie ein Schaufenster in der Fußgängerzone. Nur die Aufschrift war anders.

INTENSIVSTATION. KEIN ZUTRITT.
NUR FÜR PERSONAL.

Tanner erschrak, als er den überdimensionalen Kopfverband sah. Wie ein Turban. Paula hielt die Augen geschlossen. Das weiße Nachthemd ließ das Wenige, das von ihrem Gesicht zu sehen war, noch blasser erscheinen. Eine Unmenge Kabel und Schläuche liefen von ihrem leblos aussehenden Körper zu den neben dem Bett aufgebauten Apparaten und Monitoren.

Der Arzt sah ihn treuherzig an. »Ich verspreche Ihnen, wir verständigen Sie, sobald sich ihr Zustand verschlechtert.«

»Wer kann mir sagen, was mit ihr geschehen ist?«

»Was meinen Sie?«

»Verdammt, sie ist überfallen worden, okay, aber von wem? Und wo?«

»Das ist eine andere Baustelle«, sagte der Arzt und warf seine Stirn in Falten. »Es ist Anzeige erstattet worden …

Dazu sind wir verpflichtet. Mehr kann ich Ihnen nicht sagen.« Er wartete einige Augenblicke, als ob er wüsste, dass sich Tanner damit nicht zufriedengeben würde. »Vielleicht reden Sie mit den Bozener Carabinieri. Soweit ich informiert bin, wurden die eingeschaltet.«

Tanner bemerkte eine Fliege, die quer über die Glasscheibe spazierte. Dann nickte er dem Arzt zu. Das war's. Mehr konnte man nicht tun. Ein letzter Blick durch die Glasscheibe auf Paula, die immer noch ihre Augen geschlossen hielt. Nach erster Erkenntnis.

Der Arzt brachte Tanner hinaus.

Einige Sekunden stand er auf den Stufen vor dem Hauptportal und blinzelte in die Sonne. Was sollte er jetzt tun? Es war, als hätte ihn seine ganze Routine im Stich gelassen.

Aus der Ferne hörte er ein Klingeln; es dauerte einige Zeit, bis er mitbekam, dass es sich um sein Telefon handelte.

Es war Maurizio. »Paula wurde überfallen. Ich habe es soeben von Maresciallo Klatzer von den Carabinieri erfahren.«

»Ich habe sie gerade besucht.«

»Wen? Paula?«

»Das, was von ihr übrig ist. Eine blasse, reglose Frau auf der Intensivstation.«

»Ich habe mit dem Carabiniero gesprochen, der sie gefunden hat.«

»Wo hat man sie überfallen?«

»In ihrer Wohnung. Sie war offenbar gerade aus der Apotheke nach Hause gekommen.«

»Wer hat die Carabinieri verständigt?«

Tanner hörte Papier rascheln. »Eine gewisse Rosa Koppelstädter.«

»Kenne ich. Das ist die Hausbesorgerin. Sie hat die Wohnung ein Stockwerk tiefer.«

»Die Frau hat Geräusche gehört und einen Schrei. Sie ist nach oben gerannt und hat Paula gefunden. Mit blutendem Kopf.«

»Gab es eine Fahndung?«

»Tiberio … weder diese Koppelstädter noch die Carabinieri, die eine Viertelstunde später eintrafen, haben irgendeinen Verdächtigen gesehen. Sie haben pro forma ein paar Leute im Haus und den Nachbarwohnungen befragt. Einer will das Aufheulen eines Motors gehört haben, doch das kann auch der Briefträger gewesen sein.«

»Am Tatort … keine Spuren?«

»Keine Spuren, Tiberio. Sonst hätte ich es dir gesagt.«

Ohne sich zu verabschieden, beendete Tanner das Gespräch. Er war wütend.

Paula würde gesund werden. Zum wiederholten Mal hatte sich Tanner das laut vorgesagt. Aber es gelang ihm nicht, die Zweifel zu beseitigen. Nach erster Erkenntnis bestand keine akute Lebensgefahr. Wie sollte er sich in einer solchen Situation auf seinen Fall konzentrieren. Auf seine Fälle. Den toten Luis. Den dreizehnjährigen Luca, der aus derselben Pistole erschossen worden war. Die strangulierte Emily, deren Tod wie ein Suizid aussehen sollte, die aber ermordet worden war. Und jetzt Paula. *Nach erster Erkenntnis besteht keine akute Lebensgefahr.*

Sollte er noch eine Flasche öffnen? Tiberio, reiß dich zusammen. Eine Flasche Wein am Abend ist genug. Wie hatte der Arzt im San Maurizio gesagt? Wir verständigen Sie, sobald sich Paulas Zustand verschlechtert. Und wenn der Anruf kam, müsste er noch in der Lage sein, mit dem Auto zu fahren. Allerdings könnte er auch ein Taxi in die Klinik nehmen. Nein! Was würde Dr. Mario Brunetti von ihm denken, wenn er betrunken ins Krankenhaus käme?

Keine zweite Flasche Wein. Doch das Schicksal wollte es anders. In der Dämmerung des Kellers entdeckte er einen Gschleier ›Vernatsch Alte Reben‹. Zehn Jahre alt. Wie der wohl schmecken würde? Mit der Hand wischte er den Staub von der Flasche, bis er die magere Information auf dem Etikett entziffern konnte. Körperreich mit fruchtigen Tanninen. Mehr Information verriet der Flaschenaufkleber nicht. Also war er gezwungen, die Flasche mit nach oben zu nehmen.

Noch einige Male wanderten seine Gedanken zu Paula, und aus der Ferne sandte er ihr einen lieben Genesungswunsch. Ob sie das mit der zweiten Flasche gutgeheißen hätte? Er hatte da große Zweifel. Andererseits konnte man eine Flasche ›Vernatsch Alte Reben‹ nicht einfach im Keller sich selbst überlassen.

Tanners Handy klingelte. Schlagartig begann sein Herz zu rasen. Seine Nerven flatterten, als er zum Telefon griff.

Es war nicht der Arzt. Es war kein Anruf aus dem San Maurizio. Es war Ferry Gerrer, der auch nicht mehr ganz nüchtern zu sein schien.

»Tiberio, ich habe gerade etwas Interessantes erfahren.«

»Lass hören«, sagte Tanner. »Ich bin süchtig nach positiven Nachrichten.«

»Ob das was Positives ist, vermag ich nicht zu sagen. Ich komme gerade vom Gasthaus Rittner zurück.«

Da war ich heut schon mal, wollte Tanner gerade erwidern, schluckte es aber hinunter.

»Du warst heute auch schon im Rittner«, sagte Gerrer. »Der Wirt hat mir das verraten.«

»Ferry, ich bin heute etwas schlecht aufgelegt. Und du gehst mir auf die Nerven. Jetzt erzähl endlich deine Neuigkeiten.«

»Sei nicht gorstig zu mir. Also noch einmal von vorn. Hier im Gasthaus habe ich was Interessantes erfahren.«

»Nämlich?«

»Der alte Delago, der Kassian also, er ist verschwunden.«

NEUNZEHN

»Ich suche Dr. Mario Brunetti.« Mit diesen Worten betrat Tanner, einen riesigen Blumenstrauß in der Hand, das Schwesternzimmer, in dem fünf hübsche Krankenschwestern saßen und Kaffee tranken.

»Huch, ein Mann«, rief eine der Krankenschwestern in kurzer, blütenweißer Tracht und grinste Tanner an. »Das ist kein Aufenthaltsraum für orientierungslose Besucher. Außerdem haben wir gerade Kaffeepause.«

»Die Blumen können Sie dalassen«, sagte eine andere.

»Und den Rotwein auch«, ergänzte eine ältere Brünette.

Tanner fiel keine geeignete Antwort ein. »Dr. Brunetti …«, stotterte er. »Ich suche ihn.«

Eine gutgebaute Blondine erhob sich seufzend, murmelte ein paar Worte, die Tanner gar nicht verstehen wollte. Er sah die sinnlichen Lippen, die dezent rot geschminkt waren, und die feinen Fältchen um ihre Augen. Alles an ihr gefiel ihm.

»Dottore Brunetti operiert gerade.«

»Operiert … Paula … um Gottes willen, doch nichts Ernsthaftes!«

»Paula?«

»Paula«, wiederholte er und deutete zur Tür. Jede der jungen Frauen fixierte ihn, süffisant lächelnd. Wie sollte er da einen vernünftigen Satz formulieren?

»Meinen Sie die Apothekerin?«, fragte die gut gebaute Blondine.

»Genau die.«

»Die ist auf Zimmer 316.«

»Nicht mehr Intensivstation?«

Auf dem gewaltigen Busen unter ihrer gestärkten Tracht prangte das Schild SCHWESTER URSULA. Er zwang sich, ihr in die Augen zu sehen. Wie ein Scheibenwischer pendelte sie ihren Zeigefinger vor seinem Gesicht hin und her. »Keine Intensivstation. Zimmer 316. Verstehen Sie das?«

»Ich bin ja nicht blöd«, sagte Tanner, möglicherweise eine Spur zu laut. Schwungvoll drehte er sich auf dem Absatz um, hielt sich kurz am Türstock fest, um das Gleichgewicht wiederzufinden, und verließ das Schwesternzimmer, begleitet vom vielstimmigen Gelächter der Krankenschwestern.

Auf der Suche nach dem Zimmer 316 lief er dem Arzt in die Hände, der ihn freundlich begrüßte.

»Wie geht es Paula?«

»Sie hat Kopfschmerzen.«

»Und sonst?«

»Und sonst nichts. Der Befund ist negativ.«

»Negativ?«

»Negativ ist positiv«, sagte der Arzt. »Sie hatte Glück.«

»Glück? Sie haben sie operiert.«

Der Arzt lächelte. Sein Aftershave roch heute nach Kamille und einem Hauch von Moschus.

»Sie hat eine Platzwunde.« Er hielt Daumen und Zeigefinger in einem Abstand von etwa drei Zentimetern. »So lang ist die Naht. Die gute Nachricht ist: weder eine Prellung noch eine Gehirnerschütterung. Alles rein äußerlich. Das Gehirn ist nicht betroffen. Null Sehstörungen und keine Gedächtnislücken.«

Nach einem schüchternen Anklopfen betrat Tanner das Zimmer 316.

Er küsste Paula vorsichtig, angelte sich einen der Stühle und setzte sich neben ihr Bett.

»Du hast sicher mit Dr. Brunetti gesprochen«, sagte sie. »Wie geht es mir?«

Paula lächelte. Plötzlich fiel ihm auf, wie sehr er dieses Lächeln liebte.

»Ich habe dir eine Flasche Lagrein mitgebracht, deinen Lieblingswein aus Kaltern. Kräftigend, belebend und magenfreundlich. Auch im Krankenhaus.«

»Meine Mutter hat mich immer vor Männern gewarnt, die plötzlich mit einer Flasche Rotwein vor meinem Bett stehen.«

»Aber nicht in einem Krankenzimmer. Wie geht es dir? Du siehst gut aus. Und du fehlst mir.«

»Ich mag deine Botschaften. Küss mich!« Sie breitete im Liegen die Arme aus und drückte ihn fest an sich.

»Der Arzt sagt, du hast einen harten Schädel und keine Gedächtnislücken.«

Ihr Lächeln verschwand. »Aber du hast Ringe unter den Augen. Welchem abstrusen Lebensstil folgst du, wenn ich nicht auf dich aufpassen kann?«

»Ich habe Rückenschmerzen und schlecht geschlafen. Die Tuchent war zu schwer, der Polster zu dick, und im Schlafzimmer war es zu heiß.«

»Mit Rotweindämpfen über dem Bett hat man immer Schlafprobleme.«

»Wo ist das Ganze passiert? Wer hat dich überfallen?«

»Ich war gerade nach Haus gekommen, als es an der Tür klopfte. Ich dachte, dass du es bist, und habe die Tür geöffnet.«

»Hast du den Menschen erkannt?«

Sie schüttelte den Kopf, stöhnte und griff sich an die Stirn. »Kopfschütteln geht noch nicht. Er hat sich sofort auf mich gestürzt. Mit einem Holzprügel.« Sie dachte einige Sekunden nach. »Und er hatte einen Hut tief in die Stirn gezogen. Von seinem Gesicht habe ich nichts gesehen.«

»Das war ein Fehler – dass du die Tür geöffnet hast.«

»Ich weiß.«

»Es gibt einen Türspion und eine Hightech-Alarmanlage. Beide wirken nicht, wenn du einem Gauner die Tür öffnest.«

»Hör auf«, sagte sie. »Sonst bekomme ich wieder Kopfschmerzen.«

»Ich habe gestern deine Wohnung durchsucht. Meiner Meinung nach wurde nichts gestohlen. Der Safe hinter dem falschen Van Gogh im Wohnzimmer wurde nicht angerührt.«

»Hatte es der Bursche auf Wertsachen oder nur auf mich abgesehen?«

»Du warst das Ziel. Er hat aber nicht mit deinem robusten Kopf gerechnet. Worüber ich sehr froh bin.«

In diesem Moment schob die gutgebaute Schwester Ursula einen Servierwagen mit einigen Thermoskannen herein und lächelte ihn wissend an.

»Offenbar haben Sie sich bei uns zurechtgefunden.«

»Was ist da drin«, fragte Tanner und deutete auf die Kannen.

»Früchtetee. Möchten Sie auch eine Tasse?«

»Früchtetee?« Erschrocken schüttelte Tanner den Kopf, und die Schwester schwebte auf lautlosen Gummisohlen wieder Richtung Tür. Tanner machte schon Anstalten, einen Blick auf die schwesterlichen Beine zu werfen, als ihn Paula mit der Kuchengabel bedrohte. »Wenn du dich jetzt umdrehst …«

»Eine nette Krankenschwester«, sagte er. »Du bist hier in guten Händen.«

»Wie geht es Toni Delago?«

»Dieser Gedanke ist es, der mir Sorgen macht.« Er erzählte von Ferrys Anruf und dass Kassian Delago, Tonis Vater, verschwunden sein sollte.

»Der alte Delago kann auf sich aufpassen. Du solltest dich um Toni kümmern.«

*

Von irgendwoher war Glockenläuten zu hören. Zwölf Uhr Mittag. Essenszeit. Tanner dachte nach. Du solltest dich um Toni kümmern. Der Gedanke an den jungen Delago frischte sein schlechtes Gewissen auf. Er wählte Gerrers Nummer, der sofort abhob und sich mit »Hallo, Tiberio, wie geht's dir?« meldete.

»Hast du neue Nachrichten vom Hof der Delagos?«

»Tiberio, deine Stimme klingt niedergeschlagen. Was hast du?«

Einen Augenblick überlegte er, ob er Ferry von dem Überfall auf Paula erzählen sollte. »Ich bin müde«, sagte er.

»Das warst du gestern auch schon. Zu deiner Frage: Nein, von den Delagos gibt es keine Neuigkeiten.«

»Ich überlege hinzufahren. Kommst du mit?«

»Maria, meine Frau, liegt mit Grippe im Bett, und ich muss mich um sie kümmern. Aber für einen kurzen Ausflug zu den Delagos gibt sie mir sicher frei. Also komm!«

Mühsam quälte Tanner sich durch die Innenstadt, überquerte den Eisack und fuhr an der unübersichtlichen Anschlussstelle Bozen Süd auf die A22.

Eineinhalb Stunden später parkte er beim Hof der Gerrers und wurde von einem wild bellenden Kettenhund angekündigt. Zu seiner Überraschung begrüßte ihn die blühend aussehende Maria auf der Schwelle des Hauses.

»Ich dachte, Sie liegen mit Grippe im Bett«, sagte Tanner.

»Ach wo!« Sie lachte. »Und wer kümmert sich dann um Ferry und den Haushalt?« Sie trat einen Schritt zurück und bat ihn herein. »Ferry werkelt in der schwarzen Kuchl.«

Das Werkeln entpuppte sich als die attraktive Tätigkeit des Schnapsbrennens.

»Ich hab die schwarze Kuchl umfunktioniert«, strahlte Gerrer. »Mein Vater hat da herinnen noch Schaf- und Rindfleisch geräuchert. Ich tu Schnaps brennen.«

»Früher schwarz geräuchert, heut als Schwarzbrennerei genutzt«, sagte Tanner.

Gerrer lachte. »Der Herr Detektiv tut a Lettn daher redn! Immer glaubt er, die Leut bei Verbrechen zu ertappen. Nichts da! Schon mein Großvater hat die Hofbrennerei gegründet, und ich bin gerade dabei, das alte Brennrecht aus Maria Theresias Zeiten wiederzubeleben. Alles offiziell, verstehst, Tiberio?«

»Alles offiziell. Hast du auch die Produktionssteuer im Voraus bezahlt und die Brennzeit beim Zollamt angegeben?«

Gerrer deutete zu seiner Frau. »Schau dir den Sauriffl an! Jetzt redet er tramhappet daher … von Paragraphen und so.«

»Welches Obst machst du zu Schnaps?«

»Kein Obst. Marroni, Edelkastanien, verstehst? Keschtnschnaps und Likör, das ist meine Spezialität.«

Gerrer erhob sich und wischte sich seine Hände in einem Tuch sauber. »Und du willst wirklich zum Hof der Delagos fahren? Ich hab mir vorher den Weg über das Moor angesehen. Es hat viel geregnet gestern in der Nacht. Also lass dein Auto stehen. Wir fahren mit dem Traktor.«

»Als ich beim letzten Mal am Hof der Delagos war, hatte mich Paula zu einer Wanderung überredet. War ganz schön anstrengend.«

»Man kommt auch mit dem Auto hin. Nach dem Regen gibt's an einigen Stellen regelmäßig Überschwemmungen. Der Traktor holpert zwar, ist aber sicherer.« Gerrer lachte. »Steig auf. Das da ist dein Sitz.«

Den Grund für das Lachen verstand Tanner erst, als er auf dem Kotflügel Platz genommen hatte und sich an dem schmalen Eisengriff festklammerte, um während des heftigen Rumpelns und Ruckelns nicht das Gleichgewicht zu verlieren. Während der Fahrt redeten sie kein Wort. Gerrer sah konzentriert auf die kaum erkennbare Fahrrinne, die quer über das sumpfige Gelände führte.

Von dieser Seite hatte sich Tanner dem Hof der Delagos noch nie genähert. Er war überrascht, dass der Weg über das Moor um vieles kürzer war als die Straße, die in angestrengten Serpentinen um den Saubacher Kofel herumführt.

Das Anwesen mit dem flachen, vermoosten Dach lag ungefähr zwei Kilometer abseits des Güterweges. Dicht stehende Lärchen und Fichten bildeten eine grüne Wand, hinter der sich das niedrige Gebäude verborgen hielt. Im matschigen Boden vor dem Eingang waren Fußspuren zu erkennen, die vom Haus zu den halb verfallenen Nebengebäuden führten.

»Was willst du tun?«, fragte Gerrer, der keine Anstalten machte, vom Traktor abzusteigen.

»Schauen, ob jemand zu Hause ist.«

Mit großen Schritten stieg Tanner über die Regenpfützen, ging zur Haustür und klopfte an. Keine Reaktion.

Die Tür war nur angelehnt und öffnete sich mit einem leichten Quietschen, als er dagegendrückte. Er warf Gerrer einen fragenden Blick zu, der den Kopf schüttelte. »Geh nur! Ich warte hier auf dich. Du bist ja der Detektiv.«

Tanner sah, wie sich Gerrer eine Zigarette ansteckte und graue Wolken in die Luft blies.

Als er durch den fensterlosen, zugigen Flur tappte, fühlte er sich plötzlich in eine gruselige Geistergeschichte versetzt, wie zum Beispiel von der verfallenen Leuchtenburg bei Kaltern, auf der noch immer der Geist des Leuchtenburgers umgehen und auf seine Erlösung warten soll.

»Ist da jemand?«, rief er zweimal. Doch es meldete sich niemand. Er ging bis zum Ende des Vorraumes, wo ihn vollends die Dunkelheit umfing. Leises Knacken im Holzboden oder im Gebälk, so als wollte ihn das Haus darauf hinweisen, dass er hier nichts verloren hatte. Der muffige Geruch ungelüfteter, staubiger Räume schlug ihm entgegen, als er durch die Tür ins dunkle Wohnzimmer trat, in dem die Fensterläden und die Vorhänge geschlossen waren. In dem Zimmer hatte er gemeinsam mit Paula versucht, ein vernünftiges Gespräch mit Toni und dem alten Delago zu führen. Es war beim Versuch geblieben.

Er betätigte den Lichtschalter, aber es blieb dunkel. Schritt für Schritt tappte er weiter Richtung Wand. Plötzlich tauchte ein Gesicht vor ihm auf. Er zuckte zurück. Vor ihm an der Wand hing eine geschnitzte urige Holzmaske, die ihn grinsend anstarrte.

Graues Tageslicht flutete träge in den Raum, als Tanner die Vorhänge zur Seite zog und die Fensterläden nach außen klappte. In der trüben Helligkeit wirkte das Haus weniger gespenstisch.

An der gegenüberliegenden Wand stand ein schmales eisernes Regal mit einigen Büchern und davor der Tisch, auf dem sich bei seinem letzten Besuch ein aufgeklapptes Notebook befunden hatte. Sollte er sich auf die Suche nach dem Laptop machen? Er ließ es sein.

Die danebenliegende Tür führte in die Küche, in der das Licht funktionierte. Beißender Gestank vertrieb ihn, und so ging er zurück in den Flur und betrat das Schlafzimmer, das nicht viel größer als das Doppelbett war. Der niedrige Schrank, der am Fußende des Bettes stand, war mit bäuerlichen Blumenmotiven bemalt und stand offen.

Hier also wohnten Vater und Sohn Delago. Kein schönes Zuhause. Er versuchte, sich das Leben der beiden Männer vorzustellen, die in diesem unwirtlichen Chaos lebten.

Hinter ihm war ein Geräusch zu hören. Erschrocken wirbelte er herum und konnte gerade noch ein kleines graues Tier mit langem Schwanz erkennen, bevor es hinter der Vitrine verschwand.

Von dem verwinkelten Flur gingen weiter hinten einige Türen ab, die verschlossen waren. An einer Stelle war ein Teil der Decke eingebrochen; durch ein Loch konnte man in den Dachboden hinaufsehen. Er ging bis ans Ende des Ganges und durch ein verschmutztes Fenster fiel sein Blick auf Ferry Gerrer, der mit gespreizten Beinen entspannt auf dem Traktor saß, den Oberkörper leicht nach vorne gebeugt. Und tief schlafend. Lupenreine Kutscherstellung.

Vorsichtig, um nicht zu stolpern, ging Tanner den Flur zurück und stieg die hölzerne Stiege nach oben, die bei jedem Schritt knarrte. Eine aus Brettern gezimmerte Tür führte in einen aufgeheizten, dämmrigen Dachboden. Einige Dachziegel waren gebrochen, und er erkannte in dem wenigen Licht alte Möbelstücke und große Reisekoffer, zentimeterdick mit Staub bedeckt. Vorsichtig ging er, mit dem Rücken zuerst, die Stiege wieder hinunter ins Wohnzimmer.

Der Wind hatte aufgefrischt und wirbelte Staub durch die Luft, als Tanner wieder ins Freie trat.

Ein Blick zum Traktor zeigte ihm, dass Gerrers Kutscherstellung immer noch intakt war. Sein leiser Schlummer war in ein sonores Schnarchen übergegangen.

Tanner stapfte um das Haus herum. Bei einem aus rohen Holzbrettern gezimmerten Anbau stand die Tür weit offen. Im Halbdunkel erkannte er einige ausrangierte Maschinen und dahinter einen Berg Brennholz. Direkt hinter der Tür lagerten fünf oder sechs Kanister, die nach Dieselöl rochen. Er nahm einen in die Hand. Bis zum Rand gefüllt.

Eine Windbö fegte über den Platz vor dem Haus und schüttelte die Bäume und Sträucher. Tanner ging zum Traktor und trommelte so lange auf den Kotflügel, bis Gerrer aufwachte.

»Auf geht's!« Tanner klopfte noch einmal auf das Traktorblech. »Ich bin mit der Besichtigung fertig.«

»Keiner da?«

»Hier stimmt was nicht«, sagte Tanner und sah noch einmal zu dem still daliegenden Bauernhof zurück.

*

Zuerst bricht der Typ bei mir im Büro ein, dann überfällt er Paula und verletzt sie. Ergab das einen Sinn? Doch. Das ergibt alles einen Sinn, sagte er sich. Und wenn etwas einen Sinn hat, sollte man darüber nachdenken. Zum Beispiel, wo sich die Delagos aufhielten. Warum war ihr Anwesen menschenleer? Wo war der Alte? Und vor allem: Wo war Toni?

Tanner saß in seinem Lesesessel; die Gedanken jagten durch seinen Kopf. Paula fehlte ihm. Mit ihr könnte er darüber reden. Und sie hätte auch etwas zum Essen eingekauft. Immer wenn er sich einsam und ungeliebt fühlte, bekam er Hunger, was ihn unweigerlich zum Kühlschrank drängte. Der war leer. Sollte er dem Altenburgerhof einen Besuch abstatten? Der sehnsuchtsvolle Gedanke an die Speckbrote, die Gudrun, die Wirtin, zubereitete, ließ seine Verdauung anspringen. Hatte nicht das Gasthaus heute Ruhetag? Was sollte er jetzt tun? Er sah auf die Uhr. Halb zehn. Langsam kam Langeweile bei ihm hoch. Vielleicht sollte er sich doch einen Fernseher kaufen. Flache Unterhaltung für einsame Abende. Dabei mochte er Filme, aber eher ungestreamt, analog und am liebsten schwarz-weiß. Vor einiger Zeit hatte er beschlossen, sich eine DVD-Sammlung zuzulegen. Gute alte Filme, hatte Paula lachend gesagt. Und wie ich dich kenne, alle schwarz-weiß.

Wie ich dich kenne, alle schwarz-weiß … Natürlich wusste er, dass nicht alle Schwarz-Weiß-Filme als besonders sehenswert galten, aber die Chance, unter den alten Filmen einen nach seinem Geschmack zu finden, war ungleich höher als bei den modernen Blockbustern.

Im Keller fand er noch eine Flasche St. Magdalener Classico Huck am Bach, die er vor einigen Monaten als Sonderangebot in der Kellerei Bozen erstanden hatte. Tanner liebte Sonderangebote in Flaschenform.

Nach dem ersten Glas liefen seine Gedanken zu Toni. Der junge Mann tat ihm leid, vor allem weil er um seinen Geisteszustand Bescheid wusste. Waren das eine Art Vatergefühle? Zwanghaft trieb er seine Gedanken von den Delagos weg. Doch was, wenn Toni in Bedrängnis war? In einer Notsituation. Er griff nach seinem Handy, das auf dem kleinen Tischchen nebenan lag.

»Maurizio Chessler.« Die Stimme klang rau und belegt.

»Hier ist Tiberio. Geht's dir gut?«

»Um diese späte Zeit geht es mir immer gut. Außer du rufst mich an und erzählst mir irgendwelche Dinge, die mir Sorgen zutragen.«

»Maurizio, ich muss mit dir reden.«

»Um Gottes willen, doch nicht sofort. Ich bin schon im Pyjama.«

»Morgen. Hast du so gegen Mittag Zeit?«

»So gegen Mittag … das geht. Ich habe um zehn Uhr einen Termin beim Zahnarzt. Danach kann ich wesentlich besser zuhören als reden.«

»Also kein gemeinsames Mittagessen.«

»Trinken geht nach dem Zahnarzt immer.«

»Ich rufe dich morgen an. Gute Nacht.«

Wieder sah er auf die Uhr. Viertel vor zehn. Vielleicht war Paula noch wach. Er wählte ihre Nummer, und nach längerem Läuten meldete sich eine strenge Stimme. »Schwester Ursula.«

Vor seinem geistigen Auge erschien ihm der gewaltige Busen unter der gestärkten Schwesterntracht.

»Hören Sie!« Ihre flüsternde Stimme klang angriffslustig. »Ich bin zufällig hier in Paulas Zimmer. Sie schläft. Um diese Zeit einen Patienten in unserem Krankenhaus belästigen … Sie benehmen sich wie Iwan der Schreckliche.«

Klack. Sie hatte aufgelegt.

Iwan der Schreckliche, wiederholte er und marschierte zu den eineinhalb Metern Encyclopedia Britannica. Band 25, Islam bis Lee.

Ivan the Terrible, born August 25, 1530 in Moscow. He instituted a vast amount of terror and brutality against his people.

Ärgerlich klappte er das Lexikon zu. Terror and brutality … Das hatte er nicht verdient. Und Schwester Ursula würde er gehörig die Meinung sagen.

In dieser Nacht schlief er sehr unruhig. In wirrer Reihenfolge tauchten mehrere Personen im Traum auf, die, so schien es, ihm eine Botschaft übermitteln wollten.

Toni war der Erste, der von seinem Tagebuch erzählte. Luis wollte es Emily mitbringen. Sie hat es gelesen und bei meinem nächsten Besuch will sie mit mir über mein Tagebuch reden. Wie ein verschwommenes Porträt geisterte später das verhärmte Gesicht von Emilys Mutter durch seinen Traum. Morgen fahren wir nach Bozen und holen uns Emilys Sachen nach Innsbruck.

Nass vom Schweiß schreckte er aus dem Schlaf hoch. Im Dunklen riss er die Augen auf, überlegte, wo er war und was die verworrenen Träume zu bedeuten hatten. Er hatte etwas vergessen. Das Tagebuch. Tonis Tagebuch. Bewegungslos lag er lang ausgestreckt auf dem Rücken, beide Hände unter dem Kopf verschränkt. In einer Zeitung hatte er gelesen, dass man dies die Königsstellung nannte. Das Tagebuch! Wie hatte er es nur vergessen können.

Reglos starrte er in die Dunkelheit und beschloss, Emilys Eltern in Innsbruck anzurufen. Morgen.

ZWANZIG

Tanner wachte auf, als die Sonne auf sein Gesicht schien. Ein Blick auf das Handy zeigte ihm, dass es acht Uhr war. Sein erster Gedanke galt Paula. Wie sie wohl geschlafen hatte? Dunkel erinnerte er sich an seine weitläufigen Träume. Und an Tonis Tagebuch.

In der Frühe übermütig aus dem Bett springen kann zu Hexenschuss oder Bandscheibenproblemen führen, hatte ihm sein Vater immer gepredigt. Also kroch er aus dem Bett und war gerade barfuß zur Toilette unterwegs, als das Telefon läutete. Es war Paula, deren Stimme unglaublich ausgeschlafen klang.

»Guten Morgen«, rief er laut und euphorisch, um ihr zu signalisieren, dass er bereits seit drei Stunden wach war. »Wie geht's dir?«

»Du führst mich mit deiner Pseudo-Munterkeit nicht hinters Licht«, sagte sie. »Mir geht es gut. Ich höre, du telefonierst hinter meinem Rücken mit Schwester Ursula. Und noch dazu bei Dunkelheit.«

»Du gibst dein Handy an Dritte weiter. Ich bin unschuldig.«

»Männer sind nie unschuldig. Nach der heutigen Visite könnte ich aus dem Krankenhaus entlassen werden.«

»Könnte?«

»Die Wahrscheinlichkeit, dass ich heute am Nachmittag zu dir komme, liegt bei fünfzig Prozent.«

»Fünfzig ist viel«, sagte er. »Ruf mich an, und ich hole dich ab.«

Er blätterte lange in seinem Notizbuch, bis er die Nummer von Emilys Eltern in Innsbruck gefunden hatte.

»Horst Riffesser, guten Morgen.« Eine gramgebeugte Stimme.

Tanner entschuldigte sich, ohne recht zu wissen, wofür.

»Sie stören«, sagte der Mann. »Dies ist ein Trauerhaus.«

Nach einer weiteren Entschuldigung nahm er seinen Mut zusammen und fragte nach dem Tagebuch.

»Emily hat kein Tagebuch geführt.«

»Es geht um das Tagebuch eines Mannes mit dem Namen Toni oder Anton Delago. Bei unserem Gespräch in Ihrer Wohnung erzählten Sie mir, dass Sie vorhaben, Emilys Wohnung in Bozen auszuräumen und ihre Sachen nach Innsbruck zu holen.«

»Dazu hat man uns gezwungen.« Die Stimme Riffessers wurde mit jedem Wort unfreundlicher.

»Unter Emilys Unterlagen müsste sich das Tagebuch befunden haben.«

»Das haben wir gefunden.« Dieser Satz kam von einer Frauenstimme aus dem Hintergrund.

»Ich gebe Ihnen meine Frau«, knurrte Horst Riffesser.

»Das Tagebuch liegt in Emilys Zimmer. Sie können es abholen.«

»Ich danke Ihnen«, sagte Tanner. »Ich bin in drei Stunden bei Ihnen.«

*

»Zwei Speckbrote oder einen Apfelstrudel zum Frühstück?« Die Wirtin des Altenburger Hofs tänzelte von einem Fuß auf den anderen und wartete lächelnd auf eine Antwort.

»Der Apfelstrudel ist knapp Zweiter geworden.«

»Dacht ich mir's doch«, sagte sie.

»Und dazu einen Alpenkräutertee.«

»An Biotee?«

»Leck di Kelle. Gut und stark muss er sein.«

Pünktlich um neun Uhr zwanzig tippte er die Innsbrucker Adresse in das Navigationsgerät. Es war viel Verkehr auf der Brennerautobahn, und zu allem Überfluss bemerkte er kurz vor der österreichischen Grenze, dass sein GPS nicht mehr richtig funktionierte. Aufs Geratewohl fuhr er einige Male in Innsbruck durch dieselben Straßen und über dieselben Kreisverkehre, bis er mit einer halbstündigen Verspätung in der Gaswerkstraße eintraf.

»Da haben Sie das Tagebuch.« Mit diesen Worten erwartete ihn Frau Riffesser an der Wohnungstür. »Sie können nicht hereinkommen. Mein Mann schläft.«

Tanner bedankte sich und wollte gerade den Rückzug ins Stiegenhaus antreten, als Frau Riffesser leise seinen Namen rief.

»Sie sind nicht von der Polizei, nicht wahr?«

»Ich bin Berufsdetektiv und arbeite mit der Polizei zusammen.« Tanner stockte einen Moment. Dann schob er nach: »Sehr locker allerdings.« Je öfter er diese Lüge wiederholte, desto leichter ging sie ihm über die Lippen.

»Emily hat nicht Selbstmord begangen. Darüber sind

wir sehr erleichtert. Aber wer hat sie getötet? Das möchten wir jetzt endlich wissen.«

»Die Bozner Polizei tut mehr, als sie kann.« Dies war in dem kurzen Gespräch bereits seine zweite Lüge.

»Wir haben kein besonderes Vertrauen in die italienische Polizei.«

Ich auch nicht, dachte er.

Frau Riffesser lehnte die Wohnungstür an, wohl um den Schlaf ihres Mannes nicht zu gefährden. Sie standen sich in der kühlen Dämmerung des Vorhauses gegenüber.

»Ich bin dem Mörder auf der Spur.« Er legte alle Überzeugungskraft, die er besaß, in seine Stimme. »Und ich verspreche, mich zu melden, sobald ich mehr weiß.«

»Danke.« Sie berührte kurz seinen Unterarm.

»Und bald hätte ich es vergessen. Ich soll Ihnen von Paula schöne Grüße ausrichten.«

Dritte Lüge.

*

»Treffpunkt Eggentaler.« Maurizios Singsang zeigte, dass er sich wohlfühlte.

»Da war ich noch nie«, sagte Tanner.

»Restaurant Eggentaler. Hab ich für dich ausgesucht, weil du vom Brenner her anreist. Der Gasthof liegt vier Kilometer vor Bozen und ganz nahe an der A22. Du musst nur bei Bozen Nord von der Autobahn herunter. Wann kannst du dort sein?«

Tanner, der gerade an Brixen vorbeifuhr, sah auf die Uhr. »Um halb drei. Oder besser drei Uhr.«

Als Tanner vom Parkplatz kam, saß Maurizio bereits im Gastgarten unter einem der großen Schirme, breitbeinig, die Füße weit von sich gestreckt und die Hände über dem Bauch gefaltet. Wie eine Statue.

»Wie geht es dir und wie geht es deinem Gebiss?«

»Musst du gleich auf meine dentale Misere zu sprechen kommen?« Maurizio berührte mit der Hand seinen rechten Unterkiefer.

»Wie löst du das Essensproblem?«

»Ich darf alles essen, hat der Zahnarzt gesagt. Es darf nur nicht hart sein. Deshalb bin ich früher hergekommen und habe mit dem Koch ein Spezialgericht besprochen, das meinen Kauwerkzeugen angemessen ist.«

»Haferschleim mit Obstquetschies?«

»Bleib ernsthaft! Risotto mit Radicchio und Gorgonzola. Statt Fleischsuppe nimmt er trockenen Rotwein für das Risotto. Haben wir so verabredet.«

Nach der Vorspeise erzählte Tanner von seinem Treffen mit Toni im Gasthaus Rittner und dem Besuch auf dem Hof der Delagos.

»Das ist das reinste Horrorhaus.«

»Man müsste wissen, was da vor sich gegangen ist. Oder noch immer vor sich geht«, sagte Maurizio.

Mit dem Zeigefinger tippte Tanner auf die Weinkarte, die vor ihm auf dem Tisch lag. »Die haben hier einen fünfhundert Jahre alten Weinkeller, lese ich gerade.«

»Den habe ich vorhin besucht und mich der Mühe unterzogen, einige Weine zu verkosten. Den besten habe ich für uns ausgewählt. Nimm dies als meine Serviceleistung für dich und deinen Gaumen. Ich hoffe, du weißt das zu schätzen.«

»Zurück zu den Delagos. Schlimme Dinge gehen auf dem Hof vor sich, die wahrscheinlich schon vor Jahren begonnen haben. Toni hat ein paar Andeutungen gemacht, die lassen dir die Haare zu Berge stehen. Und er hat panische Angst vor seinem Vater.«

Einige Augenblicke dachte Tanner nach. »Heute Abend weiß ich vielleicht mehr darüber. Ich komme gerade von Emilys Eltern aus Innsbruck. Bei denen ist Tonis Tagebuch gelandet. Das liegt jetzt bei mir im Auto.«

Der Kellner stellte mit der Vorspeise eine Flasche Cabernet Sauvignon auf den Tisch. Tanner runzelte die Stirn und sah Maurizio an, der Unschuld heischend die Schultern hochzog. Schnaufend stopfte er sich die leintuchgroße Serviette in den Hemdkragen.

»Ich sagte dir schon, dass ich dem fünfhundert Jahre alten Weinkeller einen Besuch abgestattet habe. Ich hoffe, du bist mit meiner Wahl zufrieden.«

»Ein 2017er Cabernet Sauvignon DOC«, sagte der Kellner. »Rubinrot mit granatroten Reflexen. Sehr zum Wohl, die Herren.«

»Sehr zum Wohl, der Herr.« Maurizio sah Tanner in die Augen und hob sein Glas. »Wir wurden vorher unterbrochen. Erzähl weiter.«

»Weißt du …«, sagte Tanner. »Ich habe das schon einige Male erlebt. Irgendwann gibt es in jedem Mordfall einen Moment, in dem du plötzlich das Gefühl bekommst, dass sich die Puzzleteile wie von selbst ordnen und ein Bild ergeben, auf dem du den Täter erkennen kannst. Unscharf zwar, aber immerhin.«

»Das kommt mir bekannt vor. Und wessen Bild siehst du?«

»Noch zu verschwommen.«

»Du verdächtigst den alten Delago, nicht wahr? Wie heißt er mit Vornamen?«

»Kassian. Was mir zu denken gibt … Er hat offenbar Tonis Tagebuch gelesen.«

»Woher weißt du das?«

»Von Toni. Dass sein Vater das Tagebuch gefunden hat, geht ihm sehr nahe.«

»Das verstehe ich. Aber was sagt das uns?«

»Das sagt uns, dass der Alte einige Informationen erhalten hat, die wie ein Alarmsignal auf ihn gewirkt haben. Er hat erfahren, dass sein älterer Sohn Luis zurückgekehrt ist, der mit fünfzehn von zu Hause weggelaufen war. Außerdem hat er in dem Tagebuch gelesen, dass Luis eine Psychologin mit dem Namen Emily kennengelernt hat, und sicher hat er mitbekommen, dass sich in der Zwischenzeit auch Toni mit Emily getroffen hat.«

»Du meinst, da kam Panik auf?«

Tanner nickte. »Erst recht, als Kassian Delago in dem Zeitungsartikel las, dass ihn ein dreizehnjähriger Bub namens Luca Terlizzi beobachtet hat, als er Luis' Leiche am Rebstock abgelegt hat.«

»Dieser Zeitungsartikel hat meine Karriere bei der Questura Bozen zerstört. Das alles ist nicht mehr mein Bier, verstehst du? Trotzdem beschäftigen mich einige Fragen.«

»Zum Beispiel?«

»Zum Beispiel, wer dich und Paula überfallen hat. War das auch der alte Kassian?«

»Möglich. Dem rabiaten Hund wäre das zuzutrauen.«

»Und das Motiv? Cui bono, wie wir Fachleute sagen.«

»Pensionierte Fachleute stellen solche Fragen nicht. Nehmen wir an, der Mörder erfährt, dass ich ihm auf den Fersen bin. Aber er weiß nicht, über welche Informationen ich verfüge. Also durchsucht er mein Büro und klaut den Laptop. Dann versucht er, in die Wohnung einzubrechen, wo ihm Paula in die Quere kommt.«

»Wo sind die beiden Delagos?«

»Keine Ahnung. Ich war gestern dort. Alles leer und ausgestorben.«

Mit geschlossenen Augen schlürfte Maurizio einen Schluck aus seinem Glas. »Von meinen früheren Mitarbeitern weiß ich, dass heute früh eine Abgängigkeitsanzeige eingegangen ist. Wahrscheinlich ab übermorgen wird nach Kassian gesucht.«

»Werden die das Gebiet um den Hof der Delagos durchkämmen?«

»Ein Erwachsener darf sich aufhalten, wo er will. Normalerweise starten Suchaktionen erst nach zwei Tagen. Außerdem überschätzt du die Personalsituation der Bozener Polizei. Die können keine Hundertschaften einsetzen, um die Wälder am Rittner Horn zu durchkämmen. So etwas ist nur in Einzelfällen möglich. Alleine in Südtirol werden jedes Jahr fünfzig Menschen als vermisst gemeldet. Die meisten tauchen übrigens wieder auf.«

»Was tut die Polizei also?«

Maurizio hob die Schultern. »Wahrscheinlich entscheiden sie sich, eine Hundestaffel einzusetzen und eine Streife, die die nähere Umgebung des Hofes absucht.«

»Welche aktuelle Spur verfolgt der begnadete Profiler Nero De Santis?«

»Soweit ich weiß, setzt er nach wie vor auf diesen Dr. Gamper aus Kaltern.«

»Das betrifft aber nur den Mord an Emily. Wo sieht der Capo einen Zusammenhang mit den Morden an Luca und Luis Delago?«

Maurizio hob beide Arme und zeigte Tanner die Handflächen. »Ich bin Pensionist.«

»Auch ein Pensionist darf eine Meinung haben. Was glaubst du?«

»Ruf mich an, wenn du Tonis Tagebuch gelesen hast. Vielleicht wissen wir dann mehr. Bis dahin ist das Ganze für mich immer noch eine politische Sache. Mit seinen Zeitungsartikeln ist Luis bei einigen Leuten angeeckt, allen voran bei dem Senoner. Gerd Rieper, mein früherer Mitarbeiter in der Questura, ist übrigens der Golfplatzgeschichte nachgegangen und hat den Gebrüdern Greifenstein auf den Zahn gefühlt. Beide haben ein angeblich wasserdichtes Alibi. Außerdem glaube ich, dass das Projekt Golfplatz ein für allemal gestorben ist. Die Gemeinde Terlan sitzt hier am längeren Hebel.«

»Fällt dir eigentlich auf, dass dieser Wein mit jedem Schluck besser schmeckt?«

Maurizio grinste. »Jetzt, wo du's sagst, fällt es mir auch auf.«

Wenn man keine Probleme hatte, machte man sich welche. Tanner hatte sein Telefon im Auto liegen gelassen, während er mit Maurizio im Gastgarten des Restaurants Eggentaler saß. Drei Anrufe und zwei SMS waren eingegangen. Alle von Paula.

»Tut mir leid«, sagte er. »Ich war in einem strategisch wichtigen Verhör und habe die Zeit übersehen.«

»Strategisch wichtig.« Paula stöhnte. »War das Rot- oder Weißwein?«

»Ich habe Tonis Tagebuch geholt. Auf der Brennerautobahn war ein Stau nach dem anderen.«

»Ich darf vom Krankenhaus nach Hause. Du hättest mich vor zwei Stunden abholen können.«

»Ich bin in einer Viertelstunde bei dir.«

Genau zwanzig Minuten später öffnete er die Tür des Krankenzimmers 316.

»Du stinkst nach Alkohol«, sagte sie.

»Das war berufsbedingter Rotwein.«

Paula saß reisefertig angezogen auf ihrem Bett. »Meine Mutter sagte immer: Geh in ein Krankenhaus, und du kommst zufrieden wieder raus. Das Schlimmste an einem Spitalsaufenthalt ist dieses ständige Gefühl, von anderen abhängig zu sein. Ob das Absicht ist, dass man in so einer Klinik zu dem Schluss kommt, kein freier Mensch zu sein?«

»Wer ist schon wirklich frei?«, sagte Tanner, wartete jedoch nicht auf eine Antwort. »Ich werde dir im Auto von meinen Gesprächen erzählen. Und jetzt komm …«

»Ich habe auf dem Flur Dr. Brunetti getroffen. Er sagte, dass er dir eine weitere Woche Schonung verordnet hat.«

»Wer mit dir zusammenlebt, hat keine Schonzeit«, sagte sie.

»Du bist eindeutig auf dem Weg zur Besserung«, bestätigte Tanner.

EINUNDZWANZIG

Ich muss alles aufschreiben. Damit ich es später beweisen kann. Ich weiß aber nicht wann das Später sein wird.

Heute ist Dienstag der dritte. Steht im Kalender. In drei Wochen ist Weihnachten. Kalter Wind. Viel Schnee. Mutter sagt der Wind ist in den Bergen der Baumeister der Lawinen. Nach dem Essen hat sie der Alte geschlagen. Wehr dich habe ich zu ihr gesagt. Sie hat geweint.

Heute haben Luis und ich darüber geredet dass wir unterschiedlicher Meinung sind. Ich sage man muss an Gott glauben. Luis sagt er glaubt an Rache. Ich sagte ihm dass ich auch oft daran denke. Woran fragte er. An Rache sage ich.

Heute habe ich mich im Klo eingesperrt weil der Alte hinter Mutter her war. Und dann hinter mir.

Wir bekommen nie Besuch. Wenn Besuch kommt fährt der Alte den Fiat in die Garage. Die hat kein Fenster. Warum versteckst du das Auto hab ich ihn gefragt. Keine Antwort.

Heute hat der Alte eine Zeitung mitgebracht. Aus dem Tal zu uns herauf. Ein Mord ist geschehen steht drin. In der Nähe von Missian. Ich weiß aber nicht wo das ist. Wer ist der Tote? Sie wissen es nicht. Aber wir werden es heraus-

finden sagt der Commissario. Der Alte hat das mit dem Toten auch gelesen. Er hat getobt und mich geschlagen. Ich kann doch nichts dafür dass ein Toter gefunden wurde.

Heute hat der Alte das Auto stehen lassen. Ist zu Fuß zum Gasthaus. Ich bin ihm durch den Hohlweg nachgegangen. Im Gasthaus hat er zehn Schnaps getrunken. Hab mitgezählt. Nach einer Stunde ist er in der Gaststube allein am Tisch gesessen. Keiner wollte bei ihm sitzen. Das hat mir gefallen.

Heute steht wieder was über den Mord in der Zeitung. Der Tote am Rebstock heißt die Überschrift. Erschossen ist er geworden. Der Alte hat auch eine Pistole. In der großen Holzkiste hat er sie versteckt. Die Pistole interessiert mich. GLISENTI M1910 steht auf dem Griff. Sie ist noch vom Opa, hat der Alte gesagt. Vom großen Krieg 1918. Die Pistole riecht nach Pulverdampf. Der Alte hat wieder auf Kaninchen geschossen.

Heute fand ich eine einzelne Seite von der Zeitung mit den neuesten Nachrichten aus Bozen. Wieder steht da was von dem Toten am Rebstock. Ein junger Mann soll es sein. Man weiß nicht wer er ist.

Heute in der Nacht konnte ich nicht schlafen. Furchtbare Gedanken. Ob der Tote vielleicht Luis war. Er hat sich schon 4 Tage nicht gemeldet bei mir. Vielleicht weiß Emily wo Luis ist. Oder der Doktor aus Meran. Auckenthaler heißt er glaub ich. Wie komme ich mit dem Zug nach Meran? Morgen werde ich das herausfinden.

Heute habe ich erfahren, dass Luis tot ist. Er ist die Leiche am Rebstock. Emily hat es gewusst und mir nicht gesagt. Warum hat sie mir das nicht gesagt? Der Ferry im Gasthaus hat es mir gesagt. Ich kann nicht mehr denken. Ich mag nicht mehr. Jetzt muss ich nachdenken. Ich muss mich zwingen zum Nachdenken. Nicht einfach.

Du kriegst nie ein Handy sagt der Alte und lacht. Er hat eines. Er versteckt es. Unter seinem Kopfpolster. Im Gasthaus haben sie ein Telefon. Es hängt an der Wand. Hab ich gesehen.

Morgen soll Luis begraben werden. Steht in der Zeitung. Ich will dabei sein. Mein lieber Bruder. Mein bester Freund. Er kommt unter die Erde. Aber das tut ihm nicht mehr weh. Der Alte ist mit dem Auto gefahren. Ich bin den ganzen Weg ins Tal gelaufen. Die Tränen sind mir runtergeronnen als Luis in die Grube fuhr. Mein Luis. Dann hab ich mich geschreckt. Der Alte war auch auf dem Friedhof. Hat er mich gesehen? Ich hab Angst vor dem Abend.

In der Früh fiel der Alte wieder über mich her. Dabei hielt er mir die Pistole an den Kopf. Manchmal denke ich an Selbstmord. Der Gedanke ist süß. Schön. Einfach aufhören. Strick um den Hals. Oben neben meiner Höhle vielleicht. Oder einfach von der Klippe springen.

Heut steht in der Zeitung dass ein schwarzer Fiat in der Nähe des Platzes gesehen wurde wo man die Leiche vom Luis gefunden hat. Jetzt weiß ich was ich tun werde.

ZWEIUNDZWANZIG

Ein schöner Abend kündigte sich an. Im Westen versank langsam die Sonne hinter dem Schlern und warf letzte Lichtflecke bis ins Eisacktal. Tanner verfolgte das Schauspiel am Fenster, während Paula das Abendessen zubereitete.

»Soll ich dir helfen?«, rief er laut in Richtung Küche.

»Das hättest du mich vor einer halben Stunde fragen sollen. Jetzt ist das Essen fertig.«

Weiße Kondensstreifen von Flugzeugen zeichneten sich am Himmel ab, verloren an Kontur und lösten sich langsam auf. Im Internet war er vor einigen Tagen auf einen der verschwörerischen Filmchen über Chemtrails gestoßen, in dem behauptet wurde, dass neben schädigenden Substanzen auch ein Mittel versprüht wird, das den Kopf träge macht.

Tanners Kopf fühlte sich heute sehr träge.

»Du bist blass. Bist du müde?«

»Ich habe darin gelesen. Einige Auszüge.« Er zeigte auf Tonis Tagebuch.

»Und?«

Er legte beide Hände vors Gesicht. »Es ist furchtbar.«

Sie griff nach dem Tagebuch und begann, darin zu blättern.

»Ich empfehle dir, es nicht zu lesen.«

»So schlimm?«

»Noch schlimmer. Es ist grausam und sadistisch, was die beiden Brüder aushalten mussten. Wenn einer der Buben auch nur einen kleinen Fehler machte, wurde er bestraft, gefoltert, eingesperrt und missbraucht. Es muss die Hölle auf Erden gewesen sein. Bis heute.«

»Der ältere Sohn ist geflohen, oder?«

Tanner ließ das Tagebuch sinken und nickte. »Luis. Mit fünfzehn ging er von zu Hause weg.«

»Warum hat die Mutter nicht eingegriffen?«

»Weil sie selbst ein Opfer ihres Mannes war. Deshalb ist sie wohl auch so früh gestorben. Ich frage mich, ob das ein natürlicher Tod war. Nach dem Tod der Mutter lief Tonis Leben gänzlich aus dem Ruder.«

Tanners Handy läutete. Er hob ab und lauschte. Zuerst ein Knistern, dann krachte es im Telefon. Die Stimme, die ihm aus dem Apparat entgegenkam, hatte einen lallenden Zungenschlag, und er erkannte erst nach einigen Augenblicken, dass es Ferry Gerrer war, mit dem er redete.

»Ferry, wie geht's dir?«

»Schüsse … Da waren gerade zwei Schüsse zu hören.«

»Lass mich ans Telefon«, sagte eine Stimme. Das musste Ferrys Frau sein. Laute Worte waren im Hintergrund zu hören, Geräusche und eine weibliche Stimme im Befehlston. Türenknallen. Dann Stille.

»Hallo!«, sagte Tanner. »Wer ist jetzt am Telefon?«

»Hier ist Maria. Sorry für die Unterbrechung. Ferry hat den ganzen Tag über zu viel getrunken. Jetzt hab ich ihn ins Bett geschickt.«

»Es sollen zwei Schüsse gefallen sein, sagte er.«

»Das stimmt. Wir glauben, die Schüsse kamen vom Haus der Delagos. Da liegt zwar das Moor und der Wald dazwischen, aber wenn der Wind aus der richtigen Richtung weht, kann man das hören.«

»Ich fahre hin«, sagte Tanner und hörte im selben Moment Paulas Aufstöhnen.

»Aber Vorsicht!« Maria Gerrers Stimme klang besorgt. »Es ist ein Unwetter im Anmarsch. Und nicht vergessen: Wir liegen auf fast zwölfhundert Meter Höhe. Da kann auch Schnee und Hagel dabei sein.«

Der Sturm war stärker geworden, als er ins Auto stieg. Gigantische Wolkenberge jagten über den Himmel. Nach Barbian führte die Straße in steilen Kurven den Berg hinauf. Die Sturmböen rüttelten an seinem Wagen. Nebel hing über den Wiesen und Wäldern, und die Sicht reichte kaum hundert Meter weit. In Serpentinen ging es bergauf und rumpelnd fuhr der Wagen durch tiefe Lacken. Wasser und Schotter prasselten gegen den Unterboden des Autos. Tanner schaltete die Lüftung ein und stellte die quietschenden Scheibenwischer auf Stufe zwei. Er beugte sich vor und wischte über die beschlagene Scheibe. Aus dem strömenden Regen wurde ein Wolkenbruch; er hörte den Regen auf das Autodach prasseln. Plötzlich war da ein helles Etwas im Licht des Scheinwerfers vor ihm. Was war das? Ein Schaf? Eine Ziege? Oder ein Mensch? Er sprang auf die Bremse. Augenblicklich begann das Fahrzeug zu schleudern, und mit Schrecken beobachtete er im Rückspiegel, wie das Wagenheck auszubrechen begann. Ohne Chance, etwas dagegen zu unternehmen, schlitterte das Auto über die rutschige Schotterfahrbahn, stellte sich quer und landete im Graben, wo der Wagen mit einem Ruck halb auf die Seite gekippt liegen blieb. Tanner wurde hart in den Gurt geschleudert. Einige Augenblicke blieb er benommen liegen. Der Motor lief noch, die Scheinwerfer strahlten unsinnig den Hang nach oben und beleuchteten einen Haselnussstrauch. Tanner massierte seine Brust, die vom Sicherheitsgurt gequetscht worden war, legte den ersten Gang ein und hörte, wie sich surrend die Räder durchdrehten, ohne dass sich der Wagen von der Stelle rührte. Der Rückwärtsgang zeigte dasselbe Ergebnis.

Zum Glück ließ sich die Fahrertür problemlos öffnen. Fluchend stieg er aus und betrachtete sein Auto, das anmutig auf der Seite lag. Es war nasskalt, und der Regen ging langsam in Schnee über. Was sollte er tun? Wütend kletterte er in den Wagen und holte seine Pistole aus dem Handschuhfach. Hier im Auto sitzen zu bleiben, um auf zufällig vorbeikommende Hilfe zu warten, erschien ihm unsinnig. Tanner war kein Mitglied im Automobilclub ACI, und eine der Werkstätten in Bozen oder Meran anzurufen war um diese Uhrzeit keine zielführende Angelegenheit.

Verzweifelt beobachtete er, wie der Regen in schrägen Sturzbächen die Scheibe herunterlief. Er schaltete die Scheinwerfer aus, sprach sich Mut zu und stieg aus dem Auto.

Nach einigen Metern hatte ihn die Finsternis geschluckt. Völlige Dunkelheit umgab ihn, und er hatte keine Ahnung, wohin er seine Schritte lenken sollte. Er schaute zurück. Sein Wagen, den er stehengelassen hatte, war nicht mehr zu sehen. Keine Panik. Er spürte die feuchte Kälte im Gesicht, als er sich langsam dem Hang zuwandte, der steil nach oben führte. Tanner stieg über einen wackeligen Holzzaun, knickte dabei einige der morschen Latten um und stolperte auf die Böschung zu, wo er eine geeignete Stelle für den Aufstieg suchte. Die nasse Erde schmatzte unter seinen Schuhen, Zweige schlugen ihm ins Gesicht, und er verlor wiederholt den Halt, so dass er immer wieder ein Stück des Abhanges zurückrutschte. Keuchend richtete er sich auf und stand vor einem mächtigen Felsbrocken, der ihm mitten im Weg lag. Sein Gesicht und die Hände waren zerkratzt, aber Tanner merkte es nicht. Atem anhalten und in die Dunkelheit horchen. Kein menschliches Wesen war in der Nähe. Nur der Wind heulte und das Rauschen der Bäume. Der Schneeregen war schwächer geworden.

Als er den Felsblock mühsam umrundet hatte, bot sich ihm ein Blick auf die Rückseite des Hauses. Gerrers Hof. Hinter einem der Fenster war Licht. Gott sei Dank!

»Mein Gott, wie sehen Sie denn aus«, fragte Maria. »Kommen Sie rein.«

»Ich hatte ein kleines Problem mit meinem Auto.«

»Ein kleines Problem … Das sehe ich.«

»Wie geht es meinem alten Schulfreund Ferry?«

Sie machte eine abwertende Handbewegung. »Immer dasselbe. Zu viel Grappa und zu viel Rotwein.«

»Hat sich seit eurem Anruf irgendetwas Neues ergeben?«

»Nur die beiden Schüsse.«

Der Sturm ließ die Fenster erzittern. Von Neuem hatte der Regen eingesetzt, der gegen die Scheiben trommelte.

»Wollen Sie wirklich noch einmal da hinaus? Der Regen ist in Schnee übergegangen. Das ist nicht ungefährlich hier oben. Erst voriges Jahr sind zwei Ehepaare ums Leben gekommen, als …«

Tanner deutete ihr, dass er an der Geschichte kein Interesse hatte. Er war bis auf die Haut durchnässt und fühlte sich nicht wohl. Wieder überkam ihn das Gefühl, als würde er mitten in einem Albtraum stecken, dem er nicht gewachsen war. Mit einem skeptischen Blick zeigte Maria zum Fenster. »Ich glaube, es liegt schon Schnee. Vielleicht noch eine heiße Tasse Tee zum Aufwärmen?«

Tanner ließ sich überreden. Der Tee tat ihm gut. Als er die Haustür öffnete, krampfte sich sein Magen zusammen. Die ganze Landschaft war weiß.

»Wo liegt das Moor? Jetzt, wo Schnee liegt, sieht alles ganz anders aus.« Er drehte sich zu der Frau um, die hinter ihm stand und das Kopftuch unter dem Kinn zusammenhielt.

»Über das Moor? Um diese Zeit?«

»Es ist kürzer, hatte mir Ferry erklärt, als wir mit dem Traktor unterwegs waren.«

Sie zuckte mit den Achseln und zeigte in die Dunkelheit. »Da drüben bei dem Baum geht der Weg Richtung Moor.«

Die Frau musste Adleraugen besitzen, denn Tanner sah nichts. Außer Finsternis.

Schon bei der Überquerung des ersten Grabens, der mit Schnee gefüllt und dessen Ränder eisig gefroren waren, hatte er große Mühe.

Bei trockenem Wetter und Helligkeit kann man das Risiko eingehen. Tanner erinnerte sich an Ferrys Worte, mit denen er den Weg über das Moor kommentiert hatte. Jedes Jahr verschwinden einige Leute im Sumpf. Und tauchen nie wieder auf.

Verdammt. Er hätte Maria um eine Taschenlampe bitten sollen.

Am Anfang war der Pfad, der mit Holzbohlen gesichert war, noch deutlich zu erkennen. Später kam er in der Finsternis immer wieder vom Weg ab. Von Zeit zu Zeit bückte er sich und tastete den morastigen Boden, der noch nicht zur Gänze gefroren war, mit den Händen ab, um den Weg über das Moor nicht zu verlieren.

Wie eine weiße Wand stieg der Nebel vor ihm auf und weckte Kindheitserinnerungen an Geistergeschichten und Sagengestalten, die die Menschen erschreckten. Wie oft hatte ihm sein Vater die schaurige Legende vom wolfsköpfigen Geist erzählt, der im Nebel auf den einsamen Wanderer wartet. Dann hatte sein Vater mit gedämpfter Stimme, damit es die Mutter nicht hörte, von den ins Moor verbannten alten Jungfrauen berichtet, die trotz aller Mühen keinen Mann bekommen hatten. Links und rechts vom Weg ragten die Oberkörper vieler hässlicher alter Frauen aus dem Sumpf, die Oberkörper verrenkt und einen breiten Hut oder ein Tuch auf dem Kopf.

Der Weg wurde immer matschiger, und er musste wachsam sein, um nicht abzurutschen und ins eiskalte Moor zu fallen.

Da war ein Geräusch hinter ihm. Ein leises Knacken. War das ein Ast? Er drehte sich um und sah nichts. Außer tiefer Schwärze. Da war das Knacken wieder. Er wirbelte herum und verlor das Gleichgewicht. Mit einem Bein stand er bis zum Knie im sumpfigen Wasser. Die eisige Feuchtigkeit drang zuerst in seinen Schuh, dann durch seine Hose. Verdammt! Es machte ein unanständig schmatzendes Geräusch, als er das Bein aus dem stinkenden Morast zog.

Erdrückende Schwärze ringsherum, nur manchmal gaben die schnell dahinziehenden Wolken den Blick auf den Mond frei, der fahles Licht auf die Landschaft und den dichten Wald warf. Gräser und Binsen glänzten silbrig, nur das sumpfige Wasser war tiefschwarz. Im Mondlicht erkannte er einige dünne Bäume, die sich im Nachtwind leicht hin und her bewegten. Aus dieser Richtung war vorher das beunruhigende Knacken zu hören gewesen. Aber wahrscheinlich hatte er sich das nur eingebildet.

Im Wald beschleunigte Tanner seine Schritte. Das Moos war weich unter seinen Schuhen, und jeder Schritt erzeugte ein klatschendes Geräusch. Leise raschelte der Wind in den Bäumen.

Je näher er dem Waldrand kam, desto heller leuchtete der Himmel in einem intensiven Rot, das bei dem Schneesturm nicht von der untergehenden Sonne stammen konnte. Erstarrt blieb er stehen und beobachtete die rot gefärbten Wolken am Horizont. War das Einbildung? Doch dann drang der scharfe Geruch nach Qualm und Asche an seine Nase. Keine Einbildung.

Die Aufregung stieg, als er seinen Weg fortsetzte, in Richtung des roten Lichtscheins, in der er den Hof der Delagos vermutete. Vielleicht hatte er aber auch die Orientierung verloren, und das Haus lag weiter drüben, näher an den steilen Berghängen des Ritten. Er beschleunigte seine Schritte, ließ die letzten Ausläufer des Moores hinter sich und stapfte die steinige Böschung hinauf. Der Weg führte ihn an einigen dunklen Bäumen vorbei, dann hatte er freien Blick auf den Hof der Delagos, beziehungsweise dem, was davon übrig geblieben war.

Meterhoch schlugen die Flammen. Das gesamte Gebäude brannte. Die ganze Welt bestand nur noch aus diesem Flammenmeer. Fassungslos starrte er auf die rotbläulich züngelnden Feuersäulen, die aus den Fenstern schlugen. Funken sprühten, die der Sturm in alle Richtungen davontrieb. Die Scheiben waren gesprungen. Dunkle Rauchwolken quollen aus den Fenstern.

Wie gelähmt starrte Tanner auf das überwältigende Schauspiel. War hier noch etwas zu retten? Wo befanden sich die beiden Delagos? Tanner stürmte den flachen Hang nach unten und lief auf den Hof zu. Bestürzt beobachtete er, dass das Feuer auch den Dachstuhl erfasst hatte, und er hörte das gefräßige Prasseln des brennenden Gebälks. Dicke Aschewolken quollen unter den Ziegeln heraus und mischten sich mit funkenspeienden Holzteilen. Der beißende Rauch senkte sich auf ihn nieder und nahm ihm den Atem. Tanners Kehle schmerzte; seine Augen begannen zu tränen. Das Feuer hatte auf das benachbarte Holzgebäude übergegriffen. Er taumelte einige Schritte zurück, um sich aus dem Bereich des Flammenmeers zu bringen.

Um sich einen Überblick zu verschaffen, rannte er um das brennende Gebäude herum. Ein Teil des Daches neigte sich langsam zur Seite, als ob das darunterliegende Gemäuer seine Tragkraft verloren hätte. Der Hauseingang war noch nicht von den Flammen erreicht worden. Er schlug auf die Klinke, die Tür sprang auf, und explosionsartig schossen ihm die Flammen entgegen. Hinter der Feuerwand erkannte er die Holztreppe in das obere Geschoss, die wie der gesamte Flur bereits vom Feuer erfasst worden war. In diesem Moment fiel das gesamte Dach in sich zusammen. In Panik sprang er zurück.

Da war nichts mehr zu retten.

Erschöpft und hustend drehte er sich noch einmal um und betrachtete das Flammeninferno. Plötzlich kam ihm alles so unwirklich vor. Wie in einem Actionfilm. Und doch wusste er, dass alles Realität war.

Nur in meiner Höhle bin ich sicher, hatte Toni zu ihm gesagt. Meine Höhle findet keiner. Gut versteckt.

Tanner rief sich die Landkarte in Erinnerung, auf der Toni die Lage der Höhle eingezeichnet hatte. Dann ließ er den Blick in die Runde schweifen, um sich zu orientieren. Westlich von Saubach und südlich von Barbian. Das müsste zu finden sein.

Der Wind heulte, während Tanner in der Dunkelheit den Einstieg in die Klamm suchte, die von steilen Felswänden umschlossen war, von denen in zahlreichen Rinnsalen das Wasser in die Tiefe tropfte. In den Vertiefungen der steilen Felsrinne hatte sich während der letzten Stunden Schnee angesammelt, was den Abstieg immer ungemütlicher gestaltete. Die Gefahr war groß, abzurutschen und in die Tiefe zu stürzen.

Aus der Ferne hörte man Wasser rauschen, dem Geräusch eines Sturzbaches ähnlich. Hatte nicht Ferry Gerrer von einem Wasserfall in der Nähe des Ortes Barbian gesprochen, wo der Ganderbach, der auf dem Rittner Hochplateau entsprang, ins Tal stürzte? Und dort müsste sich auch die Höhle befinden. Tonis Höhle.

Das Tosen des Wasserfalls wurde lauter. Zum Glück war der Himmel nun wolkenlos, so dass er sich im fahlen Mondlicht notdürftig orientieren konnte.

Tanner fror. Die Hände waren taub, und er hatte Schwierigkeiten, sich an den Felsvorsprüngen festzuklammern. Er machte sich Vorwürfe, dass er den Abstieg vorher nicht bei Tageslicht erkundet hatte. Jetzt bei Dunkelheit war alles doppelt schwierig. Und doppelt gefährlich, zumal der Boden mit einer dünnen Eisschicht bedeckt war. Ein Stein brach unter Tanners Fuß weg, und er fiel auf das rechte Knie. Ächzend richtete er sich wieder auf. Dem tosenden Geräusch nach musste sich der Wasserfall in unmittelbarer Nähe befinden.

Tanner sah sich um. Der Platz kam ihm bekannt vor. War er hier schon einmal gewesen? Etwas oberhalb klaffte ein dunkles Loch in der Felswand. Was war das?

Als eine dicke Wolke vorbeigezogen war, fiel das Mondlicht auf den Felsvorsprung. Dann wusste er, wo er war. Zwei Meter über ihm sah er den Eingang zur Höhle.

*

Außer Atem erreichte er den Rand des Höhleneingangs. Sie war niedriger, als er sie sich nach der Fotografie vorgestellt hatte. Eineinhalb Meter vielleicht. Er musste sich bücken;

auf allen vieren kroch er hinein. Es war um einige Grade wärmer als draußen, und es roch modrig. Nach Feuchtigkeit und Schimmel. Nach einigen Metern erstreckte sich die Höhle weiter nach oben, so dass er aufrecht stehen konnte. Bis dahin drang noch etwas Mondlicht in den schmalen Schacht. Vorsichtig tastete er sich an der Höhlenwand entlang. Dann sah er ihn. Einen Mann. Hoch aufgerichtet stand er in der Dunkelheit, eine Waffe im Anschlag.

»Toni«, sagte er leise. »Du hast mir den Zugang zur Höhle gut beschrieben.« Tanner sprach die Worte langsam aus. Und ruhig. Nur jetzt keine Aufregung. Keine Panik.

Wie würde der andere auf seine Worte reagieren? Und was würde passieren, wenn es nicht Toni war, der hier in der Dunkelheit auf ihn wartete? Wenn es der Alte wäre? Wenn es Kassian Delago wäre?

»Ich möchte dir helfen«, sagte Tanner.

Stille.

Tanners Augen hatten sich an die Dunkelheit gewöhnt. Jetzt erkannte er die hagere Figur Tonis. Gott sei Dank! Er war es. Er umklammerte eine Pistole. Mit zitternder Hand. Jetzt standen sie sich gegenüber. Zwei Meter Abstand. Tanner konnte den stoßartigen Atem Tonis hören und sah das Auf und Nieder seiner Brust.

»Ich möchte dir helfen«, wiederholte Tanner.

Unendlich langsam senkte Toni die Hand, die die Pistole hielt.

Jetzt spürte Tanner die feuchte Kälte in der Höhle. Er streckte die Hand aus.

»Gib mir die Pistole.«

Stille.

»Bitte.«

Toni griff mit der einen Hand an die Wand der Höhle, als bräuchte er festen Halt. Die andere Hand kam zögerlich näher. Dann überreichte er Tanner die Waffe. Eine uralte Glisenti. Kaliber 7,65 mm.

»Ist das die Pistole deines Vaters?«

Nicken.

Tanner berührte Toni sanft an der Schulter. »Gehen wir nach vorne zum Höhleneingang. Dort ist etwas Mondlicht.«

Er sah, dass Toni den Kopf schüttelte. Er öffnete eine Holzkiste und entnahm ihr eine Fackel, die er an der Höhlenwand befestigte und entzündete.

Einige Minuten standen sie sich wortlos gegenüber.

»Hier sind wir gesessen«, flüsterte Toni.

»Wen meinst du?«

»Luis und ich.«

»Das war eure Höhle, nicht wahr?«

Toni nickte. »Hier sind wir gesessen. Nachdem er aus dem Ausland zurückgekommen ist. Nebeneinander gesessen. Lange Zeit.« Er seufzte.

»Er war nicht nur dein Bruder, nicht wahr? Luis war auch dein Freund.«

»Mein bester Freund. Deshalb ist er zu mir zurückgekommen.« Toni klopfte auf die steinerne Stufe neben sich. »Hier ist er gesessen. Er hat geweint und gesagt, wie leid es ihm tut, dass er mich alleingelassen hat. Dass er mich damals im Stich gelassen hat. Und dass er sich nie bei mir gemeldet hat.«

»Ich möchte dir helfen«, sagte Tanner.

»Du möchtest mir helfen.« Toni wiederholte es mit tonloser Stimme.

»Komm.«

»Wohin?«

»Wir gehen zu eurem Haus.«

»Unser Haus … das gibt es nicht mehr.«

»Du weißt, was mit eurem Hof passiert ist?«

»Ich weiß, was mit unserem Haus passiert ist.«

»Warst du es?«

Er nickte. »Das Haus ist ein Unglückshaus. Mama, Luis … ein Todeshaus. Und jetzt der Alte. Ein Todeshaus.«

»Komm«, sagte Tanner und berührte wieder Tonis Schulter. »Gehen wir.«

Es schneite nicht mehr. Nur der Boden war vereist und glatt wie eine Rutschbahn. Sie gingen nebeneinander durch den Hohlweg und halfen sich beim Aufstieg durch den engen Felsenkessel.

Als sie die Hochebene erreichten, ließ sich im Osten das erste Morgenrot erahnen. Der Sturm hatte an Kraft zugenommen und bildete eine gespenstische Begleitmusik zu dem grauenerregenden Bild, das sich ihnen darbot. Der Hof der Delagos war in der Zwischenzeit bis auf die Grundmauern niedergebrannt. Rauch und Gestank überall.

Einige Zeit standen sie wortlos nebeneinander und betrachteten die rauchende, trostlose Ruine.

»Dein Vater … ist er da drin?«

Toni hob den Kopf. Er nickte, hob den Arm und zeigte dorthin, wo man mit etwas Phantasie das Wohnhaus des

Hofs vermuten konnte. »Der Alte … Er ist da drin. Im Todeshaus.«

Tanner gab sich einen Ruck. Er winkte Toni, mitzukommen. »Komm. Wir schauen nach ihm.«

»Nein«, rief der junge Mann und trat erschrocken zwei Schritte zurück.

»Doch. Das ist notwendig. Man muss sich dem Tod stellen.«

Das Areal, das früher das Wohnzimmer war, sah wie eine archäologische Ausgrabungsstätte aus. Einige Mauerreste aus rußigen Steinen und Ziegeln, zerbrochene Kacheln und verkohlte Holztrümmer, die früher einmal Möbel gewesen sein konnten. Das ganze Gelände verströmte einen grausamen Gestank nach Asche und Feuchtigkeit.

Ein Wolkenbruch musste das Feuer gelöscht haben. Stinkender Rauch zog aus den Fenstern, deren Scheiben zersplittert waren. Im ehemaligen Vorraum blieb Tanner stehen und wartete, bis Toni aufgeholt hatte. Jetzt war sein Hinken deutlicher zu erkennen. Zielsicher marschierte der junge Mann durch das schmale Zimmer, stieg über Mauerreste und blieb vor einer verrußten, schwarzen Öffnung stehen. Noch immer stank es nach Gluthitze und Asche.

Vor dem Raum, den Tanner als Schlafzimmer in Erinnerung hatte, blieb Toni abrupt stehen, seine Miene steif und angespannt. Tanner ging um einen herabgestürzten Dachbalken herum und musste sich bücken, weil der Türstock so niedrig war. Der Raum war tatsächlich einmal das Schlafzimmer gewesen. Tanner sah über seine Schulter auf Toni, der im Vorraum stehen geblieben war und wie ein bockiger Schüler wirkte, der gerade vom Lehrer gemaßregelt wurde.

Die niedrige Decke war mit einer dicken Rußschicht bedeckt. Der Brandgeruch war scharf und biss in der Nase. Auf dem zum Großteil verbrannten Holzboden lagen verkohlte Kleidungsstücke und Reste eines Teppichs. Neugierig sah Tanner in einen ausgebrannten Schrank, in dem sich nur Asche angesammelt hatte. Unter der heruntergefallenen Wandvertäfelung stieß er auf ein paar rußige Bretter, die mit mehreren dünnen Eisenstäben verbunden waren. Das sah nach den Überresten eines Eisenbetts aus.

»Bist du noch da?«, rief Tanner nach draußen und wartete, bis eine leise Antwort zu hören war. Irgendwo waren in dem Raum noch Glutreste vorhanden, und Rauchwolken waberten durch den Raum. Ein Hustenanfall überfiel ihn. Tanner hielt sich ein Taschentuch vor die Nase, ergriff den Rest eines hölzernen Möbelstücks und drückte klirrend die zerborstenen Glasscheiben nach draußen, um die frische Morgenluft hereinzulassen.

Der Gestank wurde stärker. Mit Entsetzen und einem flauen Gefühl im Magen ging er näher an das von der Hitze verbogene Bettgestell heran. Dann stockte ihm der Atem.

Von der Leiche hatte die Gluthitze nicht viel übriggelassen. Die Statur des Knochenbaus ließ auf einen Mann schließen, aber sicher war er sich nicht. Wenn es ein Mann war, hatte er Jeans getragen. Tanner ging näher heran, berührte einen schwarzen Fetzen, von dem man nicht sagen konnte, ob es ein Stück Haut oder verbrannte Fasern der Kleidung waren. Der verkohlte Schädel grinste Tanner an.

Keine Haare, keine Haut und kein Rest Fleisch waren mehr vorhanden. Tanner fühlte, wie ihm schlecht wurde.

Die Frage, ob der Mensch, der halb verkohlt vor ihm lag, eines natürlichen Todes gestorben war, erübrigte sich. Die gezackte Öffnung über der rechten Schläfe war zweifellos ein Einschussloch. Tanner tastete nach der Waffe in seiner Hosentasche, die er Toni abgenommen hatte.

Der Sturm heulte um den kümmerlichen Rest des Hauses. Am Himmel waren die ersten Anzeichen des erwachenden Tages über dem nahen Wald zu erkennen. Das fahle Morgenlicht brachte das ganze Grauen zum Vorschein, das sich hier abgespielt hatte.

Auf dem, was einmal eine Bank gewesen war, hockte Toni, zusammengekauert und leise wimmernd. Tanner setzte sich neben ihn und legte die Hand auf seine Schulter.

»Ich beschütze dich.« Tanner sagte es mit leiser Stimme.

Langsam hob Toni den Kopf.

»Hast du mich verstanden? Ich beschütze dich. So wie dich Luis beschützt hätte.«

»Luis«, sagte Toni. Es klang wie ein Schluchzen.

Tanner deutete zu den rauchenden Trümmern des Hauses. »Hast du den Alten erschossen? Du kannst mir die Wahrheit sagen.«

Toni nickte. »Alles vernichten … Das Haus ist ein Unglückshaus. Ein Todeshaus.«

»Ich habe noch eine Frage. Dein Vater fuhr doch einen schwarzen Fiat Fullback?« Langsam drehte Tanner seinen Kopf und sah Toni an, der immer noch die rauchenden

Überreste des Gebäudes anstarrte, als ob er nicht glauben konnte, dass alles vorbei war. Er deutete zu der niedrigen Garage, die genügend weit vom Hauptgebäude entfernt und vom Feuer nicht erfasst worden war. »Da drin steht der Fiat. Ich durfte nie mit dem Auto fahren.«

»Hör gut zu«, sagte Tanner. Er ließ seine Hand auf Tonis Schulter liegen. »Wir müssen jetzt ein paar Dinge tun, die unangenehm sind. Aber notwendig, verstehst du?«

»Was?«

Tanner holte sein Handy aus der Tasche. »Zum Beispiel müssen wir die Polizei anrufen.«

DREIUNDZWANZIG

Die Sonne war dabei, hinter dem Mendelkamm zu versinken. Tanner streckte die Beine aus. Was gab es Schöneres, als auf der Terrasse zu sitzen und hinunter ins Tal zu schauen?

Das Zirpen der Grillen klang vom Garten herauf. Heute keine Hektik mehr. Er legte den Kopf zurück und betrachtete Paula, die in einem leuchtend roten Kleid dabei war, den Tisch zu decken.

»Nicht einschlafen«, sagte sie. »Maurizio muss jeden Moment kommen.«

»Haben wir ein Bier im Kühlschrank?«

»Das ist dein Haus, und ob sich in deinem Kühlschrank ein Bier aufhält, darfst du mich nicht fragen. Wie ich Maurizio kenne, trinkt er lieber Wein. Wie ich auch übrigens.«

»Du tust, als ob es in Kaltern ein Verbrechen wäre, Bier zu trinken.«

Es läutete an der Haustür. »Das ist dein Freund Maurizio.« Sie erhob sich. »Er bevorzugt Wein.«

Als Maurizio auf die Terrasse watschelte, holte Tanner noch einen Sessel aus dem Wohnzimmer und stellte ihn zum Tisch.

»Maurizio, mein Freund, ich bin gerade dabei, eine CD einzulegen. Welche Musik wünschst du dir?«

»Die Kastelruther Spatzen. Die mag ich.«

»Um Gottes willen«, sagte Tanner. »Es ist so ein schöner Abend.«

Maurizio machte es sich im Sessel bequem und steckte ein alufarbenes Röhrchen in den Mund, an dem er krampfhaft zu saugen begann.

»Was hast du da im Mund?«

»Ich bin dabei, mir das Rauchen abzugewöhnen.« Er nahm das Röhrchen aus dem Mund und betrachtete es skeptisch. »Eine E-Zigarette … versorgt mich mit der lebensnotwendigen Nikotindosis, aber ohne Teer in der Lunge.« Maurizio lachte, verschluckte sich und begann zu husten, was in einem krampfartigen Röcheln endete. Sein rotes Gesicht war bläulich angelaufen. »Die E-Zigaretten tun mir gut«, japste er und wischte sich mit der Serviette über die Stirn. »Ich hab schon oft versucht, von dem Nikotinlaster wegzukommen. Am erfolgreichsten war ich mit der Notizbuch-Methode.« Als er Paulas hochgezogene Augenbrauen sah, schob er nach: »Jede neue Zigarette schrieb ich mit Datum und Uhrzeit in ein kleines Büchlein, das mir meine Frau geschenkt hatte.«

»Und?«

»Mit dem Notizbuch gelang es mir, bis auf fünf Zigaretten pro Tag herunterzukommen.«

»Und?«, fragte Tanner. »Was geschah dann?«

»Dann habe ich das Notizbuch verloren … und aller Erfolg war beim Teufel.« Er lächelte das silberne Röhrchen an, das so gut wie keine Ähnlichkeit mit einer echten Zigarette hatte. »Eigentlich mag ich die Dinger gar nicht, aber meine Frau hat mir das Rauchen in der Wohnung bei Strafe verboten.

»Wo ist sie eigentlich?«, fragte Tanner. »Ich habe ausdrücklich auch deine Frau eingeladen.«

»Sie lässt sich entschuldigen. Unsere Tochter ist krank, und sie wurde zur Enkel-Betreuung abberufen.«

»Woher kommt dieser edle Wein?«, fragte Maurizio und hielt sein leeres Glas in die Luft. »Leider sind die Gläser sehr klein.«

»Nachschub ist unterwegs«, sagte Paula und zeigte Maurizio die Flasche, der die Brille auf die Stirn schob. »Gewürztraminer DOC 2012, Ansitz Steflhof, Caldaro Sulla Strada del Vino.«

»Aus dem Herzen des Überetsch. Gute Wahl.«

Paula beugte sich zu Maurizio hinüber und wies mit dem Daumen auf Tanner. »Dein Freund Tiberio bevorzugt eher Bier.«

»Reagiere nicht auf unqualifizierte Bemerkungen«, sagte Tanner mit einem Lächeln. »Was gibt es bei der Polizia di Stato Neues?«

»Nero De Santis soll sauer sein, sagte man mir.«

»Warum?«

»Weil du schneller gehandelt hast als seine Mitarbeiter in der Questura.«

Tanner schüttelte den Kopf. »Nicht nur beim Handeln. Ich war auch beim Denken schneller als dein Nachfolger.« Als ihm Paulas skeptischer Blick auffiel, ergänzte er: »Mit einer Ausnahme. Als feststand, dass der Tote am Rebstock Luis Delago heißt, hätte ich nach Familienmitgliedern gleichen Namens suchen sollen. Dann wäre nicht wertvolle Zeit verlorengegangen.«

»Leicht gesagt. Delago ist bei Gott kein seltener Name in Südtirol.«

»Wo ist eigentlich dein Laptop geblieben?«, fragte Paula.

»Vermutlich liegt er verkohlt in Delagos Haus.«

»Warum ist Kassian Delago bei dir im Büro eingebrochen? Und warum hat er das Notebook geklaut?«

»Aus dem gleichen Grund, warum er Emily getötet hat. Er wollte herausfinden, was ich bis zu diesem Zeitpunkt herausgefunden habe. Deshalb trieb es ihn in unsere Wohnung, wo ihm Paula in die Quere kam. Dann erfuhr er, dass Luis zurückgekehrt war und bei Emily ein und aus ging. Als sich auch Toni der Psychologin zuwandte, kam er in Panik. Ich bin sicher, dass der Alte auch seine Frau in den Tod getrieben hat. Toni hat Andeutungen gemacht, die man so verstehen kann.«

»Kassian Delago … der Alte«, sagte Maurizio. »Größere Schuld kann man nicht auf sich laden. Den eigenen Sohn töten, die Psychologin Emily und den dreizehnjährigen Luca. Furchtbar! Ich habe übrigens erfahren, dass der Badezimmerschrank im Haus der Delagos nicht komplett verbrannt ist. Darin hat man eine kleine Flasche entdeckt, in der K.-o.-Tropfen nachgewiesen wurden. Damit hat der Schuft Emily betäubt, bevor er sie am Deckenbalken stranguliert hat.«

»Und jetzt hat ihn Toni gerichtet, bevor es der Staatsanwalt tun konnte«, sagte Tanner. »Ich frage mich, ob Toni als schuldig gelten kann.«

Maurizio hob den Kopf, was seine Wangen erzittern ließ. »Toni Delago hat schuldhaft gehandelt. Das ist rechtlich unstrittig. Heftig diskutiert wird mit Sicherheit seine geistige Erkenntnisfähigkeit. Nur wer zurechnungsfähig ist, kann auch schuldfähig sein.«

»Das klingt sehr theoretisch«, sagte Paula. »Was bedeutet das für ihn? Der junge Mann tut mir leid.«

Maurizio schüttelte seinen feisten Zeigefinger. »Schwierig zu sagen. Ich habe viele solche Gerichtsverhandlungen miterlebt. Die Gutachter werden lange miteinander streiten. Die einen werden sagen, Toni habe im Wahn gehandelt, die anderen werden ihn für gerade noch zurechnungsfähig erklären. Nur über eines wird Einigkeit herrschen: dass er schwer gestört ist und sein Leben lang betreut werden muss.«

GLOSSAR SÜDTIROLERISCH-DEUTSCH

Bergfex Leidenschaftlicher Bergsteiger

Bsuff Trunkenbold

Dochschoden Dachschaden, (etwas) verrückt sein

Gamsig geil

Gorstig grausig

Graukas Südtiroler Spezialität: fettarmer, ein bisschen stinkiger und wunderbar aromatischer Almkäse

Hallodri leichtfertiger, unzuverlässiger Mann

Keschtnweg Eisacktaler Kastanienweg, der die Hänge zwischen Bozen und Brixen verbindet

Kuchl Küche

Lacke Lache, Pfütze

Ladinisch Romanische Dialekte, die vorwiegend in den Dolomitentälern gesprochen werden

Leck di Kelle ist mir egal

Lettn daher redn Blödsinn labern

Löto Kerl

Marende Südtiroler Brotzeit bzw. Brettljause

Nen Großvater

Option für Deutschland Die faschistischen Diktaturen Italien und Deutschland haben zwischen 1939 und 1943 die deutschsprachigen Südtiroler zu einer Entscheidung gezwungen, entweder in ihrer Südtiroler Heimat zu bleiben oder die Option für Deutschland auszuüben.

Sauriffl Lausbub

Schlatterer Taugenichts

Sierbingl zornige Person

Tatta Vater, Papa

tramhappet konfus

Trompl ordinäre Frau

Trud geheimnisvolle Sagenfigur aus Südtirol

Tscheggl Tölpel

Vinschger Paarl Roggen-Weizen-Sauerteig-Fladen

Weiboror Mann, der nicht lange bei einer Frau bleiben kann